MARIE LOUISE FISCHER
EIN HERZ FÜR MICH ALLEIN

MARIE LOUISE FISCHER

Ein Herz für mich allein

VERLEGT BEI
KAISER

Schutzumschlag: Volkmar Reiter, unter
Verwendung eines Fotos von Mauritius
Druck und Bindung: Mladinska Knjiga, Slowenien

1

Bettina verhielt mitten im Tanz und blickte über ihre Schulter zurück zu dem Tisch, an dem sie und ihre Schwester gesessen hatten. „Wo ist Ursel?"

Jürgen Holbach, ihr Tanzpartner, geriet durch diesen unerwarteten Stillstand ins Stolpern. „Bitte, Bettina, was hast du gesagt?"

Sie wandte ihm ihr helles, herzförmiges Gesicht mit dem vollen, schöngeschwungenen Mund und den klaren, weit auseinanderstehenden Augen zu. „Ob du Ursel irgendwo gesehen hast!"

„Bestimmt!" sagte er, bemüht, wieder in den Rhythmus des Tanzes zurückzufinden. „Noch vor ein paar Minuten, warum?"

„Ich seh' sie nirgends!" Bettina blickte über Jürgen Holbachs Schulter suchend in das Gewühl.

Die Musik klang aus, die Paare blieben stehen. Bettina wollte die Gelegenheit benutzen, sich auf die Suche nach Ursel zu machen.

Jürgen Holbach hielt sie fest. „Hör mal, Bettina", sagte er bittend, „sei doch nicht so. Du kannst dich doch jetzt nicht einfach verkrümeln!"

„Bloß auf einen Sprung! Ich will sehen, wo sie steckt. Ich bin gleich wieder zurück."

„Das kenne ich. Sobald man dich aus den Augen läßt, hat dich ein anderer geschnappt. Wenigstens den nächsten Tanz noch, Bettina!"

Die Schulband — vier Jungen und ein Mädchen am Klavier — stimmte mit nicht ganz gelungenem Einsatz einen feurigen Cha-Cha-Cha an. Es fiel Bettina schwer, der Versuchung zu widerstehen. Sie tanzte gut und leidenschaftlich gern. Aber ihre Sorge um die Schwester war stärker. Geschickt löste sie sich aus Jürgen Holbachs Armen und bahnte sich einen Weg durch die Tanzenden.

Jürgen Holbach versuchte ihr zu folgen, aber ehe er die Tür erreichte, war Bettinas blonder Schopf schon verschwunden.

Er stellte sich in die Nähe der Wand, zündete sich eine Zigarette an. Er war enttäuscht und verärgert, dennoch konnte er Bettina nicht böse sein.

Bettina begriff selbst nicht, warum sie die Abwesenheit ihrer Schwester so beunruhigt hatte. Vielleicht kam es einfach daher, daß sie und Ursel, im Gegensatz zu den anderen, ohne ihre Eltern zur Abschlußfeier gekommen waren. Der Vater war verreist, und die Mutter hatte den kleinen Heiner, der mit einer Grippe zu Bett lag, nicht allein lassen wollen. Bettina fühlte sich für die Schwester verantwortlich, obwohl sie sehr gut wußte, daß das eigentlich unsinnig war. Schließlich war Ursel fast ein Jahr älter als sie und durchaus imstande, auf sich aufzupassen.

Möglicherweise war sie schon nach Hause gegangen. Aber ohne ihr etwas zu sagen? Auch das war unwahrscheinlich.

Auf gut Glück öffnete Bettina eine Tür, von der sie nicht ahnte, wohin sie führte, und — sah ihre Schwester Ursel. Sie hockte auf einer kleinen Treppenleiter in einem Abstellraum.

„Sag mal ... bist du wahnsinnig geworden?" fragte sie verblüfft.

„Laß mich in Ruhe!" Ursels Stimme klang wütend und verzweifelt.

Bettina zog die Tür hinter sich ins Schloß, knipste das Licht an. Eine winzige Glühbirne an der sehr hohen

Decke der Kammer warf ihr Licht auf Ursels verweintes Gesicht.

„Ursel", fragte Bettina, „ist was passiert?"

„Das fragst du mich?"

Bettina hob hilflos die Hände. „Aber, aber ... habe ich dir etwa was getan?"

„Nein. Du nicht. Du bist ja immer der reinste Unschuldsengel!"

„Ich weiß wirklich nicht, Ursel ..."

„Nein, dir ist es bestimmt nicht aufgefallen, daß du mir alle Tänzer weggeschnappt hast, wie? Wie sollst du auch was dabei finden! Du bist es ja so gewohnt! Du bist die schöne, begabte, die kluge Bettina! Du kannst verlangen, daß alles sich um dich dreht! Was interessiert es dich denn, wenn du mir mein ganzes Leben kaputtmachst?! Du, du bist so gemein ... so gemein!" Ursel hob die zu Fäusten geballten Hände und schüttelte sie in verzweifelter Wut.

Bettina holte tief Luft. „Ursel", sagte sie eindringlich, „du weißt sehr gut, daß alles, was du jetzt redest, Unsinn ist. Ich habe dir nicht einen einzigen Tänzer weggeschnappt. Du hast genausoviel getanzt wie ich ..."

„Ja, das habe ich. Das stimmt haargenau. Weil du jedesmal nur mit einem tanzen konntest. Und wer bei dir zu spät kam, hat sich dann gnädig meiner erbarmt. Glaubst du etwa, so was macht Spaß?"

Bettina wurde blaß. Sie spürte, daß die Vorwürfe ihrer Schwester nicht ganz unberechtigt waren. „Ursel!" sagte sie. „Du weißt genau ... ich kann doch nichts dafür!"

„Was interessiert es mich, ob du etwas dafür kannst! Ich habe es satt, verstehst du! Für niemanden bin ich Ursel Bürger, nein! Bettinas Schwester nennen sie mich! Das ist nicht mehr zu ertragen."

„Bildest du dir das nicht alles nur ein, Ursel?“ sagte Bettina. „Das ist doch furchtbar übertrieben. Du bist doch mindestens so hübsch wie ich ...“

„Ich? Mit meiner Figur?“

Bettina versuchte zu lachen. „Da haben wir's. Du hast Minderwertigkeitskomplexe, das ist es.“

Ursel sprang auf und trat dicht auf Bettina zu. „Ich übertreibe also. Ja? Dann beantworte mir jetzt ehrlich eine Frage: Wie kommt es, daß dein Zeugnis besser ist als meines?“

„Herrgott, Ursel! Als wenn das nicht ganz gleichgültig wäre, ob man ...“

„Für dich vielleicht, aber für mich nicht. Ich weiß genau, daß ich mindestens soviel gelernt habe wie du. Nein, noch viel mehr. Und trotzdem ... bin ich etwa dümmer als du?“

„Bestimmt nicht!“ sagte Bettina impulsiv.

„Na also. Da hast du's. Gib zu, ich bin nicht dümmer und nicht fauler als du. Trotzdem hast du das bessere Zeugnis bekommen. Also, warum? Ja, guck mich nur so an mit deinem Unschuldsblick. Bei mir zieht der nicht. Damit hast du die Lehrer eingewickelt, aber ...“

Jetzt riß Bettina die Geduld. „Ursel!“ sagte sie aufgebracht. „Wie kannst du so etwas behaupten! Das geht nun wirklich zu weit. Noch nie habe ich versucht, mich irgendwo lieb Kind zu machen ... noch nie!“

„Aber du bist es eben. Von Natur aus. Ich mache dir auch gar keinen Vorwurf. Ich sage dir klipp und klar: Ich kann es nicht länger ertragen, immer nur in deinem Schatten zu stehen. So, und nun weißt du Bescheid. Verschwinde und laß mich gefälligst in Ruhe!“

„Willst du etwa hier bleiben?“ fragte Bettina. „Was versprichst du dir davon?“

„Hier habe ich wenigstens meine Ruhe! Niemand kann mich hier demütigen. Weiter will ich gar nichts mehr."

„Du wirst dir dein Kleid schmutzig machen, Ursel."

„Das ist mir egal!" behauptete Ursel, aber dennoch blickte sie unwillkürlich besorgt an dem Rock ihres kurzen braunen Kleides hinunter.

„Du siehst so süß aus heute abend, wirklich! Bitte, komm doch mit zurück! Ohne dich ist es einfach langweilig!"

„Für dich etwa? Daß ich nicht lache! Du amüsierst dich prächtig, auch ohne mich."

„Aber ich will mich nicht amüsieren, ohne daß du dabei bist, Ursel! Begreifst du das denn nicht? Glaubst du wirklich, ich könnte vergnügt sein ... lachen und tanzen, wenn ich weiß, daß du hier in diesem stickigen Kämmerchen hockst? Für wen hältst du mich eigentlich?"

„Jedenfalls wird die Luft nicht besser, wenn du auch noch hier herumstehst!" sagte Ursel mürrisch.

„Komm mit!" bat Bettina noch einmal.

Ursel schüttelte den Kopf. „Kommt nicht in Frage. Ich habe genug."

Einen Augenblick standen sie sich schweigend gegenüber. Bettina sah den Trotz um Ursels Lippen, sah ihre verdüsterte Stirn und wußte, daß die Schwester sich zu sehr verbissen hatte, um von sich aus noch zurückzukönnen.

„Glaubst du", fragte Bettina ruhig, „wenn du heute abend allein gekommen wärst, glaubst du, daß es dann besser gewesen wäre?"

„Was fragst du mich? Bin ich schon einmal ohne dich irgendwo gewesen? Kannst du dich an irgendeine Gelegenheit erinnern? Na, siehst du. Nie. Selbst im Kindergarten waren wir immer zusammen. Woher soll ich dann wissen, ob ..."

Bettina schnitt ihrer Schwester das Wort ab. „Na schön. Dann probiere es aus. Ich gebe dir dazu die Gelegenheit. Ich gehe jetzt nach Hause."

„Du? Aber warum? Du brauchst doch nicht . . ."

Ehe Ursel ihren Satz zu Ende gesprochen hatte, war Bettina auf den Flur zurückgegangen und lief mit raschen Schritten zur Garderobe. Sie ließ sich ihren Mantel geben und verließ dann fluchtartig das Café. Sie wollte nicht, daß Ursel sie einholte, sie wollte mit sich und ihren Gedanken allein sein.

Als Bettina nach Hause kam, sah sie, daß im Wohnzimmer noch Licht brannte. Ein heller Strahl fiel durch den Spalt des nicht völlig geschlossenen Vorhanges in den Garten hinaus. Die Mutter war noch wach.

Ganz leise und vorsichtig schloß Bettina die Haustür auf, schlich auf Zehenspitzen die Treppe hinauf, bei jedem Schritt ängstlich lauschend. Aber nichts rührte sich im Haus. Aufatmend öffnete sie die Tür des niedrigen, geräumigen Zimmers im Dachgeschoß, das sie mit der Schwester zusammen bewohnte. Rasch zog sie sich im Dunkeln aus, schlüpfte unter die Bettdecke. Sie war froh und erleichtert, daß die Mutter nichts von ihrem frühen Heimkommen gemerkt hatte.

Ursel war eifersüchtig auf sie, soviel stand fest. Aber warum nur?

Bettina verschränkte die Hände hinter dem Kopf, starrte in die Dunkelheit und versuchte das Problem zu lösen. Es gelang ihr nicht. Ihr Gefühl sagte ihr, daß der Fehler bei ihr liegen mußte, aber sie begriff nicht, was sie wirklich falsch machte. Sie wußte nur, daß sie Ursel von Herzen liebhatte, und dennoch hatte aus der Stimme der Schwester beinahe Haß geklungen.

Bettina schauderte zusammen, als sie daran dachte.

Wenn sie nur einen Menschen gehabt hätte, mit dem sie darüber sprechen konnte. Aber es gab niemanden. Ihr Bruder Bernd war ein Flegel und hatte bestimmt kein Verständnis für ihre Probleme, Heiner war noch viel zu klein, und die Mutter — plötzlich wurde Bettina klar, daß die Mutter, solange sie denken konnte, immer auf Ursels Seite gestanden hatte.

Der Vater, ja, der Vater war immer gerecht gewesen. Ob er sie lieb hatte? Wenigstens er?

Bettina konnte diese Frage nicht beantworten. Sie fühlte sich einsam, fast ausgestoßen.

Bettina lag noch wach, als die Zimmertür vorsichtig geöffnet wurde und Ursel hereinhuschte. Auch sie zog sich aus, ohne das Licht anzuknipsen. „Bettina", rief sie leise, „schläfst du schon?"

Bettina schwieg. Sie hörte, wie Ursel sich auf nackten Sohlen ihrem Bett näherte, schloß die Augen.

Sie spürte den Atem ihrer Schwester an ihrer Wange. „Bist du mir noch böse?" fragte Ursel. „Ich weiß, daß du nicht schläfst! Bitte, sag doch ein Wort!"

Bettina bemühte sich, tief und gleichmäßig zu atmen wie eine Schlafende. Ganz nahe an ihrem Ohr hörte sie die Stimme ihrer Schwester: „Bettina, ich war gräßlich zu dir! Es tut mir leid, wirklich! Bitte, verzeih mir!"

Bettina hob die Arme, legte sie im Dunkeln um Ursels Hals und küßte die Schwester zärtlich auf beide Wangen. „Wir wollen uns nicht mehr zanken, Ursel, ja?" bat sie. „Es ist so dumm, und es tut so weh!"

Wortlos schlüpfte Ursel zu Bettina ins Bett. Wange an Wange schliefen sie ein.

In der Samstagausgabe des „Westfälischen Anzeigers" gab es acht Seiten Stellenangebote. Bettina und Ursel rissen sich die Blätter gegenseitig aus der Hand.

„Sieh dir das an, Mutti“, sagte Bernd mit vollem Mund, „wie die Hyänen!“

„Bettina, Ursel!“ mahnte Frau Bürger. „Legt die Zeitung aus der Hand! Sofort, wenn ich bitten darf! Nicht irgendwie, sondern wieder schön zusammengelegt, ja, so ist es gut. Ihr wißt genau, beim Frühstück wird nicht gelesen.“

„Aber, Mutter“, versuchte Bettina zu erklären, „wir wollten doch bloß ...“

„Schließlich ist es furchtbar wichtig für uns, daß wir eine gute Lehrstelle finden“, fügte Ursel hinzu.

„Aber das muß doch nicht in diesem Augenblick sein, wie?“

„Wenn wir nicht sofort schreiben, sind die guten Angebote futsch!“ behauptete Ursel schmollend.

„Vor Montag können eure Bewerbungen sowieso nicht dort sein. Es ist also ganz gleichgültig, ob ihr sie jetzt oder erst heute nachmittag schreibt. Aber da ihr es so eilig habt ... von mir aus, bitte. Sobald der Frühstückstisch abgeräumt ist, könnt ihr euch ins Vergnügen stürzen.“

Bernd zögerte sein Frühstück so lange wie möglich hinaus, nur um die Schwestern zu ärgern. Er machte erst Schluß, als die Mutter endlich ein Machtwort sprach. In aller Eile räumten Bettina und Ursel den Tisch ab. Dann setzten sie sich zusammen, mit Papier und Bleistift bewaffnet, an den Wohnzimmertisch, nahmen sich den Zeitungsteil mit den Stellenangeboten heraus. Bernd schaute ihnen dabei über die Schultern.

Ursel schubste ihn mit dem Ellbogen zurück. „Hast du wirklich nichts Besseres zu tun, als uns bei der Arbeit zu stören?“ fragte sie schnippisch.

„Bestimmt nicht!“ Bernd lachte. „Ich hab’ mir gedacht, bei euch kann ich was lernen!“

„Wenn du nicht sofort abhaust, rufe ich Mutter!"

„Na, na, na ... nicht so giftig!" Bernd betrachtete die Schwestern amüsiert.

„Laß ihn doch, Ursel", sagte Bettina besänftigend, „den wirst du nicht ändern." Sie zog die Zeitung etwas näher zu sich hin, blätterte um. „Lehrstellen kommen sicher ziemlich zuletzt ... da, siehst du, hier sind sie schon!" Sie tippte mit dem Bleistift auf eine bestimmte Anzeige. „Hier ... da wäre schon was für uns!" Sie las: Kaufmännische Lehrlinge, in Klammern: auch weiblich, intelligent und anpassungsfähig, für chemisches Industriewerk gesucht ..." Bettina unterbrach sich. „Zu blöd, es steht nicht drin, wo das Industriewerk liegt, na, ich denke, wir schreiben auf alle Fälle mal dorthin. Was meinst du, Ursel?"

Ursel zuckte schweigend die Achseln.

Bettina bemerkte nicht die aufkommende Verstimmung der Schwester. Sie studierte eifrig weiter die Stellenangebote, machte sich Notizen, gab Kommentare dazu. „So", sagte sie endlich, „fünfzehn habe ich gefunden, die für uns in Frage kommen. Bitte, überzeug dich selbst, Ursel."

Ursel schwieg und biß sich auf die Lippen. Sie machte keine Anstalten, einen Blick in die Zeitung zu werfen. Bernd grinste unverschämt.

„Bitte, geh raus, Bernd!" sagte Bettina ärgerlich. „Laß uns allein! Du störst uns wirklich. Begreifst du das denn nicht?"

Bernd grinste noch breiter und rührte sich nicht von der Stelle.

Bettina übersah ihn und wandte sich an Ursel. „Bitte", sagte sie, „bitte, hilf mir doch jetzt. Wir müssen die Angebote raussuchen, an die wir wirklich schreiben wollen. Ich kann das nicht allein entscheiden, wirklich nicht, Ursel. Wir dürfen doch nicht ..."

Endlich tat Ursel den Mund auf. „Wir ... wieso sagst du dauernd ... wir? Bildest du dir etwa ein, ich hätte Lust, meine Bewerbungen mit dir gemeinsam loszuschikken?"

„Ja, aber, Ursel, nein, jetzt versteh ich dich nicht", sagte Bettina hilflos.

„Dann muß ich mich deutlicher ausdrücken!" Ursel beugte sich vor. „Ich habe nicht die geringste Lust, mit dir im gleichen Betrieb zu arbeiten, daß du es nur weißt. Ich habe es satt, hinter dir zurückzustehen. Ich will endlich mein eigenes Leben leben. Schließlich sind wir ja keine siamesischen Zwillinge, oder?"

„Natürlich, Ursel, wenn du das so siehst", sagte Bettina, „aber das hindert uns doch nicht daran, wir können uns doch bei derselben Firma bewerben, nicht wahr. Wahrscheinlich nehmen sie ja doch nur eine von uns."

„Sehr richtig. Und zwar dich! Und damit rechnest du doch wohl, wie?"

„Ursel, nein, aber wie kannst du ..."

„Tu doch nicht so scheinheilig. Du weißt genau, daß dein Zeugnis besser ist als meines. Du weißt auch genau, daß du hübscher bist. Ich habe neben dir überhaupt keine Chance. Du hältst mich wohl für einen Idioten, daß ich das nicht begreife!"

„Ich halte dich für einen Idioten, daß du dir so was einredest!" Jetzt wurde auch Bettina heftig. „Du mit deinen blöden Komplexen. Langsam habe ich aber wirklich genug davon! Ich habe keine Lust, mich dauernd mit dir herumzuzanken. Weshalb regst du dich so auf? Wenn du dich nicht bei den gleichen Firmen wie ich bewerben willst, dann teilen wir die Angebote doch einfach auf. Es sind ja genug da."

„Eine glänzende Idee", sagte Ursel wild. „Du die guten, und ich die schlechten. So was konnte auch nur dir einfallen, Bettina!" Sie schob ihren Stuhl zurück und sprang auf. „Danke. Vielen Dank für die Almosen."

Ursel drehte sich auf dem Absatz um und wollte aus dem Zimmer rennen, stieß dabei in der Wohnungstür fast mit der Mutter zusammen, die den kleinen Heiner, fest in eine Decke gewickelt, auf dem Arm trug.

„Was ist hier los?" fragte Frau Bürger erstaunt. „Zankt ihr euch etwa? Hiergeblieben, Ursel! Ich will wissen, was vorgeht!" Sie bettete den kleinen Heiner auf die Couch.

„Das übliche, Mutter", sagte Bernd voll Schadenfreude, „die beiden liegen sich mal wieder in den Haaren. Spieglein, Spieglein an der Wand, wer ist die Schönste im ganzen Land!"

„Dich habe ich nicht gefragt, Bernd", sagte Frau Bürger unwillig. „Lauf bitte nach oben und hol Heiners Märchenbuch herunter. Und überhaupt, du könntest mit deinem kleinen Bruder spielen. Das ist eine entschieden bessere Beschäftigung, als deine Schwestern gegeneinander aufzuhetzen."

Bernd erhob sich und tippte sich, mit der Miene einer beleidigten Unschuld, gegen die Brust: „Ich? Ich hätte sie aufgehetzt? Nein, das ist nun wirklich das Neueste. Jetzt soll ich auch noch schuld dran sein, daß diese beiden Zimtzicken sich nicht vertragen können!" Er schlenderte hocherhobenen Hauptes aus dem Zimmer.

„Was war nun wirklich los?" fragte Frau Bürger die Mädchen.

Ursel und Bettina wechselten einen Blick. Bettina preßte die Lippen zusammen, sie wollte die Schwester nicht anschwärzen. Ursel zupfte nervös an ihrem Pullover herum.

„Na, wird's bald?“

Ursel gab sich einen Ruck: „Es ist nur so, Mutter“, sagte sie, „ich will mich nicht mit Bettina zusammen bewerben. Du weißt schon, warum. Ich will es nicht! Ich ...“

Frau Bürger unterbrach ihre Tochter. „So etwas Dummes“, sagte sie und schlug sich mit der Hand vor die Stirn. „Jetzt hätte ich's doch bald vergessen. Ganz gut, daß ihr mich daran erinnert. Du kannst dich noch gar nicht bewerben, Bettina, Vater hat mich gebeten, dir zu sagen, daß er vorher noch mit dir reden möchte, verstehst du? Du bist nicht böse deswegen, nicht wahr? Ich glaube, Vater hat dir etwas Wichtiges zu sagen.“

Das Blut schoß Bettina in den Kopf. In ihren Ohren dröhnte es. Sie war nicht imstande, die Worte der Mutter wirklich aufzunehmen. Sie begriff nur das eine, daß sie ausgeschaltet werden sollte. Sie war überzeugt, daß die Mutter nur eingegriffen hatte, um Ursel zu helfen. Alle waren gegen sie, niemand hatte sie lieb.

Als Bettina, Ursel und Bernd am Sonntagmorgen aus der Kirche kamen, sahen sie schon von weitem das Auto vor ihrem Haus stehen. Wie auf Kommando rannten sie alle drei los. Sie stürzten, sich gegenseitig stoßend, drängend und lachend ins Haus. Ursel erreichte die Wohnungstür als erste, riß sie auf.

Der Vater saß mit der Mutter und Heiner am Frühstückstisch, blickte ihnen lachend entgegen. „Na, da sind ja meine Großen“, sagte er und breitete die Arme aus.

Sie flogen auf ihn zu und umarmten ihn stürmisch.

„Vati, ich bin so froh, daß du wieder da bist!“ rief Bettina.

„Hast du mir einen Flugzeugmotor mitgebracht, Vati?“ fragte Bernd.

„Wie war es, Vati? Erzähl doch mal, was du erlebt hast“, drängte Ursel.

„Mir hat Vati eine Eisenbahn mitgebracht“, piepste Heiner triumphierend.

„Ist es wahr, Vati, daß du mir etwas Wichtiges zu sagen hast?“ wollte Bettina wissen.

„Nun aber Schluß, Kinder! Genug! Man kann ja sein eigenes Wort nicht mehr verstehen!“ sagte die Mutter energisch. „Setzt euch jetzt erst mal hin, ganz ruhig und gesittet, wie es sich gehört. Vater hat euch etwas Überraschendes zu sagen.“

„Eine richtige Überraschung, Vati?“ rief Bernd aufgeregt.

Der Vater wartete ab, bis jeder einen Platz gefunden hatte und absolute Ruhe eingetreten war. Dann begann er, und es war ihm anzumerken, daß er seine Worte sehr sorgfältig setzte: „Also, paßt mal auf, ihr Bande, ich glaube, es ist wirklich eine große Überraschung, die ich euch zu berichten habe. Unser Leben wird sich in absehbarer Zeit von Grund auf ändern. Eine Angelegenheit, die schon seit langem in der Schwebe war, hat sich jetzt entschieden. Wir werden Dörtlingen verlassen, bei der Josef-Karl-Hütte habe ich schon gekündigt. Ich habe einen Vertrag als leitender Ingenieur einer Eisenerzgrube in Indien abgeschlossen. Es ist eine weite Reise, und es wird eine große Umstellung sein . . . also, Haltung, Herrschaften, Haltung!“

Bettina hatte die Hände gefaltet und sah Herrn Bürger aus strahlenden Augen an. „Vati, das ist zu schön, um wahr zu sein!“

Natürlich gab es an diesem Tag nur ein einziges Gesprächsthema, und das hieß: Indien. Bernd holte seinen Atlas hervor, und Bettina schlug das Lexikon auf; Ursel suchte das Erdkundebuch heraus, in dem Indien behandelt wurde. Sie stellten fest, daß sie eine Menge über Indien gehört und gelesen hatten, und dennoch konnten sie sich von dem neuen Leben, das auf sie wartete, nur eine sehr ungenaue Vorstellung machen.

Vor lauter Aufregung konnte Bernd in dieser Nacht keinen Schlaf finden.

Dann bekam er Hunger. Er hatte den ganzen Tag nur wenig essen können, jetzt knurrte ihm der Magen. Ganz leise, um Heiner nicht zu wecken, stand er auf, öffnete vorsichtig die Tür und schlich auf nackten Sohlen in den Gang hinaus, die Treppe hinunter.

Die Wohnzimmertür war einen Spaltbreit offen, Licht fiel in die Diele. Die Eltern waren noch auf.

Damit hatte Bernd gerechnet. Er zögerte einen Augenblick. Dann pirschte er sich vorsichtig näher an die Wohnzimmertür heran, hörte von drinnen die Stimme der Mutter.

„Du mußt es ihr sagen, Bernhard", bat sie eindringlich. „Bettina ist jetzt alt genug. Sie hat einfach ein Recht darauf, endlich die Wahrheit zu erfahren."

„Du tust gerade so, als wenn wir sie ihr bisher aus Böswilligkeit verheimlicht hätten", sagte Herr Bürger, „wir haben es doch nur gut mit ihr gemeint ..."

„Ja, ja, ich weiß. Dennoch ist es eine Lüge. Glaub mir, Bernhard, Lügen bringen nie etwas Gutes. Manchmal habe ich geradezu Angst."

„Angst! Wovor denn?"

„Daß sie es von allein herausbekommt, verstehst du das denn nicht? Bernhard, das darf nicht geschehen, wir müssen dem zuvorkommen."

„Ich bitte dich, Edith, was sind das für Hirngespinste! Wer sollte ihr denn das sagen? Niemand weiß doch davon außer uns beiden ... und natürlich Stefan Steutenberg. Na, siehst du."

„Du willst sie nicht verlieren“, sagte Frau Bürger, „du hast sie immer sehr liebgehabt.“

„Du etwa nicht?“

„Doch, schon. Ganz bestimmt. Aber deshalb meine ich ja gerade, muß es jetzt sein. Manchmal ertappe ich mich dabei, daß ich für Ursel eben doch mehr Verständnis habe. Ich versuche dagegen anzugehen, Bernhard, aber es ist stärker als ich. Du darfst mir keinen Vorwurf machen deswegen, bitte. Ich sehe, wie unglücklich Ursel ist, weil sie immer in ihrem Schatten steht. Ich leide einfach mit ihr.“

„Unsinn!“ sagte Herr Bürger ärgerlich. „Hirngespinste! Ich hoffe nur, du unterstützt das nicht auch noch. Ja, ich weiß, daß wir es Bettina sagen müssen. Ich möchte es nur aus einem einzigen Grund jetzt noch nicht tun. Ich habe Stefan Steutenberg telegrafiert. Ich rechne fest damit, daß er kommt. Dann kann er es ihr selbst sagen. Findest du nicht auch, daß das die beste Lösung wäre? Schließlich . . .“

Die Stimme des Vaters wurde leiser.

Bernd schlich sich näher zur Tür. Sein Herz klopfte zum Zerspringen. Mit angehaltenem Atem stand er da und lauschte. Dies war der aufregendste Tag seines Lebens.

2

Die Tatsache, daß Bürgers nach Indien auswandern wollten, verbreitete sich mit Windeseile in der kleinen Stadt.

Aber als die Wochen vergingen, ohne daß sie den

Neugierigen sagen konnten, wann die große Reise tatsächlich losging, verloren ihre Pläne langsam an Interesse, ja, sie begannen unglaubhaft zu wirken.

Jürgen Holbach war der erste, der es offen aussprach. Er war eines Nachmittags auf einen Sprung zu Bürgers gekommen, um sich zu verabschieden. Sein Vater hatte ihm eine Stelle als kaufmännischer Lehrling in einem bedeutenden Industrieunternehmen in Düsseldorf verschafft. Er traf die Geschwister im Garten beim Tischtennisspiel.

„Sagt mal ehrlich, mit Indien, das war doch wohl bloß ein Ulk von euch, wie?" fragte er.

„Wie kommst du darauf?" Ursel sah ihn ärgerlich an.

„Ich bin nicht der einzige. Damit ihr genau Bescheid wißt ... niemand glaubt mehr daran, daß ihr wirklich nach Indien geht."

„Niemand? Sag das noch einmal!" Bernd trat mit drohend erhobenem Tischtennisschläger auf Jürgen Holbach zu.

„Gib dir keine Mühe, Bernd, von so einer halben Portion wie dir lasse ich mich noch lange nicht ins Bockshorn jagen. Es tut mir leid, wenn du die Wahrheit nicht ertragen kannst."

„Die Wahrheit! Ausgerechnet ich soll die Wahrheit nicht ertragen können? Da kann ich ja nur kichern." Bernd knallte den Schläger heftig auf die Platte. „Ich bin der einzige, der sie kennt, ich! Nur ich! Sonst niemand!"

„Was meinst du damit, Bernd?" fragte Bettina verwundert. „Von was für einer Wahrheit redest du?"

„Na, warum wir noch immer hier rumsitzen, warum es immer noch nicht losgeht ..."

„Aber das wissen wir doch alle, Bernd", sagte Bettina, „hab' dich bloß nicht so. Es handelt sich noch um ein paar Formalitäten. Ja, Jürgen, das kannst du uns schon glauben. Für so eine große Reise ist ein schrecklicher Papierkram nötig, und Vater sagt . . ."

„Ich hab' dich ja nicht kränken wollen, Bettina", unterbrach Jürgen Holbach sie. „Nur . . . Bernd hat vielleicht ganz recht. Mir wär's lieber, wenn du hierbliebst. Indien ist ein bißchen weit, findest du nicht?"

„Du kannst sie behalten, wenn du willst!" rief Bernd wütend. „Heirate sie doch, dann sind wir sie los. Dann können wir endlich abhauen!"

„Was soll denn nun das wieder heißen?!" rief Ursel.

„Genau das, was ich gesagt habe. Sie ist schuld! Bettina! Sonst niemand! Wegen der hocken wir immer noch hier und müssen uns auslachen lassen. Sonst wären wir doch schon längst über alle Berge."

Bettina war blaß geworden.

Jürgen legte schützend seinen Arm um ihre Schultern. „Hör gar nicht hin", sagte er, „der Knabe spinnt ja."

„Bernd!" sagte Ursel. „Was soll das? Los, jetzt hast du angefangen. Jetzt sag uns alles. Wie kommst du darauf, daß Bettina schuld ist? Woher willst du das überhaupt wissen?"

„Weil ich es eben weiß", sagte Bernd halb trotzig, halb verlegen, „ich hab's gehört. Neulich abend, als Vater zurückgekommen ist. Sie haben es ja gesagt."

„Schäm dich! Du hast gehorcht", sagte Jürgen verächtlich, „pfui Teufel!"

„Was geht dich das an?" rief Bernd wild. „Ich kann tun und lassen, was ich will. Du hast mir gar nichts zu sagen!"

„Bernd, bitte. Es ist doch ganz egal, woher du's weißt. Wir verraten dich nicht, ganz bestimmt nicht", drängte Ursel. „Aber sag es uns endlich. Du mußt es uns sagen. Was ist mit Bettina nicht in Ordnung?"

„Wie kannst du ihn das fragen?“ sagte Jürgen Holbach zornig, „merkst du denn nicht, daß er bloß angibt? Er will Bettina schlechtmachen, er weiß nichts, gar nichts. Woher sollte er auch?“

Bernd ging mit erhobenen Fäusten auf Jürgen Holbach los. „Bist du dessen so sicher?“ schrie er außer sich vor Wut, „dann paß mal auf! Paß gut auf! Bettina gehört gar nicht zu uns! Sie ist nicht unsere Schwester. Sie . . .“

Er kam nicht dazu, den Satz zu Ende zu sprechen, denn Jürgen Holbachs Faust traf ihn mit voller Wucht unter dem Kinn. Bernd stürzte zu Boden.

Bettina benutzte die Sekunde, in der Jürgen Holbach sie aus den Augen ließ, um sich umzudrehen und ins Haus zu rennen. Sie raste die Treppe hinauf, hörte nicht, wie Frau Bürger hinter ihr herrief, stürzte in die Dachkammer, lehnte sich keuchend mit dem Rücken an die Tür.

Ihre Welt war zusammengebrochen. Sie wußte mit tödlicher Gewißheit, daß Bernd nicht gelogen hatte, aber sie wollte es nicht wahrhaben.

„Nein!“ schrie sie in letzter Verzweiflung. „Nein!“

Dann löschte Dunkelheit ihr Denken.

Als Bettina wieder zu sich kam, lag sie in ihrem Bett. Schmerzend kehrte die Erinnerung zurück.

Sie spürte, daß sie nicht allein im Zimmer war, hielt die Augen geschlossen. Sie vermochte es nicht, die Tränen, die in ihr hochstiegen, zurückzuhalten, sie perlten unter den geschlossenen Lidern hervor, rollten über ihre Wangen, liefen ihr salzig in die Mundwinkel.

„Sie ist wach, Mutter“, hörte sie Ursels Stimme in unterdrückter Freude sagen. „Gott sei Dank, sie kommt wieder zu sich!“

Frau Bürgers Hand strich zärtlich über Bettinas Haar.

„Bitte, Liebes“, sagte sie, „weine nicht. Wir sind bei dir. Mutter und Ursel. Bitte, schau uns doch an.“

Bettina schluchzte auf, suchte nach Worten. „Hat Bernd ... es ist doch nicht wahr, Mutter, Bernd hat gelogen. Sag, daß er gelogen hat!“

„Bernd hat seine Strafe schon weg, Bettina“, sagte Ursel eifrig. „Jürgen hat ihn fürchterlich verhauen.“

„Außerdem, denke ich, wird Vati auch noch ein Wörtchen mit ihm reden wollen, wenn er nach Hause kommt“, sagte Frau Bürger. „Fühlst du dich wieder besser, Bettina? Hast du einen Wunsch? Vielleicht etwas zu trinken? Ja, sicher bist du durstig ... ?“ sie stand auf.

„Bitte, bleib“, sagte Bettina. „Bitte.“ Sie richtete sich halb in ihren Kissen auf. „Ich muß wissen, ist es wahr? Ich gehöre also nicht zu euch?“

„Was für ein Unsinn.“ Frau Bürger setzte sich wieder, nahm Bettinas schmale Hand. „Natürlich gehörst du zu uns. Wir haben dich lieb ... alle. Sehr lieb.“

„Aber ich bin nicht euer Kind?“

„Ist das denn so wichtig? Seit du denken kannst, hast du bei uns gelebt. Du gehörst zu unserer Familie, wie Ursel und Bernd und wie Heiner. Wir gehören doch alle zusammen. Fühlst du das denn nicht?“

Bettina schüttelte den Kopf. „Nein“, sagte sie, „nein!“ Ihre Lippen zitterten. „Du hast Ursel immer lieber gehabt als mich, immer. Ich konnte ja nicht ahnen, wie es wirklich war. Wer bin ich? Bitte, sagt es mir. Wißt ihr wenigstens, wer ich wirklich bin?“

„Natürlich, Bettina“, sagte Frau Bürger rasch. „Dein Vater ist Stefan Steutenberg, Onkel Stefan, der immer die schönen Geschenke zu Weihnachten und zum Geburtstag geschickt hat. Wenn du gut nachdenkst, wirst du dich auch noch an ihn erinnern. Er war zum letztenmal hier, als du und Ursel in die Schule gekommen seid!“

„Warum hat er mich fortgegeben?“

„Deine Mutter ist kurz nach deiner Geburt gestorben, Bettina. Vater und Stefan Steutenberg waren Freunde, sehr gute Freunde, sie hatten zusammen auf der Hochschule studiert, jahrelang im gleichen Zimmer gewohnt. Sie verstanden sich sehr gut. Wir waren damals schon verheiratet, Ursel war noch nicht ganz ein Jahr alt. Es schien selbstverständlich, daß wir dich aufnahmen.

„Aber ich verstehe es doch nicht“, sagte Bettina, „wieso hat er ...“ Sie brachte es noch nicht über sich, den Mann, den sie als Onkel Stefan kannte, Vater zu nennen, „wieso hat er es einfach zugelassen? Wenn ich wirklich seine Tochter bin, warum ...“

„Stefan Steutenberg ist ein sehr unruhiger Mensch“, sagte Frau Bürger, „vielleicht hat ihn auch nur das Schicksal so gemacht. Er hat deine Mutter sehr geliebt, Bettina, und als er sie dann verlor ... das hat ihn aus dem Gleichgewicht geworfen. Er konnte es nie mehr lange an einem Ort aushalten, reiste ruhelos kreuz und quer durch die Welt. Er hätte dir weder ein Heim bieten können, noch eine wirkliche Erziehung. Das wußte er. Deshalb ...“

„Ich verstehe“, sagte Bettina leise. „Ja, ich verstehe, es ist ihm lästig, ein Kind zu haben. Ich bedeute ihm nichts.“

„Bettina! Wie kannst du so hart urteilen! Stefan Steutenberg ist, wenn du ihn erst näher kennenlernen wirst ...“

„Ich will nicht“, sagte Bettina. „Nein, ich will nicht. Er hat sich um mich nie gekümmert. Was geht er mich an?“

„Er hat all die Jahre für dich bezahlt, Bettina, von den Geschenken ganz abgesehen. Wir hätten es uns nicht leisten können, ein fremdes Kind ...“ Sie schlug sich mit der Hand vor den Mund. „Verzeih bitte, Bettina, du bist für uns kein fremdes Kind, wirklich nicht. Ich ... es war alles so schwer."

Bettina sah Ursel an, um ihre Mundwinkel zuckte ein wehes Lächeln. „Du bist froh, daß du mich jetzt los wirst, nicht wahr? Endlich bist du allein, endlich brauchst du nicht mehr ..."

„Bettina", sagte Ursel ehrlich. „Sag doch so etwas nicht. Bitte, nicht. Bleib bei uns, bitte!"

„Natürlich bleibt Bettina bei uns", sagte Frau Bürger rasch, „das ist doch ganz selbstverständlich. Wenn sie nicht zu ihrem Vater will ..."

„Würde er mich denn wollen? Nein. Bestimmt nicht."

„Du bleibst also?" fragte Ursel.

Ehe Bettina noch antworten konnte, sagte Frau Bürger: „Vater hat Stefan Steutenberg telegrafiert ... Daß wir nach Indien wollen. Er muß ja seine Einwilligung geben. Vati hatte gehofft, er würde selbst kommen."

„Das glaube ich nicht", sagte Bettina bitter.

„Sprich doch nicht so", sagte Ursel, „du tust ja gerade so, als wenn du von aller Welt verlassen wärst. Davon kann doch keine Rede sein, wir haben dich lieb ... wir alle, auch Bernd, selbst wenn er so blöd gequatscht hat."

„Ich werde arbeiten", sagte Bettina, „Stenografie und Maschinschreiben haben wir ja gelernt, damit kommt man heutzutage überall weiter. Ich will niemandem zur Last fallen."

„Bettina!" rief Ursel empört. „Wie kannst du?"

„Sei still, Ursel", unterbrach Frau Bürger sie. „Bettina hat einen schlimmen Schock erlebt, du darfst nicht ernst nehmen, was sie jetzt spricht." Sie erhob sich. „So, und jetzt gebe ich dir etwas zur Beruhigung. Am besten versuchst du dann ein bißchen zu schlafen. Wenn Vati nach Hause kommt ..."

„Wie soll ich ihn nennen?“ fragte Bettina. „Ich kann doch jetzt nicht mehr, wo ich weiß, ihr seid ja nicht meine Eltern ...“

Frau Bürger beugte sich über Bettina und küßte sie auf die Stirn. „Nenn uns, wie du's immer getan hast, Liebes“, sagte sie, „selbst wenn es dir jetzt ganz falsch vorkommt, du kannst sechzehn Jahre deines Lebens, vielleicht die wichtigsten Jahre, nicht einfach streichen. Wenn du ruhiger geworden bist, wirst du die Dinge mit anderen Augen sehen.“

Eine Nachricht von Stefan Steutenberg kam zwei Tage später. Sie bestand aus einem ausführlichen Telegramm aus Kapstadt. Herr Bürger brachte es mit, als er abends nach Hause kam.

„Ein Telegramm von Stefan Steutenberg. Das geht dich an, Bettina“, sagte er und holte das gelbe Formular aus seiner Brieftasche. „Hier, lies selbst.“

„Was telegrafiert er?“ rief Ursel aufgeregt. „Darf Bettina bei uns bleiben? Wann ...“

Herr Bürger legte mahnend den Finger auf die Lippen. „Ruhe, Ursel, Bettina wird es uns selbst sagen.“

Bettina hatte das Telegramm überflogen, jetzt sah sie die erwartungsvollen Augen von Bernd, Ursel und Heiner auf sich gerichtet, las noch einmal laut von Anfang an:

„alter junge, was machst du für geschichten stop wieso ausgerechnet indien stop kann nicht zulassen, daß du mir mein kind entführst stop habe haus bei münchen gekauft stop werde mich selbst bald dort ansässig machen stop aber noch nicht spruchreif stop habe bettina im internat von madame jeuni genf angemeldet stop ausgezeichnetes institut stop geld kommt ebenfalls

telegrafisch stop melde mich wieder stop grüßt bettina stop alles gute für euch stop hals- und beinbruch stop stefan steutenberg.“

„So eine Gemeinheit!“ platzte Ursel heraus. „Erst ist er froh, daß er Bettina los ist, und jetzt auf einmal ...“

„Ursel, ich bitte dich“, sagte Frau Bürger unwillig. „Wie kannst du so töricht daherreden. Stefan Steutenberg ist niemals froh gewesen, Bettina los zu sein. Er hatte nur keine Möglichkeit, sich um sie zu kümmern.“

„Willst du denn überhaupt in dieses blöde Internat, Bettina?“ fragte Bernd.

„Selbstverständlich wird Bettina das tun, was ihr Vater wünscht“, sagte Herr Bürger nachdrücklich.

„Ich will aber nicht, daß Bettina weggeht!“ rief der kleine Heiner mit zorniger Stimme. „Ich will es nicht!“

Herr Bürger legte seinen Arm um Bettinas Schultern, zog sie an sein Herz. „Wir alle werden dich sehr vermissen, Bettina, du hast uns mehr bedeutet, als du selbst weißt. Daß du uns wirklich verlassen wirst, ich mag noch gar nicht daran denken.“

Einen Herzschlag lang fühlte Bettina sich an Herrn Bürgers Brust geborgen, dann begegneten ihre Augen zufällig dem Blick der Pflegeschwester. Sie spürte Ursels aufglimmende Eifersucht.

Sie löste sich aus Herrn Bürgers Armen, sagte in gezwungenem, heiterem Ton: „Gibt's bald was zu essen, Mutti? Ich habe einen Mordshunger. Wahrscheinlich kommt das durch die Aufregung.“

Nur Herr Bürger merkte, daß Bettina trotz dieser großartigen Ankündigung beim Abendbrot kaum etwas aß. Er hätte ihr gern geholfen, sie wenigstens getröstet, aber auch er spürte die Spannung, die in der Luft lag. Schweren Herzens entschied er sich zu schweigen.

Die nächsten Tage waren so bis zum Rand mit Arbeit ausgefüllt, daß für niemanden Zeit blieb, traurigen oder auch hoffnungsfrohen Gedanken nachzuhängen.

Herr Bürger hatte die Pässe für seine Angehörigen schon vorsorglich vor Wochen beantragt. Als Bettina auf dem Paßamt zum erstenmal mit ihrem wirklichen Namen — Bettina Steutenberg — unterschreiben mußte, war ihr sehr merkwürdig zumute. Sie fühlte sich fast ein wenig stolz auf ihr seltsames Schicksal, das sie von allen jungen Leuten, die sie kannte, hervorhob.

Am Tag der Trennung brachte die ganze Familie Bettina zum Flughafen Düsseldorf-Lohausen. Ihr Herz tat weh, als sie alle der Reihe nach noch einmal küßte und umarmte. Es wurde ihr schmerzhaft deutlich, wie lieb sie jeden einzelnen von ihnen gehabt hatte. Dennoch wußte sie, daß sie nicht zu ihnen gehörte und niemals wirklich zu ihnen gehört hatte. Ihre Tränen galten weniger den Menschen, die sie vielleicht nie mehr in ihrem Leben wiedersehen würde, sie galten dem Abschied von der Kindheit.

Als die Maschine der Deutschen Lufthansa sich nach langem Dahinrollen endlich vom Boden abhob und in die Lüfte hinausschwang, waren Bürgers für Bettina nur noch winzige kleine Figuren in unendlicher Ferne. Sie wandte den Blick vom Fenster, lehnte sich aufatmend in die Polster. Ihr war zumute, als wenn sie eine unangenehme, aber notwendige Operation hinter sich gebracht hätte.

„Sie dürfen sich jetzt losschnallen, gnädiges Fräulein", sagte eine etwas rauhe männliche Stimme in ihre Gedanken hinein.

Sie fuhr herum und sah in zwei sehr helle Augen, die mit einem sonderbaren Ausdruck auf ihr ruhten.

Bettina wurde klar, daß sie die Anweisung aus dem

Lautsprecher nicht zur Kenntnis genommen hatte, weil sie mit ihren eigenen Gedanken beschäftigt gewesen war.

„Natürlich ... vielen Dank“, sagte sie leicht errötend. „Ich muß es überhört haben.“

„Kann ich Ihnen helfen?“ fragte der Herr neben ihr.

„Nein, danke. Ich komme selbst zurecht.“

Der Herr mit den hellen Augen zog ein Zigarettenetui aus der Rocktasche, klappte es auf, zögerte einen Augenblick, reichte es dann Bettina. „Bitte ...“

Bettina wollte schon dankend ablehnen, als ihr plötzlich klar wurde, daß ihr neues Leben schon begonnen hatte. Sie war eine junge Dame, die allein durch die Welt reiste — warum sollte sie nicht rauchen?

Sie hatte noch nie geraucht. Es schmeckte ihr schauderhaft, und es gelang ihr nur mit Mühe, den Rauch wieder auszustoßen, ohne daß sie husten mußte. Trotzdem drückte sie die Zigarette nicht aus, denn sie wollte sich ihre Unerfahrenheit nicht anmerken lassen.

„Sie fliegen zum erstenmal, gnädiges Fräulein?“

Bettina warf ihrem Nebenmann unter den dichten Wimpern einen verstohlen prüfenden Blick zu, während sie überlegte, ob sie antworten sollte oder nicht. Eigentlich wirkt er ziemlich vertrauenerweckend, dachte Bettina, aber war das ein Grund, sich in ein Gespräch mit ihm einzulassen? Schließlich war er ihr fremd.

Der Herr schien ihre Gedanken lesen zu können. Er verbeugte sich leicht, sagte mit einem halben Lächeln: „Entschuldigen Sie bitte, ich vergaß, mich vorzustellen, Ewald Bäumler. Ich hoffe, Sie halten mich nicht für aufdringlich, aber ich finde immer, bei einer kleinen Unterhaltung vergeht die Zeit viel rascher.“

Bettina drückte die Zigarette aus. „Ich finde es herrlich zu fliegen“, sagte sie ehrlich. „Von mir aus könnte es noch viel länger dauern.“

Ewald Bäumler lachte. „Das glaube ich Ihnen gern. Aber wenn Sie soviel unterwegs sein müßten wie ich, würde Ihnen die Lust am Reisen bald vergehen. Heute zum Beispiel fliege ich nach Genf, und morgen muß ich weiter nach Paris."

„Paris?" wiederholte Bettina. „Paris muß eine herrliche Stadt sein, stell' ich mir vor . . ."

„Stimmt. Es ist allerhand los dort. Besonders jetzt im Frühling. Im Bois de Boulogne, an der Seine, im Park von Versailles, auf den Champs-Élysées, überall elegante Menschen, Leben und Frohsinn. Ja, ich würde Ihnen das schon gern einmal zeigen."

„Das kann nicht Ihr Ernst sein", wehrte Bettina ab. „Ich fürchte, Sie schätzen mich falsch ein. Ich bin nicht so abenteuerlich, wie Sie zu glauben scheinen."

„Alle jungen Mädchen wollen etwas erleben."

„Tut mir leid, wenn ich Sie enttäuschen muß", sagte Bettina, „aber ich wünsche mir nichts weiter, als wohlbehalten in Genf anzukommen." Sie holte ein Taschenbuch, das ihr Herr Bürger noch auf dem Flughafen gekauft hatte, aus ihrer Reisetasche, schlug es auf.

„Sie fliegen nach Genf?" Herr Bäumler ließ sich nicht so leicht abschütteln. „Das trifft sich wunderbar. Dann haben wir ja dasselbe Ziel. Auch in Genf könnte ich Ihnen dies und jenes zeigen."

„Herr Bäumler", sagte Bettina lächelnd, „geben Sie sich keine Mühe. Mein Vater hat mich in einem Genfer Internat angemeldet. Ich muß noch heute abend dort sein. Sie meinen es sicher gut mit mir, aber . . ."

„Schade", sagte Herr Bäumler und seufzte tief. „Wirklich schade. Na ja, da kann man nichts machen."

Als Bettina nichts mehr darauf sagte, sondern sich sehr vertieft in ihre Lektüre gab, zog er eine Zeitung aus der Manteltasche und begann zu lesen.

Bettina war sehr mit sich zufrieden. Sie fand, daß sie die etwas merkwürdige Situation ausgezeichnet gemeistert hatte.

Herr Bäumler schien die Abfuhr, die Bettina ihm erteilt hatte, nicht übelzunehmen. Beim Umsteigen in Zürich-Kloten bestand er darauf, Bettinas Reisetasche zu tragen.

Sie hatten fünfundvierzig Minuten Aufenthalt, und Bettina wußte nicht, wie sie Herrn Bäumler abschlagen sollte, sie im Flughafenrestaurant zu einer Tasse Kaffee einzuladen. Herr Bäumler machte jetzt auch keine Versuche mehr, sie zu irgendwelchen Abstechern zu verleiten. Im Gegenteil, er gab sich ausgesprochen nett, erzählte ganz offen, daß er in Österreich lebe, verheiratet sei, zeigte Fotografien seiner Kinder, und es stellte sich heraus, daß eine seiner Töchter geradeso alt war wie Bettina.

Von Zürich bis Genf — Bettina und Herr Bäumler hatten die Maschine wechseln müssen — dauerte es knapp dreißig Minuten. Sie landeten am späten Nachmittag. Herr Bäumler war Bettina beim Aussteigen behilflich und trug wieder ihre Reisetasche. Er hatte sich erboten, sie zum Internat zu begleiten. Als er ihr, halb scherzhaft, halb galant, seinen Arm bot, hakte Bettina sich lachend ein.

Nebeneinander traten sie durch die Drehtür ins Freie. Weder Bettina noch Herr Bäumler achteten auf die junge Frau mit dem blauschwarzen, streng gescheitelten Haar und dem schicken kleinen Hut, die suchend unter den Passagieren Ausschau hielt. Bettina ahnte nicht, daß Madame Jeuni ihre Sekretärin, Mademoiselle Legrand, zum Flugplatz geschickt hatte, um sie abzuholen. Wenn sie es gewußt hätte, wäre ihr manches erspart geblieben.

Mademoiselle Legrand hielt das junge Mädchen mit

dem herzförmigen Gesicht für die Tochter des älteren Herrn, bei dem sie sich eingehakt hatte.

Herr Bürger hatte telegrafiert, daß Bettina allein fliegen würde.

Mademoiselle Legrand verließ unverrichteter Dinge den Flughafen.

Das Internat von Madame Jeuni lag etwas außerhalb von Genf, auf der rechten Seite der Rhone — ein verwittertes, schloßartiges Sandsteingebäude, dessen weitläufiger Park bis zum See hinunterführte.

Neben dem breiten, kunstvoll geschmiedeten Gartentor duckte sich das kleine gelbe Pförtnerhaus, in dem der Concierge wohnte. Er telefonierte zum Internat hinüber, und erst, als er entsprechende Anweisungen erhalten hatte, gab er Bettina den Weg frei.

Er warf einen kurzen Blick auf Herrn Bäumler, der immer noch Bettinas Reisetasche trug, fragte: „Sind Sie der Vater?"

Herr Bäumler schüttelte den Kopf. „Nein. Nur ein guter Freund."

„Sie wollen das Fräulein zu Madame begleiten?"

Bettina sah Herrn Bäumler flehend an. Sie fühlte sich plötzlich dem großen imponierenden Gebäude gegenüber sehr klein und verlassen. Herr Bäumler war der einzige Mensch, den sie noch kannte, und sie hätte sich am liebsten an ihn geklammert.

Aber er wich ihrem Blick aus. „Nein ... nein, danke", sagte er rasch, „das ist nicht nötig. Ich denke, Sie sind jetzt in guter Obhut, Bettina."

Bettina verbarg ihre Enttäuschung. Sie reichte Herrn Bäumler mit niedergeschlagenen Augen die Hand, murmelte ein paar Worte des Dankes. Der Concierge nahm Herrn Bäumler die Reisetasche, dem Taxichauffeur den

Koffer ab, und schlurfte vor Bettina her dem Hauptgebäude zu.

Dann wurde die Haustür geöffnet. Ein adrettes Mädchen in schwarzem Satinkleid mit weißem Schürzchen und weißem Häubchen erschien, sagte sehr rasch etwas auf französisch zu dem Concierge. Der Mann schlurfte mit dem Gepäck davon.

Das Mädchen führte Bettina in eine große, sehr eindrucksvolle Diele, bat sie, einen Augenblick zu warten. Schüchtern sah Bettina sich um. Die Diele war dunkel getäfelt, der gepflegte Parkettboden mit schweren Perserteppichen belegt; es gab einen offenen Kamin mit einem gebogenen Kupferdach.

Bettina stand mitten im Raum. Sie wagte es nicht, sich zu setzen. Voll nervöser Unruhe zog sie ihre weißen Handschuhe aus und wieder an. Die Sekunden des Wartens erschienen ihr wie eine Ewigkeit.

Dann war das Stubenmädchen wieder neben ihr und öffnete die Tür zu einem großen, hellen, mit erlesener Eleganz eingerichteten Zimmer. „Madame Jeuni läßt bitten!"

Unsicher trat Bettina ein. Ihre Füße versanken in den dick aufeinandergelagerten Teppichen. Schritt für Schritt näherte sie sich dem kunstvoll verschnörkelten Schreibtisch, hinter dem Madame Jeuni saß, sehr gerade, die schmalen, blaugeäderten Hände vor sich auf dem Tisch, und ihr aus sehr großen dunklen Augen entgegensah. Madame Jeuni war nicht mehr jung, ihr blasses Gesicht von scharfen Falten gezeichnet, der Mund wirkte leicht verkniffen, aber sie schien immer noch sehr viel Wert auf ihr Äußeres zu legen. Ihr Haar war sorgfältig gelegt, in einem hellgrau getönten Weiß gefärbt, ihre Lippen waren scharlachrot nachgezogen, und an ihren Händen trug sie schwere Ringe.

Am liebsten hätte Bettina sich umgedreht und wäre aus dem Zimmer gerannt.

„Kommen Sie näher, mein Kind“, sagte Madame Jeuni in französischer Sprache. Ihre Stimme klang kalt und befehlsgewohnt. „Haben Sie eine gute Reise gehabt?“

„Ja . . .“

„Sie sind es nicht gewohnt, französisch zu sprechen?“

„Nein . . . ich . . . wir . . . wir haben es nur auf der Schule gelernt.“

„Sie werden bei uns Gelegenheit haben, Ihre Sprachkenntnisse zu vervollkommnen“, sagte Madame Jeuni. Dann wechselte sie zu Bettinas unendlicher Erleichterung in die deutsche Sprache über. „Wie alt sind Sie?“

„Sechzehn . . .“

„Darf ich Ihr Schulzeugnis sehen?“

„Bitte . . . nein . . . es tut mir leid“, stammelte Bettina, „der Pförtner . . . es ist in meiner Reisetasche.“

„Nun gut. Das hat Zeit.“ Madame Jeuni ließ nicht eine Sekunde ihren schwarzen durchbohrenden Blick von Bettinas Gesicht. „Ich habe ein Telegramm bekommen“, sagte sie und spielte mit dem Papiermesser, „ein Telegramm eines . . .“ Sie begann unter den Papieren auf ihrem Schreibtisch zu suchen, „eines Herrn Bernhard Bürger . . .“

„Das ist mein Pflegevater“, sagte Bettina.

„Er kündete mir Ihre Ankunft an.“ Madame Jeuni hatte das Telegramm endlich gefunden, nahm es in die Hand und hielt es mit einem gewissen Abstand vor Augen, las: *„Bettina Steutenberg fliegt allein* . . . ja, das ist es, worüber ich mit Ihnen reden wollte. Soviel ich weiß, sind Sie in Begleitung eines Herrn hier angekommen?“

„Ja“, sagte Bettina und ärgerte sich über sich selbst,

weil sie errötete, „Herr Bäumler, er war so freundlich, mich hierherzubegleiten.“

„Ein Bekannter von Ihnen?“

„Ja“, sagte Bettina, dann überwand sie sich und fügte hinzu: „Ich habe ihn auf dem Flug kennengelernt. Er war sehr nett zu mir.“

Unter dem durchbohrenden Blick Madame Jeunis war Bettina einfach außerstande, sich so auszudrücken, wie sie es sich gewünscht hätte.

„Hat Ihnen niemand gesagt, daß Reisebekanntschaften für ein junges Mädchen nicht nur gegen den Anstand verstoßen, sondern möglicherweise auch sehr gefährlich werden können?“

„Doch, natürlich“, sagte Bettina, „natürlich weiß ich das. Ich laß mich auch nicht einfach ansprechen, aber ...“

„Dieser Herr hat Ihnen also gefallen?“

„Nein! Ich meine ... ja, ich fand ihn sympathisch. Wir saßen auf dem ganzen Flug nebeneinander. Was war denn dabei?“

„Fragen Sie das im Ernst?“

„Anfangs habe ich versucht, ihn abblitzen zu lassen, wirklich, aber dann kam ich mir selbst albern vor. Er hatte ja auch bestimmt keine bösen Absichten.“

„Sind Sie sicher?“

„Ja, natürlich.“

„Hat er Sie nicht aufgefordert ... na, vielleicht ... ein wenig später ins Internat zu kommen? Oder mit ihm zusammen irgendwo hinzufahren?“

„Nein!“ sagte Bettina, und bei dieser Lüge schoß ihr das Blut in einer roten Welle ins Gesicht.

„Selbst wenn wir unterstellen, daß dieser Herr ein absoluter Ehrenmann ist, selbst dann muß ich Ihnen sagen, daß ich Ihr Benehmen äußerst tadelnswert finde, mein

Kind. Ich möchte nicht ungerecht sein, aber ich finde für Ihr Verhalten beim besten Willen keine Entschuldigung. Es ist genug, daß Sie sich auf der Reise von einem fremden Mann ansprechen ließen ... ihn aber aufzufordern, Sie hierher ins Internat ..."

„Ich habe ihn nicht aufgefordert", sagte Bettina heftig, „er hat es mir angeboten!"

„Auch wenn Sie glauben, daß ich im Unrecht bin, mein Kind, ist es eine sehr schlechte Angewohnheit, einen Menschen mitten im Satz zu unterbrechen, noch dazu eine um so viele Jahre ältere und erfahrenere Frau wie mich."

Bettina war den Tränen nahe, unfähig, ein Wort hervorzubringen, starrte sie vor sich hin auf den Teppich.

„Sie halten es also nicht für nötig, sich zu entschuldigen?" fragte Madame Jeuni scharf.

„Doch, natürlich. Bitte, verzeihen Sie mir ..."

„Es würde mir sehr leid tun, wenn es sich herausstellen sollte, daß Sie in den Kreis meiner Zöglinge nicht hineinpassen. Ich möchte Ihnen das von Anfang an klar vor Augen halten ... ich kann keine störenden Elemente in meinem Internat dulden ... die Mädchen, die mir anvertraut sind, sind durchwegs aus sehr guten Familien, sie haben eine ausgezeichnete Kinderstube. Meine Aufgabe besteht nur darin, ihnen sozusagen den letzten Schliff zu geben, ihnen den Übergang von der Kindheit in das Gesellschaftsleben zu erleichtern. Ich hoffe, Sie werden sich Mühe geben, sich in unser Haus einzufügen. Meine Assistentin, Fräulein Legrand, wird Sie jetzt auf Ihr Zimmer bringen und Sie in die Hausordnung einführen. Ich bedaure es sehr, daß Ihre Zeit hier bei uns mit einem solchen Mißton anfangen mußte. Aber Sie werden zugeben, daß es einzig und allein Ihre Schuld ist!"

Madame Jeuni drückte auf die Taste einer kleinen Apparatur auf dem Schreibtisch. Wenige Augenblicke später erschien Jeannette Legrand, der das Signal gegolten hatte, und führte Bettina in ihr Zimmer.

Als Fräulein Legrand endlich ging, stürzte Bettina zur Tür. Sie wollte abschließen, mußte aber feststellen, daß es keinen Schlüssel gab. Die Zimmertüren waren nur von außen zu verriegeln.

Diese Tatsache steigerte Bettinas Verzweiflung. Sie fühlte sich so elend wie noch nie in ihrem Leben.

Heimweh zerriß Bettinas Herz, Sehnsucht nach Bürgers, nach Ursel, nach Heiner, ja selbst nach Bernd. Am liebsten hätte sie sich in einen dunklen Winkel verkrochen. Sie warf sich auf den bunten Kretonneüberzug ihres Bettes, verbarg ihren Kopf in den Armen und schluchzte wild auf. Sie fühlte sich allein und schutzlos einer fremden, feindlichen Welt preisgegeben.

Es dauerte lange, bis ihre Tränen sanfter zu fließen begannen. Dämmerung fiel in das Zimmer. Bettina war erschöpft von den Aufregungen der letzten Tage, erschöpft von dem langen Flug. Die Augen fielen ihr zu.

Als eine Hand sie kräftig an der Schulter schüttelte, fuhr sie entsetzt hoch. Sie mußte sich erst besinnen, wo sie war. Dann begriff sie wieder alles. Sie war eingeschlafen, und das rothaarige Mädchen, das im Tennisdreß vor ihr stand, war wahrscheinlich ihre Zimmergenossin.

„Oh, entschuldigen Sie, es tut mir leid. Wie spät ist es?“ fragte Bettina.

„Bist du Deutsche?“ fragte das rothaarige Mädchen.

„Ja . . .“

„Hier im Haus ist es verboten, deutsch zu sprechen . . . wußtest du das nicht?“

Bettina errötete, weil sie offensichtlich schon wieder

etwas falsch gemacht hatte. „Doch, ja“, sagte sie rasch, „Mademoiselle Legrand hat es mir erklärt, aber ich spreche nicht sehr gut französisch.“

„Drum eben. Wir sollen es lernen ...“

„Was sind Sie, oder darf ich du sagen, für eine Landsmännin?“

„Engländerin. Aber meine Mutter ist Deutsche. Deutsch und Englisch geht bei mir, jetzt haben sie mich nach Genf geschickt, damit ich Französisch lerne. Ich heiße Dotty Glenford, übrigens sagen wir alle du zueinander.“

„Bettina Steutenberg“, stellte Bettina sich vor, „ich komme aus Dörtlingen.“

„Dörtlingen? Nie gehört.“

„Eine kleine Stadt in Westfalen, am Rande des Ruhrgebietes.“

Dotty zuckte die runden Schultern. „Sinnlos“, sagte sie, „Geographie ist meine schwache Seite.“ Sie setzte sich zu Bettina aufs Bett, schlug die langen nackten Beine übereinander. „Warum hast du geweint?“ fragte sie neugierig. „War die Trennung so schlimm?“

„Madame Jeuni ... sie hat mich furchtbar abgekanzelt.“

„Willst du etwa behaupten, daß du deshalb geheult hast?“

„Ja“, sagte Bettina erstaunt. „Ich ... es war ganz furchtbar. Wirklich.“

Dottys grüne Augen begannen zu funkeln. „Alles kann ich vertragen“, sagte sie aufgebracht, „nur keine Lügen!“

„Aber ... ich lüge doch nicht! Warum sollte ich denn?“

„Du bist eine widerwärtige Heuchlerin, daß du's nur weißt. Glaubst du wirklich, du könntest mir was vormachen? Ausgerechnet mir? Das ganze Internat weiß, daß du dich von einem Mann hast herbringen lassen."

Bettina schwang die Beine zu Boden und sprang auf. „Ja, aber das ist es doch gerade! Deshalb war Madame Jeuni so böse auf mich. Das will ich dir ja gerade erklären."

„Was Madame Jeuni dir gesagt oder nicht gesagt hat, interessiert mich nicht im geringsten. Was war das mit dem Mann?"

„Der Mann? Herrgott, was soll denn mit dem Mann gewesen sein? Ich habe ihn ja kaum gekannt."

„Ach so. Sicher hast du dich nur ganz zufällig von ihm hierher begleiten lassen, nicht wahr?" sagte Dotty, und ihre Stimme war von gefährlicher Sanftheit.

„Ich habe ihn im Flugzeug kennengelernt, wenn du's genau wissen willst. Er hat ein Gespräch mit mir angefangen, und weil er ganz nett war, bin ich drauf eingegangen. Das ist alles."

Dotty trat dicht auf Bettina zu. „Das soll ich dir glauben?"

„Es ist die Wahrheit!" sagte Bettina mit fester Stimme.

„Lächerlich! Niemand weint wegen einer zufälligen Bekanntschaft. So was gibt es nicht."

„Aber bitte, Dotty, wirklich, du tust mir Unrecht", sagte Bettina eindringlich. „Wenn du Herrn Bäumler gesehen hättest. Es ist wirklich gar nichts an ihm dran. Wie kannst du glauben, daß ich in ihn verliebt wäre oder so etwas?"

Dotty gab keine Antwort. Sie zog ihre weiße Bluse und ihr Tennisröckchen aus, schlüpfte statt dessen in ein hellgrünes Sommerkleid.

Bettina machte noch mehrere Versuche, Dotty zu versöhnen. Sie spürte deutlich, in welch eine unerquickliche

Situation sie geriet, wenn sie sich mit ihrer Zimmergenossin von Anfang an verfeindete. Aber Dotty reagierte nicht, sie stellte sich einfach taub.

Erst als unten im Haus drei kräftige Gongschläge ertönten, öffnete Dotty wieder den Mund. Sie sprach französisch, aber vergewisserte sich nicht, ob Bettina sie verstanden hatte, sondern verließ erhobenen Hauptes den Raum.

Bettina mußte sich den Weg zum Eßsaal selbst suchen.

Die nächsten Wochen wurden für Bettina die schwersten ihres jungen Lebens.

Sosehr sie sich auch bemühte, sich in die Gemeinschaft einzufügen, es gelang ihr nicht. Sie war und blieb eine Fremde. Es gab niemanden, der sich ihrer angenommen hätte. Dotty zeigte ihr hartnäckig die kalte Schulter.

Frau Bürger hatte Bettina vor ihrer Abreise von Kopf bis Fuß neu eingekleidet, und in Dörtlingen war Bettina von ihren Kleidern, Mänteln, Jacken und Schuhen begeistert gewesen. Hier mußte sie plötzlich erkennen, daß alle anderen Mädchen weit eleganter waren als sie. Jedenfalls schien es ihr so. Sie fühlte sich wie ein Aschenputtel, wurde von Tag zu Tag schüchterner und unglücklicher.

Das schlimmste war, daß sie nicht gewußt hatte, daß zum Pensum der Schule Reiten und Tennisspielen gehörte. Die meisten der sehr reichen jungen Mädchen hatten diese Sportarten schon immer betrieben, Bettina ahnte nicht einmal etwas von den Anfangsregeln. Dazu kam, daß sie weder einen Reitdreß noch Tenniskleider besaß. Weder Frau Bürger noch sie hatten daran gedacht, daß sie so etwas brauchen würde.

Bettina ging ins Büro von Mademoiselle Legrand und bat, sie vom Sportunterricht zu dispensieren.

„Aber warum denn nur?“ fragte Mademoiselle Legrand erstaunt.

„Ich habe kein Sportzeug, weil ... ich habe ja nicht gewußt ...“

„Ach so. Das ist natürlich ärgerlich. Aber, warten Sie, wir werden schon einen Ausweg finden. Haben Sie eine Ahnung, wieviel Sie auf Ihrem Konto haben?“

„Auf meinem ...? Habe ich überhaupt ein Konto?“

„Die meisten Schülerinnen haben eines, damit sie sich irgendwelche Extrawünsche erfüllen können. Warten Sie einen Augenblick, ich schaue auf Ihrer Karte nach ...“

Mademoiselle Legrand begann in einer großen Kartei zu blättern; endlich hatte sie Bettinas Blatt gefunden, zog es heraus. „Nichts“, sagte sie enttäuscht. „Das tut mir leid. Das beste wird sein, Sie schreiben Ihrem Vater. Er ahnt gewiß nicht, daß Sie Geld brauchen. Bitten Sie ihn, ein ständiges Konto für Sie anzulegen. Sicher wird Ihr Vater diese Bitte verstehen.“

„Ich werde es versuchen“, sagte Bettina leise.

„Gut so, Bettina. Aber was machen wir bis dahin? Warten Sie mal, ich glaube, ich habe eine Idee. Ich werde mal nachschauen, ob ich Ihnen vielleicht aushelfen kann. Kommen Sie heute nach dem Abendessen auf mein Zimmer, ja? Dann werden wir zusammen schauen, ob wir etwas Passendes für Sie finden.“

So kam es, daß Bettina ihre ersten Reit- und Tennisstunden in den abgelegten Kleidungsstücken von Mademoiselle Legrand absolvieren mußte. Sie fühlte sich durch die Tatsache entsetzlich gedemütigt, glaubte, daß man hinter ihrem Rücken über sie spöttelte.

Trotzdem schrieb sie ihrem Vater nicht. Sie hatte noch nie in ihrem Leben einen Brief an ihn geschickt, und sie spürte deutlich, daß der erste Brief nicht gleich eine Bitte um Geld enthalten durfte.

Manchmal sehnte sie sich heiß nach ihrem unbekannten Vater, manchmal haßte sie ihn dafür, daß er sie in eine Situation gebracht hatte, der sie nicht gewachsen war. Abends, wenn sie nicht einschlafen konnte, setzte sie im Geist oft lange Briefe an ihn auf. Keinen davon schrieb sie wirklich.

Ihre Mutlosigkeit wuchs von Tag zu Tag.

Dem Unterricht zu folgen fiel Bettina, sobald sie sich daran gewöhnt hatte, Französisch als Umgangssprache zu gebrauchen, nicht schwer. Die Schülerinnen der Klasse 2 a, in die der Vater sie angemeldet hatte und zu der auch Dotty gehörte, wurden nicht für einen Beruf vorbereitet, sondern, wie Madame Jeuni immer wieder betonte, für das Leben, genauer ausgedrückt, für die Ehe.

Die Mädchen lernten Kochen, Schneidern, Säuglingspflege, Literatur, Kunstgeschichte, Musikerziehung — jede mußte mindestens ein Instrument beherrschen lernen —, und dann natürlich der Sport. Es wurden keine Noten für die Leistungen in den einzelnen Fächern erteilt. Madame Jeuni setzte, wie sie immer zu sagen pflegte, voraus, daß die jungen Damen selbst die Zeit im Institut ausnutzten, um sich so viele Fähigkeiten wie nur möglich anzueignen.

Allerdings stellte Bettina schon bald fest, daß das nicht zutraf. Ein großer Teil der Mädchen — sie waren durchwegs aus sehr reichen Häusern, verwöhnt und verzogen — gab sich nicht die geringste Mühe, irgend etwas zu lernen. Sie benutzten den Aufenthalt im Internat nur dazu, die Zeit totzuschlagen.

Dotty Glenford war eine der besten Schülerinnen. Sie war zwar nicht fleißig, aber begabt und von rascher Auffassungsgabe. Immer wurde sie den anderen als leuchtendes Beispiel vorgehalten. Niemand der Lehrpersonen schien zu durchschauen, daß sie eine Doppelrolle spielte. Den Erwachsenen gegenüber gab sie sich sanftmütig, gehorsam, eifrig und ungeheuer brav, sobald sie mit ihren Mitschülerinnen allein war, zeigte sie sich keck, vorwitzig, leichtsinnig und voll Spottlust. Bettina wußte oft nicht, welche die wirkliche Dotty war. Aber sie bewunderte ihre Zimmergenossin von ganzem Herzen, allein schon deshalb, weil sie imstande schien, jede Situation mit Leichtigkeit zu meistern. Aber Dotty behandelte sie nach wie vor wie Luft.

Bettina war diese kühle Ablehnung eines Menschen, zu dem sie sich von Herzen hingezogen fühlte, das schmerzlichste von allem. Sie konnte nicht begreifen, warum Dotty so böse auf sie war, war aber überzeugt, daß der Fehler bei ihr liegen müßte.

Bettina fühlte sich sehr unglücklich. Sie wagte nicht einmal mehr den Versuch, aus sich herauszugehen, Freundinnen zu gewinnen, sondern zog sich nur immer mehr in sich selbst zurück. Oft spielte sie mit dem Gedanken, auszureißen und das verhaßte Internat zu verlassen.

Eines Morgens, als Bettina gerade mit ihrer Klasse von einer Besichtigung des Musée d'Art et d'Histoire zurückkam, fing Jeannette Legrand den Kunstgeschichtslehrer Monsieur Züngli in der Haustür ab. „Entschuldigen Sie bitte, Monsieur", sagte sie, „wenn ich Ihnen Bettina Steutenberg entführe ... Madame Jeuni wünscht sie zu sprechen."

Bettina erschrak. Zu Madame Jeuni gerufen zu werden, das konnte nichts Gutes bedeuten. Mit hängendem Kopf folgte sie der Sekretärin, die ihr die Tür zu der Vorsteherin öffnete. Zögernd, mit gesenktem Blick, trat sie ein.

Aber entgegen ihrer Erwartung klang die Stimme Madame Jeunis überraschend freundlich. „Bettina", sagte sie herzlich, „Sie haben Besuch bekommen!"

Bettina hob die Augen und sah in ein sehr männliches Gesicht, braune Augen, die von zahlreichen Fältchen umgeben waren. Ihr Herz setzte für eine Sekunde aus vor Freude und Schreck. Ohne daß es ihr jemand gesagt hatte, wußte sie, daß dieser Mann ihr Vater war — Stefan Steutenberg.

3

Stefan Steutenberg begegnete Bettinas Blick, ohne ein Wort zu sprechen, ohne sich von der Stelle zu rühren. Er wirkte sehr viel jünger, als Bettina sich ihren Vater vorgestellt hatte. Sein Haar war von der Sonne gebleicht und bildete einen lebendigen Kontrast zu seinem dunklen Gesicht. Nase und Kinn waren energisch, der volle Mund schöngeschnitten und sensibel. Er war ihr Vater und doch zugleich ein Fremder, ein wildfremder, nie gesehener Mann.

Ohne daß Bettina oder Stefan Steutenberg es merkten, hatte die Vorsteherin lautlos das Zimmer verlassen. Schweigen lastete zwischen ihnen — knisterndes, spannungsgeladenes Schweigen.

Dann räusperte sich Stefan Steutenberg, und dennoch klang seine Stimme belegt, als er sagte: „Bettina!"

Mehr brachte er nicht über die Lippen. Er streckte seine rechte Hand nach ihr aus, ohne sich von der Stelle zu rühren, und als wenn eine magnetische Kraft von ihm ausging, zog es Bettina zu ihm hin. Zaghaft berührte sie diese braune, kräftige Hand.

Dann plötzlich war es um ihre Beherrschung geschehen. Sie warf sich an die Brust des Vaters, weinte sich bitterlich schluchzend ihr Leid von der Seele, spürte gleichzeitig beseligt seine starke beschützende Umarmung.

„Wein doch nicht, Bettina!“ sagte er immer wieder. „Es ist alles gut, jetzt ist alles gut. Ich bin ja bei dir, mein Kleines. Bitte, wein nicht mehr.“

Dennoch dauerte es lange Zeit, bis Bettina sich einigermaßen beruhigt hatte. Endlich hob sie ihr tränenüberströmtes Gesicht zu ihm auf, stammelte: „Vater! Daß du ... daß du gekommen bist. Warum ...“

Er legte seine Finger auf ihre Lippen, sagte: „Frag jetzt nicht, Bettina, bitte, frag nichts! Du wirst alles verstehen. Ich bin sicher.“ Er nahm ein Taschentuch und betupfte behutsam ihr Gesicht. Zärtlich blickte er auf sie hinab. „Wie sehr du deiner Mutter gleichst, mein Kleines!“

„Meine Mutter ...“, begann Bettina.

„Ich werde dir von ihr erzählen“, unterbrach er sie, „du sollst alles wissen. Alles. Aber jetzt wollen wir nicht länger sentimental sein, laß uns lieber Pläne schmieden. Heute ist Freitag. Bis Sonntag abend kann ich in Genf bleiben. Ich habe schon mit Madame Jeuni gesprochen. So, und jetzt werden wir beide erst mal essen gehen, und nachher kaufen wir zusammen ein. Einverstanden?“

„Ja“, sagte Bettina. Hand in Hand gingen sie zur Tür.

Steutenberg öffnete die Tür zum Vorzimmer. „Bitte, Mademoiselle, würden Sie so freundlich sein, uns ein Taxi zu bestellen?“

Beim Mittagessen — Stefan Steutenberg hatte seine Tochter in ein schönes und behagliches Weinlokal in der Altstadt, „Le Chat Noir“, geführt — ließ er sich von Bettina über Bürgers und ihre Kinderjahre in Dörtlingen erzählen. Bettina war erstaunt, wieviel der Vater von Bürgers wußte.

„Das wundert dich?“ fragte er mit hochgezogenen Augenbrauen. „Du hast mich wohl immer für einen Rabenvater gehalten, was? Aber tatsächlich habe ich mir regelmäßig von Frau Bürger und auch von meinem Freund Bernhard berichten lassen."

„Warum hat mir niemand gesagt, daß ich ... daß du mein Vater bist?"

Er zuckte die Achseln. „Wir hielten es für besser so. Vielleicht war's auch falsch." Er sah seine Tochter mit einem seltsamen Blick an. „Ich bin kein Mann, an den man sein Herz hängen darf, Bettina, ich bin kein Garant des Glücks. So geborgen wie bei Bürgers wirst du dich bei mir nicht fühlen können. Nie."

„Aber ..." Bettina kam nicht dazu, ihren Satz zu Ende zu sprechen.

Der Kellner servierte die Vorspeise.

„Da ist ja unser Hummercocktail", sagte Stefan Steutenberg und drückte seine Zigarette aus. „Ich hoffe, daß es dir schmeckt, Kleines!"

Während des Essens wollte keine ernsthafte Unterhaltung mehr zwischen ihnen aufkommen, und Bettina mußte die Fragen, die ihr auf dem Herzen brannten, wohl oder übel unterdrücken.

Nachher schlenderten sie zusammen über die breiten, eleganten Geschäftsstraßen auf dem rechten Ufer der Rhone, musterten die Auslagen in den Schaufenstern. Zum erstenmal in ihrem Leben durfte Bettina nach Herzenslust einkaufen.

„Such dir aus, was dir gefällt", forderte Stefan Steutenberg sie auf. „Tu es mir zuliebe. Ich will, daß du schön bist, ich möchte auf dich stolz sein."

„Gefall' ich dir etwa nicht?" fragte Bettina erschrocken.

Er lachte. „Natürlich tust du das. Möchtest du mir vormachen, daß du selbst nicht weißt, wie gut du aussiehst?"

Bettina errötete. „Andere sind viel hübscher."

„Wer zum Beispiel?"

„Dotty. Dotty Glenford. Sie wohnt mit mir im Zimmer."

„Ach so. Ist sie deine Freundin?"

Bettina schüttelte den Kopf. „Nein. Sie verachtet mich."

Stefan Steutenberg blieb stehen, starrte seine Tochter erstaunt an. „Was sagst du da?"

„Sie kann mich nicht leiden."

„Hast du ihr etwas getan?"

„Nein. Nie. Aber sie glaubt, daß ich eine Lügnerin bin." Dankbar und erleichtert ergriff Bettina die Gelegenheit, endlich einem Menschen von ihrer Begegnung mit Ewald Bäumler, den Vorwürfen Madame Jeunis und der Mißachtung Dottys zu erzählen. „War es sehr schlimm, was ich getan habe?" fragte sie ängstlich, als sie geendet hatte. „Bist du mir böse?"

„Nicht die Spur", versicherte Stefan Steutenberg rasch. „Aber diese Dotty scheint mir ein richtiges Früchtchen zu sein."

„Nein, das ist sie nicht. Sie ist das netteste Mädchen vom ganzen Internat."

„Bettina, Bettina", sagte Stefan Steutenberg kopfschüttelnd, „ich zweifle an deiner Menschenkenntnis. Was du mir von dieser jungen Dame erzählt hast, klingt nicht gerade sehr erfreulich. Auf alle Fälle möchte ich sie mir mal ansehen. Wie wär's, wenn wir sie heute abend zum Essen einladen würden?"

Bettina schüttelte den Kopf. „Dotty wird nicht kommen."

„Warum?"

„Das habe ich dir doch schon gesagt. Weil sie mich nicht leiden kann."

„Nach dem, was du mir von dieser Dotty erzählt hast, bin ich überzeugt, daß sie jede Einladung annehmen wird, falls sie dadurch einen Abend dem Internat entrinnen kann. Was wollen wir wetten?"

„Vielleicht hast du recht", sagte Bettina, „vielleicht würde sie kommen, aber ..."

„Na?"

„Aber eigentlich möchte ich doch lieber mit dir allein sein!"

„Schäfchen! Wir sind doch noch zwei volle Tage zusammen. Nein, keine Widerrede, heute abend geht Dotty mit." Er blieb vor einem Schaufenster stehen, zeigte auf ein schwingendes kurzes Kleidchen aus fliederfarbenem Crêpe Georgette. „Wie würde dir das gefallen, Bettina? Ich könnte mir vorstellen, daß es dir steht. Komm, gehen wir hinein. Wenn es dir paßt, kannst du es gleich heute abend anziehen."

Es blieb nicht bei diesem einen Einkauf. Stefan Steutenberg erstand für seine Tochter neben anderen zauberhaften Dingen natürlich den ersehnten Reitdreß und die Tenniskluft. Bettina konnte es gar nicht fassen, daß sie so reich beschenkt wurde. Sie fühlte sich wie im Himmel.

„Danke, Vater", sagte sie immer wieder, „danke! Ich weiß gar nicht, wie ich dir danken soll! Noch nie in meinem ganzen Leben bin ich so verwöhnt worden."

„Dann wird es höchste Zeit", sagte Stefan Steutenberg lächelnd, „eine richtige Frau muß das Talent haben, sich verwöhnen zu lassen. Hast du noch einen Wunsch?"

„Nein, ganz bestimmt nicht."

„Vielleicht noch eine hübsche Handtasche?"

„Danke, nein, Vater, wirklich nicht. Meine alte genügt noch vollkommen."

Er musterte kritisch das kleine graue Täschchen, das Bettina zum letzten Weihnachtsfest von ihrem Pflegevater geschenkt bekommen hatte.

„Glaub' ich nicht", sagte er, „zu deinem neuen Mantel paßt sie jedenfalls nicht."

Er trat mit ihr ins nächste Lederwarengeschäft, suchte, ohne nach Bettinas Wünschen zu fragen, für sie aus — eine sehr elegante goldbraune Krokodilledertasche und einen großen schicken Sommerbeutel aus buntgemustertem groben Leinen.

Bettina fand keine Worte mehr, sich zu bedanken. Sie fühlte sich überwältigt.

„Na, Kleines, nun sag mal ganz ehrlich", fragte er, als er ihre Verwirrung sah, „was von all den neuen Sachen gefällt dir nun am besten? Was ist das Schönste? Ganz ehrlich, ich muß doch wissen, was du für einen Geschmack hast."

Bettina strahlte ihn selig an. „Das Schönste ... Vater, wie kannst du fragen, das Schönste ist, daß du endlich bei mir bist!"

Stefan Steutenberg behielt recht. Dotty zeigte sich zwar nicht gerade begeistert, aber sie war doch sofort und ohne Umstände bereit, den Abend mit Bettina und ihrem Vater zu verbringen.

Bettina zog, wie Stefan Steutenberg es gewünscht hatte, das neue fliederfarbene, schwingende Minikleid an und tuschte sich zum erstenmal in ihrem Leben die Wimpern. Sie zog sich ihre hellen Augenbrauen mit einem dunkelgrauen Stift nach, tönte ihren vollen ausdrucksvollen Mund mit einem Stift, der genau zur Farbe des Kleides paßte, und bürstete sich dann lang und hingebungsvoll das blonde Haar. Behutsam prüfte sie, ob ihre Silberstrümpfe gut saßen, wählte grausilberne Lacklederpumps, und während sie noch einen letzten Blick in den Spiegel warf, fragte sie, ohne Dotty anzusehen: „Bist du fertig?"

„Sofort!" Dotty war noch dabei, ihr leuchtendrotes Haar hochzustecken. Eine Frisur, mit der sie den Zweck erreichte, einige Jahre älter auszusehen.

Bettina blickte auf den Wecker auf ihrem Nachttisch. „Mein Vater wartet schon!"

Dotty wandte sich ihr zu, mit dem verschlossenen, hochmütigen Gesicht, das sie stets aufzusetzen pflegte, um Bettina zu ärgern, aber bei Bettinas Anblick blieb ihr buchstäblich der Mund offen. Es dauerte einige Sekunden, bevor sie sich wieder gefaßt hatte. „Donnerwetter!" sagte sie dann, tief Atem holend. „Menschenskind, Bettina, das ist ja toll."

Bettina errötete. „Was? Was meinst du?"

„Dich! Schau doch mal in den Spiegel! Wirklich und wahrhaftig, das ist enorm!"

„Meinst du, ich habe mich ein bißchen zuviel angemalt?"

„Überhaupt nicht. Wer nicht weiß, daß du an dir herumgepinselt hast, der wird's gar nicht merken ... so was habe ich noch nie erlebt. Das häßliche junge Entlein wird zu einem schönen Schwan."

„Ich bin nie häßlich gewesen!"

„Weiß ich. Weiß ich genau. Aber ... unscheinbar warst du. Ja, das ist der richtige Ausdruck. Unscheinbar! Und jetzt! Also wirklich, mir bleibt die Luft weg. Ich muß ja direkt Angst haben, neben dir zu verblassen!"

Bettina lachte.

Mit ihrem leuchtendroten Haar, den blitzenden Augen, deren Grün durch die Farbe ihres elegant einfachen

Minikleidchens noch hervorgehoben wurde, sah Dotty alles andere als blaß aus.

„Dich wird man nie übersehen, Dotty“, sagte Bettina ehrlich, „keine Sorge, du fällst überall auf!“

Als Bettina neben der jungen Engländerin die Treppen hinablief, fühlte sie sich, ohne etwas getrunken zu haben, wie berauscht. Ihr Vater, ihr interessanter, gutaussehender Vater, wartete auf sie. Dotty hatte zum erstenmal seit Wochen freundlich und freundschaftlich mit ihr gesprochen. Bettina war glücklich, und doch konnte sie eine gewisse Furcht vor dem heutigen Abend nicht unterdrücken. Alles war zu schön, um wahr zu sein. Sie hatte Angst, daß irgend etwas schiefgehen könnte.

Aber es wurde wunderbar. Stefan Steutenberg ließ sich mit keiner Silbe anmerken, was er über das etwas komplizierte und gespannte Verhältnis zwischen Dotty Glenford und seiner Tochter wußte.

Er ließ sich von den beiden die kleinen Anekdoten und Skandale aus dem Internatsleben erzählen, und Bettina wunderte sich über sich selbst — Dinge und Begebenheiten, die sie bisher nur bedrückt hatten, schienen ihr plötzlich nur noch komisch.

Dotty und Bettina durften essen, was und soviel sie wollten, und sie machten von diesem Angebot reichlich Gebrauch. Bettina, die mittags noch zu aufgeregt gewesen war, um Hunger zu spüren, holte jetzt am Abend alles Versäumte nach.

Stefan Steutenberg verbarg nur mit Mühe sein Erstaunen darüber, wieviel diese beiden schlanken jungen Dinger vertilgen konnten. „Sagt mal“, fragte er verblüfft, „mir kommt das sehr merkwürdig vor. Ist das Essen bei euch im Internat etwa so schlecht? Werdet ihr nicht satt dort?“

„Satt schon“, erwiderte Dotty prompt, „aber wenn's nicht richtig schmeckt, ißt man ja auch nur die Hälfte.“

„Die anderen bekommen alle Pakete“, sagte Bettina und ärgerte sich über sich selbst, kaum daß es ihr entschlüpft war.

„Pakete? Was für Pakete?“

„Freßpakete natürlich“, erklärte Dotty gelassen. „Eigentlich ist es ja verboten, aber niemand hält sich daran.“

„Das hättest du mir schreiben müssen, Bettina“, sagte Stefan Steutenberg vorwurfsvoll zu seiner Tochter.

„Wozu?“ Bettina lachte. „Du siehst ja, bis jetzt bin ich noch nicht verhungert. Auch ohne Pakete. Du brauchst mir wirklich nichts . . . au!“ Sie rieb sich mit der Hand das Schienbein.

„Was ist? Hast du dir weh getan?“

„Ich glaube, ich habe mich am Tischbein gestoßen!“

Dotty sah gleichmütig mit unschuldsvollen Augen vor sich hin, Stefan Steutenberg kam gar nicht auf die Idee, daß sie seine Tochter unter dem Tisch getreten hatte. „Wolltest du nicht etwas sagen, Bettina?“ fragte er.

„Doch! Natürlich!“ Bettina warf Dotty einen raschen Blick zu. „Ich würde mich sehr freuen, wenn du mir auch hin und wieder ein Eßpaket schicken würdest.“

„Es könnte auch was zum Trinken drinnen sein“, fügte Dotty hinzu, „eine Flasche Wein oder eine kleine Flasche Sekt.“

„Ja, ist das denn erlaubt?“

Dotty schnippte mit den Fingern. „Haben Sie in Ihrem ganzen Leben immer nur das getan, was erlaubt war?“

Stefan Steutenberg lachte. „Nein. Wahrhaftig nicht. Sonst säße ich wahrscheinlich nicht hier!“

„Bist du ... ist jemand hinter dir her?“ fragte Bettina erschrocken.

„Nein, so habe ich es nicht gemeint, nur ganz allgemein, Kleines. Wenn ich nicht manches in meinem Leben gewagt hätte, weißt du, dann wärst du wahrscheinlich gar nicht auf der Welt. Deine Mutter und ich, wir haben nämlich gegen den Willen unserer Eltern geheiratet. Eigentlich dürfte ich dir das gar nicht erzählen. Aber es war schon so. Wir sind beide von zu Hause ausgerissen und haben heimlich geheiratet, und ich glaube, keiner von uns beiden hat es bereut. Wir hatten eine wunderbare Zeit zusammen. Bis ...“, Stefan Steutenbergs Gesicht verdüsterte sich, „aber ich glaube, darüber sollten wir nicht gerade heute abend reden.“

Er wechselte das Thema und begann den jungen Mädchen aus seinem Leben zu erzählen. Dotty und Bettina lauschten mit angehaltenem Atem. Alles, was Stefan Steutenberg berichtete, klang wie ein abenteuerlicher Roman. Mit bitter wenig Geld war er nach dem Tod seiner Frau ins Ausland gegangen, nicht um etwas zu erreichen, sondern nur um zu vergessen. Er hatte sich, obwohl er ausgebildeter Bergbauingenieur war, in den verschiedensten Berufen durchgeschlagen, weil ihm jede regelmäßige Arbeit verhaßt geworden war. Aber das Glück hatte seine Hand über ihn gehalten. Eines Tages war er durch Zufall auf die Spur einer ergiebigen Mine gestoßen. Von da an war es aufwärts mit ihm gegangen. Ruhelos und mit besessenem Fleiß hatte er gearbeitet, war kreuz und quer durch die Welt gejagt. Heute war er ein reicher Mann.

Bettina und Dotty lauschten mit angehaltenem Atem. Sie waren fasziniert und hätten ihm stundenlang zuhören mögen. Aber viel zu schnell verging der aufregende Abend.

Als er sie pünktlich, wie er es Madame Jeuni versprochen hatte, wieder im Internat ablieferte, flüsterte Bettina ihm zärtlich ins Ohr: „Ich danke dir, Vater, ich danke dir für alles!" Sie küßte ihn innig auf die Wange.

Auch Dotty bedankte sich. Ihre grünen Augen funkelten Stefan Steutenberg hingebungsvoll an. Aber er merkte es nicht.

„Morgen mittag hole ich dich ab, Kleines", sagte er herzlich zu seiner Tochter. „Schlaf gut, denk immer daran, noch zwei Tage, zwei wundervolle Tage liegen vor uns!"

Aber schon am nächsten Morgen sollte Bettina merken, wie recht Stefan Steutenberg hatte, als er sie gewarnt hatte, auf ihn zu bauen. Sie war nach dem Unterricht gerade dabei, sich für den Ausgang mit ihrem Vater umzuziehen, als Mademoiselle Legrand nach kurzem Anklopfen in ihr Zimmer trat.

„Ein Brief von Ihrem Vater, Bettina", sagte sie und reichte ihr einen eleganten grauen Umschlag.

Bettina ahnte sofort, daß die Nachricht für sie nichts Gutes bedeuten konnte. Mit zitternden Händen riß sie den Brief auf. Sie las:

„Meine liebe kleine Bettina, es tut mir unendlich leid — ich wäre gerne noch bei Dir geblieben, das mußt Du mir glauben —, aber ein Telegramm hat mich abberufen. Wenn Du diesen Brief in Händen hältst, sitze ich schon im Flugzeug nach London. Ich bin froh, daß Du so ein vernünftiges Mädchen bist, Du wirst mir nicht böse sein, sondern verstehen, daß ich Dich verlassen mußte. Aber sei nicht traurig, Bettina, wir sehen uns bald wieder. Spätestens zu Beginn der großen Ferien — Du mußt mir noch das genaue Datum schreiben — hole ich Dich ab. Dann reisen wir zusammen kreuz und quer

durch die Welt, ich freue mich schon jetzt darauf. Also, Kopf hoch, mein Kleines — herzlichst und in Liebe.

Dein Vater."

Bettina ließ den Brief sinken. Die Enttäuschung war übergroß. Nur mit Mühe konnte sie die Tränen zurückhalten.

„Schreibt er was von mir?" fragte Dotty neugierig.

Bettina sah sie erstaunt an. „Warum sollte er?"

„Man kann nie wissen. Was machst du für ein Gesicht?"

Stumm reichte Bettina Dotty den Brief.

„Deshalb spielst du die Leidende?" fragte Dotty erstaunt, als sie das Schreiben Stefan Steutenbergs überflogen hatte. „Menschenskind! An deiner Stelle würde ich in die Luft springen vor Freude! Kannst du denn nicht lesen? Er holt dich in den großen Ferien. Er nimmt dich mit auf seine Reisen. Das ist doch einfach toll. So einen Vater möchte ich auch haben. Bettina, du weißt ja nicht, was für ein Glückspilz du bist!"

Zwischen Dotty und Bettina war das Eis gebrochen. Dotty gab sich nicht mehr den Anschein, Bettina zu übersehen, dennoch war sie weit davon entfernt, Bettina freundschaftlich zu behandeln. Immer wieder fiel sie in ihre kalte und kratzbürstige Art zurück.

„Was hast du bloß gegen mich, Dotty?" fragte Bettina einmal, als sie während der Freizeit miteinander im Park spazierengingen. Dotty war Bettina wegen einer harmlosen Bemerkung scharf über den Mund gefahren. „Was habe ich dir denn getan?"

„Getan? Nichts. Gar nichts."

„Dann sei doch bitte nicht so gemein zu mir!"

„Das bildest du dir bloß ein. Ich behandle dich völlig neutral!"

„Ich möchte aber gern deine Freundin sein", sagte Bettina mit einiger Selbstüberwindung.

„So? Ist das dein Ernst?"

„Ja, Dotty."

„Das mußt du mir erst beweisen."

„Was verlangst du von mir?"

„Daß du den Mund hältst. Weiter nichts."

„Ich mache dich nervös, weil ich rede?" fragte Bettina verständnislos.

„Manchmal bist du wirklich dümmer, als die Polizei erlaubt! Mit mir darfst du reden, soviel du willst. Nur Madame und den anderen sollst du nichts verraten. Du darfst mich nicht verpetzen. Begreifst du jetzt endlich?"

„Aber, Dotty, so etwas würde ich doch nie tun!"

„Gut. Ich will dir glauben. Also du schwörst mir, daß du niemand ein Wort verrätst?"

„Selbstverständlich. Los, sag endlich, was hast du für ein gefährliches Geheimnis?"

„Ich werde morgen oder übermorgen nacht, so genau weiß ich es noch nicht ... aus dem Fenster klettern!" erklärte Dotty fast feierlich.

„Aber wozu?"

„Weil ich in der Stadt eine Verabredung habe, wenn du nichts dagegen hast!"

„Dotty! Das ist streng verboten. Außerdem ist es lebensgefährlich. Wir wohnen im zweiten Stock."

„Tu doch nicht so, als hättest du Angst, ich könnte mir das Genick brechen! Es ist ganz leicht, an dem Spalier hinunterzuklettern ... das habe ich mir schon angeguckt. Aber ich wußte ja, daß auf dich kein Verlaß ist ... du bist ein elender Feigling. Du hast bloß Angst, daß es herauskommen könnte und du mit in der Tinte säßest. Und du willst meine Freundin sein!"

Dotty Glenford funkelte Bettina aus ihren katzengrünen Augen verachtungsvoll an, drehte sich auf dem Absatz um und lief auf das Haus zu.

Bettina stand einen Augenblick fassungslos. Dann raffte sie sich zusammen und rannte Dotty nach.

Noch bevor sie die junge Engländerin eingeholt hatte, hörte sie ihren Namen rufen. Es war Mademoiselle Legrand, die sie gesucht, und wohl oder übel mußte sie stehenbleiben.

„Ja, Mademoiselle?" fragte sie atemlos und strich sich das blonde Haar aus dem erhitzten Gesicht.

Mademoiselle Legrand war dabei, die Post zu verteilen. „Ein Brief für Sie, Bettina", sagte sie und prüfte noch einmal mit einem kurzen Blick die Adresse.

Bettina betrachtete den Umschlag. Er trug eine ausländische Marke, aber er war nicht von Stefan Steutenberg. Ursel Bürger, ihre Pflegeschwester, hatte wieder einmal geschrieben. Bettina stellte es halb enttäuscht, halb erfreut fest.

Noch im Gehen riß sie den Umschlag auf, nahm den Brief heraus und begann zu lesen.

Ursel berichtete überschwenglich von ihren Erlebnissen in Indien. Wenn man ihren Worten trauen durfte, war sie in kürzester Zeit der Mittelpunkt der europäischen Gesellschaft in Bihar geworden. Auf einer Party des englischen Konsuls war sie von jungen Männern geradezu umschwärmt worden. Aber sie hatte, wie sie behauptete, sich gar nichts daraus gemacht.

Immer wieder tauchte in Ursels Brief ein gewisser Sven auf. *Sven sieht fabelhaft aus*, schrieb Ursel, und an einer anderen Stelle: *Vater sagt, daß Sven sehr tüchtig ist*, und dann wieder: *Also wirklich, Bettina, Sven solltest Du kennenlernen! Der Junge hat's in sich!*

Zweimal schrieb Ursel: Wie schade, daß Du nicht hier bist, Bettina — Dennoch las Bettina zwischen den Zeilen, daß Ursel heilfroh war, sie los zu sein. Dabei wünschte sie selbst sehr oft, Ursel wäre hier bei ihr im Internat.

Warum nur wurde es ihr so schwer, Freundinnen zu finden?

Bettina faltete den Brief nachdenklich zusammen und steckte ihn in die Tasche ihres blauen Leinenkleides. Sie machte sich auf die Suche nach Dotty. Ihr Entschluß war gefaßt. Sie würde Dotty helfen, auch wenn es noch so gefährlich war. Sie wollte einmal beweisen, daß sie echter Freundschaft fähig war.

Im Park und in den Aufenthaltsräumen war Dotty nirgends. Endlich fand Bettina sie auf ihrem Zimmer. Sie steckte rasch etwas fort, als Bettina eintrat.

„Du, Dotty ...", begann Bettina.

„Ach, laß mich in Ruhe!" Dotty wandte ihr brüsk den Rücken zu.

„Dotty, ich wollte dir ja bloß sagen ..."

„Mich interessieren deine faulen Entschuldigungen nicht. Kannst du das wirklich nicht begreifen?" rief Dotty aufgebracht.

„Aber ich will mich ja gar nicht entschuldigen!" rief Bettina, jetzt ebenfalls laut, zurück. „Ich will ja mitmachen! Ich bin bereit, dir zu helfen. Endlich zufrieden?"

Dottys Gesicht hellte sich auf. „Bettina! Ist das dein Ernst?"

„Natürlich ist das Ganze eine gefährliche Sache. Bitte, hör mich einen Augenblick an, es ist gefährlich, und das weißt du selbst. Aber ich will dir helfen, weil ... damit ..." Bettina stockte. Es war ihr plötzlich ganz unmöglich, Dotty zu erklären, daß sie es um ihrer Freundschaft willen tat.

Dotty sah Bettina aus großen Augen an. „Das werde ich dir nie vergessen", sagte sie ernsthaft. „Nie in meinem ganzen Leben." Dann fügte sie mit einem raschen Lächeln hinzu. „Notfalls mußt du mich natürlich daran erinnern!"

Bettina fühlte sich sehr glücklich. „Also wann?" fragte sie.

„Morgen." Dottys Wangen glühten.

„Vor zehn Uhr wird es nicht gehen", überlegte Bettina. „Wir müssen warten, bis wir sicher sind, daß alle in der Klappe liegen. Um neun Uhr wird das Licht abgeschaltet. Ich denke . . . ja, so um zehn könnten wir's riskieren."

„Du brauchst gar nichts dabei zu tun", erklärte Dotty. „Ich schaffe das ganz allein. Bloß das Fenster darfst du natürlich nicht zumachen, damit ich nachher wieder herein kann."

„Glaubst du, es wird spät?"

„Bestimmt. Er hat mir versprochen . . ." Dotty sprach den Satz nicht zu Ende.

Bettina hatte keine Lust, Fragen zu stellen. Sie wollte nicht noch tiefer in die Sache verwickelt werden, als es unbedingt nötig war. „Vielleicht solltest du deine Steppdecke aufbeulen", schlug sie vor, „damit man bei einem flüchtigen Blick ins Zimmer glauben kann, du wärst da."

„Gute Idee."

Mehr wurde im Augenblick nicht über das bevorstehende Abenteuer gesprochen. Bettina war ein wenig beklommen zumute, trotzdem war sie überzeugt, daß ihre Entscheidung richtig gewesen war.

Vor dem Abendessen war Schreibstunde, und Bettina benutzte die Gelegenheit, Ursels langen Brief zu beantworten. Sie hätte gern auch ihrem Vater geschrieben, wenigstens ihm über ihre Abmachung mit Dotty berichtet.

Aber Stefan Steutenberg hatte seit seiner plötzlichen Abreise Bettina nur verschiedene Postkarten geschickt — eine aus London, eine aus Kapstadt und eine aus Marseille. Zwar hatte Stefan Steutenberg ihr gesagt, daß seine Sekretärin, ein Fräulein Murnauer, in Hamburg beauftragt und berechtigt war, die eingehende Post zu öffnen, im Notfall sogar selbst Entscheidungen zu treffen.

Anscheinend war es auch diese Sekretärin, die er beauftragt hatte, sich um Bettina zu kümmern, denn regelmäßig alle vierzehn Tage trafen Lebensmittelpakete aus Hamburg für Bettina im Internat ein. Sie waren wunderbar zusammengestellt, enthielten Büchsenschinken und kandierte Früchte. Schokolade und Dosen mit echtem Seelachs, Artischockenböden und Ingwerspitzen. Niemals fehlte eine Babyflasche Sekt.

Wer war der Mann, mit dem Dotty sich treffen wollte?

Bettina wurde es plötzlich ganz klar, daß es nicht ging, Dotty einfach zu helfen und beide Augen zuzudrücken. Sie mußte mehr wissen, wenn sie die Verantwortung mittragen sollte.

Aber erst als das Licht schon gelöscht war und sie beide im ungewissen Mondlicht in ihren Betten lagen, wagte sie eine Frage zu stellen: „Du, Dotty", sagte sie zögernd.

„Ja?"

„Sag mal, wo hast du ihn überhaupt kennengelernt?"

Bettina hatte eine abweisende Antwort erwartet, aber ganz im Gegenteil schien Dotty froh zu sein, endlich mit jemandem sprechen zu können. „Schwörst du mir, daß du niemandem ein Wort verrätst?" fragte sie.

Bettina zögerte. „Dotty", sagte sie, „warum muß das

alles so heimlich sein? Wenn du ihn liebst und er dich ..."

„Ach, du Kamel!" Dotty lachte. „Davon kann doch keine Rede sein!"

„Nicht?!"

„Na, hör mal! Bist du so naiv, oder stellst du dich nur so? Wie kann ich denn einen Mann lieben, mit dem ich noch nicht einmal wirklich gesprochen habe!"

„Ja, aber er muß dir doch wenigstens sehr gut gefallen?"

„Mein Gott, Bettina, manchmal habe ich das Gefühl, als wenn du geradewegs aus dem Kindergarten zu uns gekommen wärst." Dotty richtete sich im Bett auf, schlang ihre weißen Arme um die Knie. „Ich langweile mich hier einfach zu Tode", sagte sie, „das ist alles. Ich möchte etwas erleben."

„Aber wenn du dir gar nichts aus dem Mann machst?"

„Das ist doch Nebensache. Hauptsache, er macht sich was aus mir! Bettina, bitte, sei nicht so altmodisch. Wartest du wirklich auf die große Liebe? So im weißen Kleid unter Apfelblüten?"

Bettina gab keine Antwort und seufzte nur leicht. „Wie sieht er denn aus?" fragte sie. „Wie ist er?"

„Mittel. In jeder Beziehung. Das einzige, was für ihn spricht, ist, daß er mich anbetet." Sie legte sich wieder hin und rollte sich zur Seite. „Aber nun, gute Nacht. Du weißt, ich muß ein bißchen vorschlafen."

„Dotty, du machst es dir sehr einfach", sagte Bettina. „Ich habe gedacht, daß dir etwas an dem Mann liegt. Aber wegen nichts und wieder nichts uns beide in eine solche Situation zu bringen ..."

Dotty fuhr herum. „Wieso dich! Du hast doch überhaupt nichts damit zu tun. Selbst wenn es aufkommt. Du brauchst nur zu sagen, daß du nichts davon gewußt hast. Niemand wird dir das Gegenteil beweisen können. Außerdem ... es kommt nicht raus, verlaß dich drauf. Ich bin ja keine Anfängerin."

An diesem Abend lag Bettina lange wach. Sie hörte Dotty tief und gleichmäßig atmen, wußte, daß die Freundin schlief — aber sie selbst fand keine Ruhe.

Ihr Vater hatte gesagt, Dotty wäre ein Früchtchen, vielleicht hatte er sogar recht. Aber Bettina konnte ihr nicht böse sein. Sie hatte nur den einen Wunsch, Dottys Freundin zu sein, Dottys wirkliche Freundin. Um dieses Ziel zu erreichen, schien ihr kein Preis zu hoch.

Als Dotty am nächsten Abend gegen zehn Uhr so lautlos wie möglich das Spalier hinunterkletterte, war Bettina weit aufgeregter als die Freundin, die den Reiz des Abenteuers in vollen Zügen genoß.

Bettina stand mit klopfendem Herzen am Fenster, preßte krampfhaft ihre Daumen, während sie sah, daß Dotty wie ein grauer Schatten zwischen den Büschen des Parks verschwand. Sie blieb stehen und lauschte fünf, zehn Minuten lang. Aber als kein Geräusch laut wurde, wußte sie, daß Dottys Flucht gelungen war.

Die Flucht ja, aber nicht die Heimkehr — siedendheiß überfiel es Bettina, als sie daran dachte, daß Dotty der etwas schwierigere Rückweg noch bevorstand. Es hatte keinen Sinn zu warten. Bettina legte sich ins Bett, zog die Steppdecke über die Ohren, versuchte zu schlafen.

Aber es gelang ihr nicht. In ihren Ohren dröhnte es. Tausend Ängste peinigten sie.

Bettina fühlte sich wie im Fieber.

Unendlich langsam verging die Zeit. Sie zählte die Schläge der Kirchturmuhr, warf sich unruhig in ihrem Bett hin und her.

Als sie dann — endlich nach langer, langer Zeit — ein leises Geräusch vom Fenster her hörte, schrak sie zusammen. Ohne es zu bemerken, mußte sie doch eingeschlafen sein. Sie riß die Augen auf, sah Dotty vor sich, die gerade ins Zimmer gesprungen war.

„Schläfst du schon?“ flüsterte Dotty.

„Endlich!“ sagte Bettina erleichtert.

„Hast du etwa Angst gehabt?“

Bettina zögerte mit der Antwort; sie wollte nicht ausgelacht werden. „Nein“, log sie.

„Es war ganz leicht. Bestimmt kein Grund zur Aufregung. Fast langweilig war es“, erzählte Dotty vergnügt. „Über die Mauer zu kommen war überhaupt kein Kunststück. Aber stell dir so eine Frechheit vor, er hat sich verspätet! Ganze fünf Minuten hat er mich warten lassen. Aber das hat er büßen müssen! Junge, Junge! Der wird sich noch mal überlegen, ob er mich wieder einlädt!“

„Hoffentlich“, sagte Bettina aus tiefstem Herzen und wünschte sich, daß dieser Mann nie wieder etwas von sich hören ließ.

Dotty verstand sie falsch. „Du wünscht dir, daß er sich wieder meldet?“ Sie lief an Bettinas Bett, küßte sie zärtlich auf beide Wangen. „Du bist doch ein feiner Kerl, Bettina. Keine kleine Heuchlerin, wie ich immer geglaubt habe.“

Bettinas Wunsch sollte sich nicht erfüllen. Dottys Verehrer meldete sich wieder. Schon zwei Tage später zeigte Dotty mit strahlenden Augen Bettina einen Brief, den er ihr zugeschmuggelt hatte.

Sie war so fest entschlossen, auch diese zweite Einladung anzunehmen, daß Bettina gar nicht erst den Versuch machte, es ihr auszureden. Sie wußte, daß sie nur damit erreicht hätte, ihre noch junge Freundschaft zu gefährden.

Wie beim vorigen Mal kletterte Dotty aus dem Fenster, und wieder fand Bettina keinen Schlaf, ehe Dotty zu Hause war.

Dotty bekamen die nächtlichen Ausflüge besser, als der Freundin das lange Warten. Dotty war am nächsten Morgen munter und vergnügt, so selbstsicher und raffiniert wie immer, aber Bettina wurde von Tag zu Tag blasser. Sie konnte im Unterricht kaum die Augen aufhalten, ihre Leistungen gingen spürbar zurück.

Eines Tages — sie hatten französische Literatur bei Madame Jeuni — wäre sie während des Unterrichts fast eingenickt, wenn Dotty sie nicht rechtzeitig in die Seite gestoßen hätte.

„Nimm dich zusammen!" zischte Dotty ihr zu.

„Ich ... was ist?" Bettina riß erschrocken die Augen auf.

„Achtung! Madame Jeuni sieht auf uns!"

Bettina holte tief Luft, um wieder wach zu werden, zwang sich, Madame Jeuni mit einem aufmerksamen Lächeln anzusehen.

Aber es war zu spät. „Bettina ... Dotty ... Sie wissen, daß ich es nicht liebe, wenn während meines Unterrichts gesprochen wird."

„Entschuldigen Sie bitte, Madame", sagte Dotty mit ihrem sanftesten Augenaufschlag, „ich habe Bettina nur ein Vokabel gefragt."

„Dazu ist nach dem Unterricht noch Zeit genug. Wußten Sie denn die Vokabel, Bettina?"

„Ja." Bettina nickte.

„Das wundert mich sehr. Ich habe den Eindruck, daß Sie am Unterricht ziemlich desinteressiert sind, mein liebes Kind."

„Nein, aber ganz bestimmt nicht“, stotterte Bettina.

„Sie gefallen mir nicht mehr in letzter Zeit. Sie sehen blaß und überanstrengt aus. Fühlen Sie sich gesundheitlich nicht auf der Höhe?“

„O doch ... ich ...“

Dotty stand auf. „Bettina hat Heimweh“, sagte sie.

„Ach so. Ja, dann, mein Kind, es tut mir leid. Ich kann nur hoffen, daß Sie Ihre Sentiments recht bald überwunden haben werden.“

Als der Unterricht beendet war, nahm Bettina ihre Freundin beiseite. „Warum hast du Madame Jeuni angelogen?“ fragte sie. „Du weißt genau, daß ich gar kein Heimweh habe. Warum ...“

„Frag doch nicht so blöd! Sei mir lieber dankbar. Begreifst du denn nicht, daß ich die Situation gerettet habe?“

„Ich kann doch jetzt nicht dauernd weiter die Heimwehkranke spielen!“

„Warum nicht? Das wäre doch die beste Erklärung für dein schlafmützziges Benehmen. Bestimmt ist schon einigen anderen auch aufgefallen, daß du nicht ganz auf dem Damm bist.“

„Dotty, es tut mir furchtbar leid, aber ich habe Angst!“

„Angst? Du bist verrückt!“

„Bitte, Dotty, mach Schluß! Warum mußt du die Dinge auf die Spitze treiben? Man wird uns erwischen, ich weiß es ganz genau.“

„Und ich weiß es besser — man wird nicht.“ Dotty legte ihren Arm um Bettinas Schultern. „Sag mal, Bettina, warum mußt du nur immer so schwarzsehen? Gerade jetzt, wo ich mal ein bißchen vergnügt bin. Gönn mir doch den Spaß. So wild, wie du es dir vorstellst, ist es ohnehin nicht.“

Bettina war nicht getröstet, aber sie gab nach. Sie war wieder einmal nicht imstande, Dottys Charme zu widerstehen. Aber die spannungsvolle gefährliche Situation, der sie nicht gewachsen war, riß an ihren Nerven.

Die Katastrophe, mit der sie seit langem gerechnet hatte, trat wenige Tage vor Beginn der Sommerferien ein — in einem Augenblick, als Bettina gerade wieder einmal glaubte, aufatmen zu dürfen.

Es war kurz nach zehn. Sie hatte am Fenster gestanden, hatte Dotty im Dunkel des Parks verschwinden gesehen, hatte abgewartet, bis die Zeit um war, die Dotty brauchte, um ins Freie zu gelangen. Dann hatte sie sich erleichtert umgedreht und war ins Bett geschlüpft.

Sie erschrak tödlich, als die Tür leise geöffnet wurde.

Es war Mademoiselle Legrand.

„Dotty!" rief sie leise. „Dotty!"

Bettina schloß unwillkürlich die Augen. Sie tat es, um nicht angesprochen zu werden, tat es in der törichten Hoffnung, dadurch nicht miterleben zu müssen, was jetzt geschah.

Sie hörte, wie Mademoiselle Legrand leise zu Dottys Bett ging, hörte den erstaunten Ausruf — wußte, daß Mademoiselle Legrand Dottys Abwesenheit entdeckt hatte.

Ihr Herz schlug bis zum Hals, in ihren Schläfen hämmerte es, aber sie gab sich Mühe, tief und gleichmäßig zu atmen.

Mademoiselle Legrand verließ so leise, wie sie gekommen war, wieder das Zimmer. Bettina preßte die Hände zusammen, schickte ein Stoßgebet zum Himmel, flehte, daß noch einmal alles gutgehen würde, obwohl sie selbst nicht wußte, wie das zugehen sollte.

Sie hoffte ganz unsinnig und doch inständig auf ein Wunder. Aber kein Wunder geschah.

Nach wenigen bangen Minuten kam Mademoiselle Legrand wieder zurück. Sie hatte offensichtlich nur im Waschraum nach Dotty geschaut.

Bettina hielt die Augen krampfhaft geschlossen, obwohl sie das Gefühl hatte, daß ihr Herz so laut hämmerte, daß auch Mademoiselle Legrand es hören mußte.

Mademoiselle Legrand beachtete sie nicht — noch nicht. Sie lief zu dem halbgeöffneten Fenster, blickte das Spalier hinab.

„Oh!" sagte sie, und noch einmal: „Oh!"

Dann knipste sie das Licht an, beugte sich über Bettina, die die Augen immer noch krampfhaft geschlossen hielt, schüttelte sie bei den Schultern. „Bettina!" rief sie. „Bettina!"

Nur langsam, ganz langsam hob Bettina die Augen, versuchte, die Schlaftrunkene zu markieren, aber ihre Aufregung und ihr schlechtes Gewissen machten sie zu einer miserablen Schauspielerin.

„Bettina", fragte Mademoiselle Legrand, „wo ist Dotty?"

Bettina entdeckte in der Tür Madame Jeuni.

Sie spürte, daß die Vorsteherin auf ein Wort von ihr, auf eine Erklärung wartete, aber was sollte sie sagen? Sie konnte sich nur entschuldigen, indem sie Dotty verriet. Aber gerade das war es, was sie nicht über sich brachte, auch wenn sie damit Madame Jeunis Zorn und ihre Verachtung auf sich lud.

So saß sie da, sehr gerade, mit beherrschtem Gesicht, aber innerlich zitternd und glühend vor Aufregung.

Nach einer Zeit, die ihr unendlich lang dünkte, brach Madame Jeuni das bedrückende Schweigen. „Nun, mein Kind, haben Sie mir nichts zu sagen?" fragte sie.

Bettina blieb stumm, biß sich auf die Lippen.

„Ich erwarte eine Erklärung von Ihnen!"

Bettina hob die Augen, sah Madame Jeuni flehend an. „Ich weiß nichts, ich kann Ihnen nichts sagen, Madame."

Madame Jeunis schwarze Augen funkelten. „Bettina", sagte sie in verändertem, zornigem Ton, „wenn ich etwas hasse, dann sind es Lügen! Sagen Sie mir jetzt endlich die Wahrheit! Ich will die Wahrheit wissen ... los, reden Sie! Worauf warten Sie noch!"

Bettina schwieg. Wenn sie in dieser Sekunde hätte sterben können, sie würde ohne zu zögern den Tod gewählt haben.

„Bettina!" sagte Madame Jeuni. „Sie wissen, daß ich Ihren Vater benachrichtigen muß. Glauben Sie, es fällt mir leicht, ihm zu schreiben, daß Sie sich als eine verstockte Lügnerin entpuppt haben?"

„Nein!" rief Bettina entsetzt.

„Was nein!?"

„Sie dürfen meinem Vater nicht schreiben, Madame. Sie dürfen nicht. Ich habe doch nichts getan!"

„Was Sie getan oder unterlassen haben, werde ich feststellen, sobald Sie sich entschließen, mir die Wahrheit zu sagen. Die ganze Wahrheit!"

„Ich weiß nichts", sagte Bettina gequält.

„Hat Dotty Glenford einen Freund? Gibt es einen Mann, mit dem sie sich trifft?"

Bettina hob mit einer verzweifelten Bewegung die Schultern, ließ sie wieder sinken.

„Bettina, begreifen Sie denn nicht, in was für einer Situation Sie stecken? Sie dürfen mich jetzt nicht belügen! Seit dreißig Jahren erziehe ich junge Mädchen. Ich habe sehr wohl beobachtet, wie Sie und Dotty Glenford sich angefreundet haben. Sie können mir nicht weismachen, daß Sie Dottys Geheimnis nicht kennen! Ist sie heute zum erstenmal nachts aus dem Fenster geklettert?"

Das Verhör nahm kein Ende. Bettina konnte nur immer und immer wieder das eine sagen: „Ich weiß es nicht ... ich weiß es nicht ... ich weiß gar nichts."

Wie von weit her hörte sie Madame Jeunis Stimme. „Ich kann nicht sagen, daß Sie mich enttäuscht haben, Bettina. Wenn ich ehrlich sein soll, haben Sie von Anfang an nicht den besten Eindruck auf mich gemacht. Ich hatte das ärgerliche Gefühl, daß mit Ihnen ein schlechter Geist in unser Haus einziehen wird, und jetzt muß ich feststellen, daß ich mich nicht geirrt habe. Sie wissen so gut wie ich, daß Dotty Glenford eine unserer beliebtesten Schülerinnen ist. Beliebt nicht nur bei den anderen Mädchen, sondern auch beim Lehrpersonal. Sie hat die allerbesten Noten, und ich bin fest überzeugt, daß sie niemals einer so bedauerlichen Handlungsweise fähig gewesen wäre ohne Ihren Einfluß, Bettina. Es ist Ihre Schuld, wenn Dotty Glenford das Internat verlassen muß. Der Anstand müßte Ihnen eigentlich gebieten, das zuzugeben. Sie haben Dotty Glenford überredet, sich auf ein Abenteuer einzulassen, nicht wahr?"

Bettina blickte starr geradeaus. Sie preßte die Lippen fest aufeinander.

„Wahrscheinlich — ich weiß, daß ich es Ihnen nicht beweisen kann — haben Sie auch schon des öfteren auf dem Weg durch das Fenster und über die Mauer das Internat verlassen. Geben Sie es zu, Bettina?"

Als wieder keine Antwort kam, fuhr Madame Jeuni fort: „Uns allen ist aufgefallen, daß Sie in letzter Zeit während des Unterrichts und auch in der Freizeit übermüdet wirkten. Dafür gibt es nur eine einzige einleuchtende Erklärung. Sie haben die Nächte nicht in Ihrem Bett verbracht. Glauben Sie nicht, daß ich Sie ungehört verurteilen möchte. Ich gebe Ihnen die Möglichkeit zu reden, sich zu verteidigen. Haben Sie das Haus schon einmal während der Nacht verlassen?"

„Nein“, sagte Bettina mühsam.

„Und Dotty Glenford? Wie oft hat sie das Haus verlassen?“

„Ich weiß es nicht.“

„Nun gut. Ich muß wohl einsehen, daß ich mit Ihnen nicht weiterkomme“, sagte Madame Jeuni zornig und resignierte. „Sie halten es weder für nötig, sich zu verteidigen, noch etwas zu erklären. Ich muß daraus schließen, daß Sie mindestens genauso schuldig sind wie Dotty Glenford. Daß ich Sie dennoch nicht aus dem Haus weise, wie Sie es verdient hätten, hat nur einen einzigen Grund: ich wüßte beim besten Willen nicht, wohin ich Sie schicken könnte. Es bleibt mir also nichts anderes übrig, als Sie in meinem Haus zu dulden. Allerdings werde ich Maßnahmen treffen, die anderen Mädchen Ihrem schlechten Einfluß zu entziehen.“

Als Bettina endlich wieder in ihrem Bett lag, fühlte sie sich erschöpft, gedemütigt und unendlich allein. Seit Wochen hatte sie befürchtet, daß es so kommen würde, und dennoch wurde ihr erst ganz allmählich das Ausmaß dieser Katastrophe klar.

Ihr Vater würde erfahren, daß sie versagt hatte. Vielleicht würde er sich sogar von ihr abwenden, würde er nichts mehr mit ihr zu tun haben wollen.

Angst und Verzweiflung würgten Bettina fast die Luft ab. In dieser Nacht vermochte sie kein Auge zu schließen. Sie wachte Stunde um Stunde, wartete auf Dotty. Sie glaubte, wenn sie erst mit Dotty gesprochen hatte, würde ihr alles leichter erscheinen.

Aber Dotty kam nicht heim.

Bettinas Angst stieg und stieg. Wenn nun Dotty etwas zugestoßen war? Wenn man sie entführt hatte?

Sie hätte schreien mögen vor Verzweiflung. Aber sie brachte nur ein leises Stöhnen über die Lippen.

Erst als die Morgendämmerung den Lac Léman aufschimmern ließ, begriff sie, daß Dotty wahrscheinlich längst heimgekommen war. Bestimmt hatten der Concierge oder Mademoiselle Legrand sie abgefangen, und natürlich legte man jetzt alles darauf an, sie beide an einer Absprache miteinander zu hindern.

Bettina war nicht ganz sicher, ob Dotty durchhalten würde. Aber das war ihr fast gleichgültig. Trotz all ihres Elends war sie stolz darauf, der Freundin die Treue gehalten zu haben. Wenn dies der Preis war, mit dem sie sich die ehrliche Zuneigung und Freundschaft eines Menschen erworben hatte, so war er nicht zu hoch.

Mit diesem glücklichen Gedanken fiel Bettina in einen unruhigen Schlaf.

Es schien Bettina, daß sie gerade erst die Augen geschlossen hatte, als sie schon wieder wachgerüttelt wurde.

Mademoiselle Legrand stand in ihrem Zimmer, und bei ihrem Anblick fiel das schreckliche Erlebnis der letzten Nacht mit voller Gewalt wieder über Bettina her.

Mademoiselle Legrand las das Entsetzen in ihren Augen, sie sagte ruhig und nicht einmal unfreundlich: „Bitte, stehen Sie auf, Bettina, ziehen Sie sich an. Sie müssen, bitte, Ihre Sachen zusammenpacken!“

Bettina fuhr hoch. „Warum? Wollen Sie mich ... Soll ich doch ...“

„Bitte, beruhigen Sie sich, Bettina. Es handelt sich nur darum, daß Sie dieses Zimmer räumen müssen.“

„Wo ist Dotty?“

„Auf der Krankenstation.“

„Ist sie ... ist etwas passiert?“ rief Bettina entsetzt.

„Nein. Machen Sie sich keine Sorgen. Madame Jeuni war nur der Ansicht, daß dies der beste Ort wäre, sie zu isolieren. In wenigen Tagen beginnen die Sommerferien, dann wird sie sowieso das Internat verlassen.“

„Darf ich mich nicht wenigstens von ihr verabschieden?"

Mademoiselle Legrand schüttelte den Kopf.

„Ich muß sie noch einmal sprechen."

„Unmöglich."

„Aber warum? Mit welchem Recht? Man kann mir doch nicht einfach verbieten ..."

„Doch. Man kann. Solange Sie Schülerinnen in unserem Internat sind."

„Aber ich will nicht mehr, ich will hier nicht länger bleiben, Mademoiselle. Bitte, verstehen Sie doch! Ich habe nie hierher gepaßt ... von Anfang an nicht. Dotty war meine einzige Freundin, und jetzt ..." Bettina schluckte. Sie hatte darum bitten wollen, nach Hause geschickt zu werden. Aber bevor sie den Satz zu Ende sprach, war ihr klargeworden, daß sie kein Zuhause mehr besaß.

„Sie haben etwas getan, Bettina, womit Sie sich außerhalb der Ordnung unseres Hauses gestellt haben", erklärte Mademoiselle Legrand. „Ich persönlich möchte Sie deswegen nicht verurteilen, weil ich die Motive Ihres Verhaltens nicht kenne. Aber ich muß Ihnen einen Rat geben, stehen Sie diese Sache jetzt durch, Bettina. Versuchen Sie nicht zu fliehen. Es nutzt nichts."

„Ich kann nicht bleiben. Ich kann wirklich nicht länger ..."

„Nehmen Sie doch Vernunft an. Was bleibt Ihnen denn anderes übrig?" Mademoiselle Legrand hob sich auf die Zehenspitzen und holte Bettinas Koffer vom Schrank herunter.

„Ich werde mit meinem Vater reden. Er kommt zu Beginn der Sommerferien. Er hat versprochen, mit mir zu verreisen."

„Nun, dann verreisen Sie mit Ihrem Vater, Bettina.

Wenn Sie zurückkommen, sind immerhin zwei Monate verstrichen. Ich bin sicher, daß diese unselige Geschichte dann schon ziemlich in Vergessenheit geraten sein wird."

„Ich will nicht mehr zurück", sagte Bettina. „Madame Jeuni hat mich von Anfang an nicht leiden können. Ich habe es genau gespürt. Ich passe nicht hierher."

„Sie werden noch erfahren, Bettina, daß es sehr selten in unserer Kraft liegt, die Verhältnisse, in denen wir leben müssen, zu ändern. Jeder von uns muß lernen, sich den Verhältnissen anzupassen. Ich meine es gut mit Ihnen, Bettina, glauben Sie mir. Aber natürlich, Sie müssen Ihre Erfahrungen selbst machen. Ich hätte Ihnen gern manches erspart."

Das Zimmer im Erdgeschoß, in das Mademoiselle Legrand Bettina führte, war ein kleiner, ziemlich dunkler Raum mit einem Eisengitter vor dem Fenster.

Wie eine Gefängniszelle, das war Bettinas erster Gedanke. Aber dann mußte sie sich eingestehen, daß das doch entschieden übertrieben war. Das Zimmer war anheimelnd, auch wenn es einfach eingerichtet war. Dennoch, es war schwer, sich in diesem Raum wohl zu fühlen. Es roch seltsam staubig hier, als wenn das Zimmer lange Zeit nicht bewohnt gewesen wäre, was wohl auch stimmen mochte.

Mademoiselle Legrand verließ Bettina mit ein paar freundlichen Worten. Dann hörte Bettina, wie die Tür von außen abgeschlossen wurde.

Zorn stieg in ihr hoch. Was hatte sie denn getan? Warum behandelte man sie wie eine Verbrecherin? Es war lächerlich. Wie konnte man sie für so töricht halten, einfach fortzulaufen. Wohin hätte sie sich auch wenden sollen?

Sie räumte ihre Sachen ein, trat dann an das vergitterte Fenster und starrte in den Park hinaus. Sie stellte fest, daß ihr Zimmer an der Nordseite lag, man sah von hier aus nur ein paar Büsche und Bäume, nichts vom See und nichts von den Tennisplätzen.

Sie sah auf ihre Armbanduhr. Es war noch früh am Morgen. Sicherlich würde sie gleich zum Unterricht abgeholt werden.

Aber nichts dergleichen geschah. Anscheinend hielt Madame Jeuni es für eine gute Erziehungsmaßnahme, Bettina mit ihren Gedanken allein zu lassen. Es war sehr still. Ganz von weither, von den Tennisplätzen auf der anderen Seite des Hauses, waren fröhliche Stimmen zu hören. Sie machten Bettina ihre eigene Einsamkeit nur noch bewußter.

Sie war todmüde, aber sie brachte es nicht über sich, sich hinzulegen und zu schlafen. Zu viele Gedanken schwirrten durch ihren Kopf.

Dotty Glenford, um deren Freundschaft willen sie in diese Situation geraten war, hatte man von ihr getrennt.

Von Stunde zu Stunde stieg die Sehnsucht nach ihrem Vater. Ihm würde sie alles erzählen können, er würde sie verstehen. Noch wenige Tage, dann waren sie zusammen. Bis dahin mußte sie durchhalten. Wenn man ein Ziel vor Augen hatte, konnte es gar nicht so schwer sein.

Aber es war immer noch schlimm genug.

Beim Mittagessen mußte Bettina ganz allein an einem kleinen Tisch sitzen. Dotty war überhaupt nicht erschienen, sie blieb wahrscheinlich auf der Krankenstation eingesperrt.

Noch vor dem Mittagsgebet verkündete Madame Jeuni den Mädchen, was in der vergangenen Nacht geschehen war. Sie geißelte Dottys und Bettinas Verhalten mit scharfen Worten, eröffnete den anderen Zöglingen, daß Dotty das Internat verlassen mußte und daß man Bettina nur deshalb behielt, weil sie kein Zuhause habe.

Bettina spürte, wie alle Blicke sich auf sie richteten. Heiß schoß ihr die Röte in die Wangen.

Madame Jeuni verbot den Mädchen, bis zu Beginn der Sommerferien ein Wort mit Bettina zu sprechen. Die Teilnahme am Sport sollte für Bettina verboten sein, am Unterricht sollte sie auf einer Bank für sich allein teilnehmen.

Bettina nahm alles mit ausdruckslosem Gesicht zur Kenntnis. Sie wollte niemandem zeigen, wie tief sie die Demütigung empfand. Sie klammerte sich nur an den einzigen Gedanken: Der Vater wird mich holen!

Die Zeit bis zum Beginn der Sommerferien verbrachte sie wie in einem dumpfen Traum. Sie schloß sich innerlich ab. In der Freizeit lag sie stundenlang mit offenen Augen auf ihrem Bett, gab sich tröstenden Träumen hin, die mit der Wirklichkeit nichts, aber auch gar nichts zu tun hatten.

Am Abend vor Beginn der Ferien begann sie, wie die meisten Schülerinnen des Internats, ihre Koffer zu packen. Ohne es zu merken, sang sie dabei vor sich hin. Sie freute sich unsagbar, dem Internat, das für sie zu einem Gefängnis geworden war, entfliehen zu können, war selig bei dem Gedanken, ihren Vater wiedersehen zu dürfen.

Sie war so mit sich und ihren Hoffnungen beschäftigt, daß sie gar nicht hörte, wie die Zimmertür geöffnet wurde.

Mademoiselle Legrand war es, die eintrat. „Ich freue mich, daß Sie so guter Laune sind, Bettina", sagte sie. Dann erst sah sie, daß Bettina beim Kofferpacken war. „Was tun Sie da?" fragte sie erstaunt.

Bettina lächelte. „Morgen beginnen die Ferien."

„Ja, natürlich, aber rechnen Sie wirklich damit, verreisen zu können?"

„Mein Vater hat mir versprochen, mich abzuholen. Das habe ich Ihnen doch schon gesagt."

„Bettina, Ihr Vater hat ein Telegramm geschickt. Es ist an Sie gerichtet, aber Madame hat es geöffnet. Sie wissen, daß das bei uns so üblich ist."

„Ja, und was telegrafiert er?"

„Es tut mir leid, Bettina, Sie müssen mir glauben, es tut mir wirklich leid." Mademoiselle Legrand zog das Telegramm aus der großen Tasche ihres Kleides, reichte es Bettina. „Da, lesen Sie selbst!"

Mit vor Schreck weit aufgerissenen Augen überflog Bettina das Telegramm.

„mein liebes kind stop ich bin sicher du wirst verstehen stop leider unmöglich dich abzuholen stop unaufschiebbare geschäfte stop sei nicht traurig stop telegrafische geldüberweisung folgt als trostpflaster stop werde mich freimachen so bald wie möglich stop in liebe dein vater stefan steutenberg."

Als Bettina das Blatt sinken ließ, war alle Farbe aus ihren Wangen gewichen. Ihre klaren, weit auseinanderstehenden Augen waren schwarz vor Enttäuschung.

„Nehmen Sie es nicht so schwer, Bettina", sagte Mademoiselle Legrand freundlich. „Wer weiß, wozu es gut ist." Als sie sah, daß Bettina mit abwesenden Augen vor sich hin starrte, schüttelte sie sie bei den Schultern. „Bettina! Bitte! Hören Sie mir überhaupt zu?"

Bettina schrak zusammen. „Ja? Was ist?"

„Wir werden uns eine schöne Zeit machen, Bettina. Ich bleibe auch im Internat und noch ein paar andere

Mädchen. Sie sind ja nicht allein. Machen Sie nicht ein so trauriges Gesicht.“

Bettina sah Mademoiselle Legrand an. „Erwarten Sie etwa von mir, daß ich lache?“ sagte sie bitter.

„Bettina! Seien Sie nicht zynisch. Sie werden doch wohl nicht ernsthaft annehmen, daß diese Maßnahme in den Ferien beibehalten wird? Sie werden morgen abend in ein anderes Zimmer übersiedeln, zu Yvonne Boulanger. Sie ist ein wirklich nettes Mädchen. Ich bin sicher, daß Sie beide sich rasch anfreunden werden.“

Bettina hörte ihr gar nicht zu. In ihr arbeitete es. Bisher hatte sie den Gedanken, aus dem Internat auszureißen, immer weit von sich geschoben, jetzt erschien er ihr plötzlich gar nicht mehr so unsinnig. Ihr graute davor, die Ferienmonate hier zu verbringen. Ihre Sehnsucht nach dem Vater war übermächtig. Warum sollte sie nicht versuchen, auf eigene Faust zu ihm zu gelangen? Wenn er erst erfuhr, wie es ihr hier ergangen war, würde er ihre Flucht bestimmt gutheißen.

Aber sie traute sich nicht zu, einen so gewagten Plan allein durchzuführen. Es gab nur einen einzigen Menschen, der ihr helfen und raten konnte — Dotty Glenford.

Bettina wartete ungeduldig, bis Mademoiselle Legrand endlich das Zimmer verließ, lauschte an der Tür, bis die Schritte der Assistentin draußen verhallten. Dann drückte sie behutsam die Klinke nieder, hielt nach allen Seiten Ausschau — der Gang lag wie ausgestorben.

Bettina ging mit hocherhobenem Kopf und schnellen Schritten durch das Haus. Aus allen Zimmern summte und brummte es wie in einem Bienenstock. Die Ferienvorfreude der anderen schmerzte Bettina. Sie schritt noch rascher aus.

Ohne nach links und rechts zu sehen, durchquerte sie

den großen Speisesaal, in dem gerade zum Frühstück gedeckt wurde. Jeden Augenblick befürchtete sie, angehalten zu werden, aber niemand achtete auf sie.

Bettina öffnete die Tür zur Terrasse, stellte mit Erleichterung fest, daß noch einige Schülerinnen die letzten Stunden des Tages im Garten verbrachten. So war die Gefahr, daß sie auffallen würde, weniger groß.

Rasch lief sie die breite Treppe hinunter, schlug einen Seitenweg ein, der an der Gartenmauer entlangführte, und erreichte so das Pförtnerhaus, in dessen erstem Stock die Krankenstation untergebracht war.

Jetzt erst überlegte sie, welche Möglichkeit sie überhaupt besaß, zu Dotty Glenford zu gelangen.

Es blieb ihr nur der Weg durch den Vordereingang. Sie wußte, daß ihr Vorhaben gewagt war. Aber was konnte ihr schon geschehen? Sie hatte nichts mehr zu verlieren.

Sie hob die Hand und klingelte an der Haustür.

Nicht der Pförtner, sondern seine Frau öffnete. Das machte Bettinas Unternehmen immerhin erfolgversprechender.

„Guten Abend“, sagte sie höflich und mit fester Stimme.

„Mein Mann ist leider ...“, begann die alte Frau.

„Macht nichts“, sagte Bettina rasch. „Ich möchte nicht Ihren Mann sprechen. Mademoiselle Legrand schickt mich, ich soll Dotty Glenford etwas ausrichten. Wegen morgen.“

Eine Sekunde wurden die Augen der alten Frau mißtrauisch. „Zu Dotty Glenford?“ fragte sie. „Aber soviel ich weiß ... ich glaube, mein Mann hat gesagt, daß sie keinen Besuch bekommen darf.“

„Morgen um neun Uhr holen ihre Eltern sie ab. Das soll ich ihr ja gerade sagen.“

Die Frau des Pförtners ließ sich durch Bettinas sicheres Auftreten täuschen. „Ach so“, sagte sie, „dann treten Sie nur ein.“

Bettina folgte der alten Frau in den dunklen Hausflur. „Sie kennen sich aus, ja? Dotty liegt oben im ersten Zimmer rechts. Der Schlüssel hängt am Haken neben der Tür. Meine alten Beine ... ich hoffe, Sie verstehen.“

„Aber natürlich. Machen Sie nur ja keine Umstände. Ich finde mich schon allein zurecht.“

Bettina mußte sich Mühe geben, die Treppen langsam und gelassen hinaufzuschreiten. Sie spürte den Blick der alten Frau im Rücken.

Sie nahm den Schlüssel, stieß ihn ins Schloß, klopfte an die Tür.

Von drinnen hörte sie Dottys Stimme: „Herein!“

„Bettina! Du?“ Mit einem Aufschrei stürzte Dotty Glenford ihr entgegen.

Dottys freudige Begrüßung wärmte Bettinas Herz. Aber sie wollte gerade in diesem Augenblick nicht sentimental erscheinen.

„Du täuschst dich“, sagte sie deshalb mit erzwungenem Spott, „in Wirklichkeit bin ich Madame Jeuni und habe mich nur verkleidet.“

„Spaßvogel!“ Dotty schüttelte vergnügt den Kopf, daß ihre roten Locken flogen. „Ich kann's immer noch nicht fassen! Ausgerechnet du! Wie hast du's fertiggebracht, hier einzudringen? Sie überwachen mich ja hier wie Rapunzel in ihrem Turm.“ Sie zog die Augenbrauen hoch. „Oder hast du etwa eine Erlaubnis?“

„Keine Bange. Davon kann nicht die Rede sein. Ich komme auf eigene Faust.“

„Ich verstehe es immer noch nicht.“

„Ist auch nicht nötig. Paß auf, Dotty, vielleicht haben wir nur wenig Zeit. Sobald sie entdecken, daß ich hier bei dir bin, na, mehr brauche ich dir wohl nicht zu sagen. Du mußt mir helfen, Dotty. Ich sitze in einer scheußlichen Patsche."

„Etwa meinetwegen?"

„Auch. Aber das schlimmste ist, mein Vater holt mich morgen nicht ab, verstehst du? Ich müßte also die ganzen Ferien hierbleiben. Aber das ist zuviel. Das kann ich nicht mehr ertragen."

„Ja, und ich bin schuld", sagte Dotty zerknirscht. „Ich habe dich da hineingerissen. Verflixt und zugenäht." Sie krauste die Nase und dachte nach. „Paß auf, ich kann dir helfen. Ich hab' eine prima Idee. Du kommst einfach mit mir!"

„Nein, Dotty, das geht nicht. Erstens weiß ich nicht, ob deine Eltern . . ."

„Denen werde ich's schon beibringen, nur keine Sorge. Ich tu's nicht aus Menschenfreundlichkeit, Bettina, ich brauche dich ja als Kronzeugin."

„Also deshalb . . . na schön. Aber bildest du dir allen Ernstes ein, Madame Jeuni würde das je erlauben?"

„Stimmt auch wieder." Dotty biß sich auf die Unterlippe. „Was kann man da machen? Nein, sag jetzt nichts . . . laß mich in aller Ruhe nachdenken." Sie klopfte sich mit dem Knöchel des Zeigefingers gegen die Stirn. „Du mußt die Erlaubnis deines Vaters einholen!"

„Dotty! Wie soll ich das denn anfangen? Ich habe keine Ahnung, wo er ist."

„Schau auf dem Telegramm nach!"

Bettina holte das schon reichlich zerknitterte Blatt Papier aus der Tasche ihres altrosa Leinenkleides, warf einen Blick darauf, reichte es Dotty weiter. „Barcelona", sagte sie. „Was wird uns das nützen?"

„Aber er hat dir doch seine Adresse in Hamburg gegeben."

„Ja. Aber dort ist meist nur seine Sekretärin da. Die erledigt seine Post und alles das.“

„Dann mußt du die eben anrufen. Bestimmt hat sie die Adresse deines Vaters.“

Als Dotty sah, daß Bettina immer noch zögerte, fügte sie eindringlich hinzu: „Oder du mußt die ganzen Ferien unter Madame Jeunis Zepter verbringen. Was ist dir also lieber? Ein kurzer Anruf oder . . . ?“

„Aber von wo soll ich denn überhaupt anrufen? Vielleicht würde Mademoiselle Legrand es mir erlauben, aber bestimmt darf sie so etwas gar nicht.“

„Hier im Haus ist ein Telefon. Ich habe es öfter läuten hören. Frag, ob du's benutzen darfst. Du mußt den Leuten klarmachen, daß es ja nichts kostet. Du meldest natürlich ein R-Gespräch an.“ Dotty ging an ihre schicke Tasche, holte ein Portemonnaie heraus. „Hier hast du zehn Franken, steck sie der Alten zu . . . nur keine Hemmungen. Geld hilft immer.“

Es kostete Bettina eine ungeheure Überwindung, die Frau des Pförtners darum zu bitten, ihr Telefon benutzen zu dürfen. Fast noch unangenehmer war es ihr, sich an das ihr völlig fremde Fräulein Murnauer mit der Bitte um die Adresse ihres Vaters zu wenden.

Als sie dann tatsächlich eine helle Stimme, sehr leise und sehr klein, aus weiter Entfernung hörte: „Hier Erna Murnauer!“ — da schien es ihr so, als wenn sie das Schicksal allein durch ihren Willen bezwungen hätte.

„Fräulein Murnauer“, sagte sie hastig in die Sprechmuschel hinein, „hier spricht Bettina . . . Bettina Steutenberg. Fräulein Murnauer, Sie müssen mir helfen. Ich brauche unbedingt die Adresse meines Vaters . . . nicht nur die Adresse, auch die Telefonnummer.“

Am anderen Ende der Leitung blieb es ganz still.

„Fräulein Murnauer!" rief Bettina fast in Panik. „Hören Sie noch? Haben Sie mich verstanden?"

„Ja. Sie wollen Ihren Vater anrufen, nicht wahr? Ich überlege eben, wie das zu machen sein könnte. Aber ... ich glaube, es wird nicht gehen."

„Es muß gehen, Fräulein Murnauer. Es ist unerhört wichtig!"

„Aber ich weiß selbst nicht, wo Herr Steutenberg im Augenblick ist."

„Sie müssen es wissen! Überlegen Sie doch!"

„Nein. Ich weiß es nicht. Seine letzte Post kam aus Barcelona, aber ich nehme an, daß er nicht mehr dort ist."

„Bitte, dann geben Sie mir doch auf alle Fälle seine Telefonnummer in Barcelona! Bitte! Bitte!"

Wieder entstand eine kleine Pause, dann sagte Fräulein Murnauer mit veränderter Stimme: „Bettina, ich darf Sie doch so nennen, ja? ... Bitte, Bettina, erklären Sie mir, wozu Sie Ihren Vater brauchen. Vielleicht kann ich Ihnen dabei helfen. Sie wissen, er hat mich beauftragt ..."

„Ja! Aber in diesem Fall, ich brauche seine Erlaubnis, Fräulein Murnauer!"

„Wofür?"

„Eine Freundin — Dotty Glenford — hat mich eingeladen, die Ferien bei ihr, bei ihren Eltern zu verbringen. In Coppet, das ist ganz hier in der Nähe. Aber, bestimmt darf ich sie nicht begleiten ohne Vaters Erlaubnis."

„Ach so!" Die Stimme Fräulein Murnauers klang fast erleichtert. „Aber das ist doch kein Problem, Bettina. Ist dieses Mädchen mit Ihnen im Internat?"

„Ja, wir teilen das Zimmer."

„Gut. Ich glaube doch, ich kann das verantworten. Ich

werde ein Telegramm an die Vorsteherin schicken, Bettina, jetzt sofort. Ich hoffe, daß es morgen früh rechtzeitig dort ist. Ich werde im Namen Ihres Vaters telegrafieren. Das wird doch genügen?"

„Ja", sagte Bettina. „Ja. Ich danke Ihnen, Fräulein Murnauer, ich danke Ihnen. Sie haben mir ..."

„Gute Nacht, Bettina! Und frohe Ferien!"

„Danke", sagte Bettina noch einmal, dann hörte sie, wie Fräulein Murnauer den Hörer auflegte.

Sie holte tief Luft. Das war geschafft. Sie mußte es sofort Dotty erzählen.

Aber als sie gerade die Tür zum Flur öffnen wollte, hörte sie, wie die Frau des Pförtners jemanden ins Haus ließ. Sie erkannte die Stimme Mademoiselle Legrands, hörte, wie sie die Treppe hinaufging.

Bettina begriff, daß Madame Jeunis Assistentin Dotty Glenford aufsuchte. Unmöglich konnte sie jetzt auch nach oben gehen. Aber dieser Zwischenfall hatte auch etwas Gutes. Sie konnte sich jetzt ungehindert auf den Rückweg machen.

Vorsichtig verließ Bettina das Pförtnerhäuschen, rannte durch den jetzt schon verlassenen Park, fand die Treppentür noch offen und erreichte gerade in dem Augenblick das Zimmer, als das Licht gelöscht wurde. Erst jetzt, nachträglich, kam ihr voll zum Bewußtsein, wie sehr sie an diesem Abend gegen alle Gesetze des Internatslebens verstoßen hatte. Aber diese Tatsache erfüllte sie nur mit Genugtuung. Sie hatte Madame Jeuni ein Schnippchen geschlagen, und sie war stolz darauf.

4

Am nächsten Morgen beim Frühstück hatten sich die Reihen der Schülerinnen schon auffallend gelichtet.

Als sich die Mädchen nach beendeter Mahlzeit im Haus und im Park zerstreuten, überfiel Bettina plötzlich Panik. Plötzlich schien es ihr ganz und gar unwahrscheinlich, daß Dottys Eltern zustimmen würden, sie über die Ferien einzuladen. Schließlich war Dotty aus dem Internat geflogen, und das war gewiß kein Anlaß, ihr einen Wunsch zu erfüllen. Aber selbst wenn Glenfords einverstanden waren — woher konnte sie sicher sein, daß Fräulein Murnauers Telegramm rechtzeitig ankam?

Bei dem Gedanken, daß sie vielleicht doch die Ferien unter Aufsicht Madame Jeunis verbringen mußte, wurde Bettina ganz elend. Sie fühlte, wie ihre Handflächen feucht wurden, ihre Knie zitterten. Sie ließ sich auf den ersten besten Stuhl auf der Terrasse nieder.

Dort fand sie Mademoiselle Legrand. „Bettina", sagte sie, „ich habe Sie überall gesucht."

Bettina hob stumm den Blick.

„Wir haben ein Telegramm Ihres Vaters bekommen, Bettina", sagte Mademoiselle Legrand.

Bettina fühlte, wie ihr das Blut in die Wangen schoß.

„Sie wollen also die Ferien bei Glenfords verbringen?"

„Wir hatten es so geplant", sagte sie vorsichtig, „falls mein Vater mich nicht abholen könnte. Wahrscheinlich ist ihm das erst jetzt wieder eingefallen. Aber ich weiß natürlich nicht, ob Glenfords nach allem, was vorgefallen ist, mich überhaupt noch wollen."

Mademoiselle Legrand musterte Bettina mit einem

seltsamen Blick. „Wann haben Sie zuletzt mit Dotty gesprochen?"

Es blieb Bettina nichts anderes übrig, als zu lügen, immer weiter zu lügen. „An jenem Abend", sagte sie, bemüht, ihrer Stimme Festigkeit zu geben.

„Sonderbar. Woher weiß Dotty dann, daß Ihr Vater Sie nicht abholen wird?"

„Eigentlich kann sie es nicht wissen", behauptete Bettina. „Aber sie hat immer damit gerechnet. Sie hat mir dauernd damit in den Ohren gelegen, daß mein Vater bestimmt nicht kommen würde."

„Bettina", sagte Mademoiselle Legrand ernst, „alles, was Sie da erzählen, klingt ziemlich wahrscheinlich. Es könnte durchaus wahr sein ..."

„Warum sollte es nicht?"

„Bettina, ich habe das Gefühl, Sie sind im Begriff, eine große Dummheit zu begehen."

„Ich verstehe Sie nicht!"

„Das glaube ich Ihnen. Ich bin zwanzig Jahre älter als Sie, Bettina. Wir dürfen also unterstellen, daß ich größere Erfahrungen habe, nicht wahr? Sie sollten der Einladung Glenfords nicht folgen. Ich warne Sie!"

Bettina sprang auf. „Ich bin also eingeladen?"

„Ja."

Bettina atmete tief, breitete weit die Arme aus. „Gott sei Dank!" sagte sie aus vollem Herzen.

„Bettina, wenn ich Sie nun bitte, hierzubleiben ..."

„Warum? Was, glauben Sie, könnte mich hier halten?"

„Ich habe es immer gut mit Ihnen gemeint, Bettina, das wissen Sie."

„Vielleicht. Aber Sie haben mir nie helfen können. Madame Jeuni hat mich nicht gemocht, vom ersten Augenblick an nicht. Ich bin froh, heilfroh, daß ich mit Dotty fahren darf."

„Wollen Sie sich nicht wenigstens von Madame Jeuni verabschieden?“

„Wozu? Ich glaube kaum, daß sie Wert darauf legt.“

„Bitte, tun Sie es. Es ist besser, glauben Sie mir!“

Bettina zögerte einen Augenblick. Sie wußte, daß es richtig gewesen wäre, sich von der Vorsteherin zu verabschieden.

„Tun Sie es!“ sagte Mademoiselle Legrand noch einmal. „Überwinden Sie sich!“

Bettina schüttelte den Kopf. „Nein“, sagte sie, „nein, ich möchte wirklich nicht.“

„Schade.“

Bettina reichte Mademoiselle Legrand die Hand. „Ich danke Ihnen für alles, Mademoiselle“, sagte sie. „Sie waren wirklich nett zu mir, von Anfang an. Aber Sie werden sicher auch verstehen, wie froh ich bin, von hier fortzukommen.“

„Doch Bettina. Aber es gibt im Leben viel schlimmere Situationen, als in einem Internat zu leben, in dem man sich nicht heimisch fühlen kann. Glauben Sie mir.“ Sie ließ Bettinas Hand los. „Ich wünsche Ihnen alles Glück. Sie wissen, daß Sie jederzeit zu uns zurückkommen können, nicht wahr? Sie müssen lernen durchzustehen, Bettina, gerade wenn es schwierig wird. Sonst werden Sie nichts im Leben erreichen.“

Ich habe erreicht, was ich will, dachte Bettina, aber sie sprach es nicht aus. „Ich werd' es mir merken“, sagte sie mit einem leichten Lächeln und wandte sich ab.

Die Begrüßung mit Dottys Eltern ging so rasch vor sich, daß Bettina nicht feststellen konnte, ob sie ihr freundlich oder kühl gesonnen waren.

Sie saßen im Fond eines schweren englischen Reisewagens, sie reichten ihr nicht die Hand, sondern nickten ihr nur kurz zu, sagten ein paar höfliche, belanglose Floskeln.

Der livrierte Chauffeur Henry verstaute Dottys und Bettinas Gepäck im Kofferraum. Dann stieg Dotty hinten zu ihren Eltern ein, Bettina bekam den Platz vorn neben dem Chauffeur, und schon ging es los.

Während der ganzen Fahrt bestritt Dotty fast allein die Unterhaltung. Mr. und Mrs. Glenford stellten einige Fragen, ließen aber Dotty im großen und ganzen reden. Offensichtlich wollten sie keine ernsthafte Unterhaltung in Anwesenheit des Chauffeurs. Beim Kofferauspacken war Dotty so übermütig, daß Bettina sich die Frage nicht verkneifen konnte: „Sag mal ... Haben deine Eltern eigentlich gar nicht mit dir geschimpft?"

Dotty lachte vergnügt. „Noch nicht. Aber das kommt."

„Und du machst dir gar nichts draus?"

„Warum sollte ich? Schimpfen tut schließlich nicht weh."

Das Landhaus in Coppet war ein hübsches kleines Chalet, dessen gepflegter, schöner Garten bis zum Seeufer und zur Bootsanlegestelle hinunterführte.

Zu dem Schlafraum gehörte ein sehr schönes Badezimmer. Bettina und Dotty nahmen es sofort in Gebrauch. Sie badeten beide lang und ausgiebig, brausten sich hinterher kalt ab, bevor sie sich anzogen.

Dann liefen sie Hand in Hand die Treppe hinunter, Dotty ganz vergnügt, Bettina etwas beklommen.

Mrs. und Mr. Glenford saßen in dem großen Wohnraum, dessen Glastüren weit geöffnet waren und den Blick auf den See und die Gipfel der Voirons freigaben. Mr. Glenford hatte einen Whisky mit Soda vor sich stehen, er rauchte eine Pfeife. Mrs. Glenford nippte an einem Glas Portwein.

„Hier sind wir!“ sagte Dotty beim Eintritt burschikos. „Melde gehorsamst . . . Kisten und Kasten voll.“ Sie grüßte ihren Vater militärisch: „Stehe von nun an dem Herrn Oberst zur Verfügung!“

Das Gesicht Mr. Glenfords blieb ernst. Er fuhr sich mit dem Zeigefinger über seinen kurzgestutzten rötlichblonden Schnurrbart, sagte: „Ich denke tatsächlich, daß wir einiges zu besprechen haben, Dorothee!“

Dotty lachte unbekümmert. „Das klingt bedrohlich, Daddy. Aber vielleicht gönnst du uns doch vorher einen kleinen Stärkungsschluck?“

„Ich habe Frau Mörli gebeten, für euch beide ein Glas Traubensaft zu bringen“, sagte Mrs. Glenford mit ihrer milden Stimme.

„Traubensaft! Ich höre wohl nicht recht? Schließlich bin ich fast achtzehn!“ sagte Dotty empört.

Aber obwohl sie noch andere Tricks versuchte, konnte sie nichts ändern. Für sie und Bettina gab es Traubensaft.

Die beiden Mädchen setzten sich nebeneinander auf die breite Couch. Dotty schlug die Beine übereinander.

Mr. Glenford zog die Augenbrauen hoch. „Ich muß sagen, Dorothee“, erklärte er langsam und sog wieder an seiner Pfeife, „. . . ich muß schon sagen, die Eröffnung Madame Jeunis hat mir keine Freude gemacht. Du bist aus dem Internat geflogen. Das ist peinlich, mehr als peinlich. Ich erinnere mich nur eines einzigen Falles, übrigens, vielleicht ist es dir lieber, wenn wir diese Unterhaltung nicht im Beisein von Zeugen führen?“

„Was für Zeugen meinst du, Daddy?“

Wieder sog Mr. Glenford an seiner Pfeife. „Deine Freundin Bettina.“

„Nein. Bettina kann ruhig dableiben. Sie weiß schließlich über alles Bescheid. Ich bin sicher, Madame Jeuni hat euch einen großen Bären aufgebunden. Sie ist eine völlig hysterische Ziege.

„Dotty?“ rief Mrs. Glenford mahnend. „Madame Jeuni hat uns nichts weiter mitgeteilt als eine Tatsache“, erklärte Mr. Glenford, „nämlich die, daß du heimlich nächtlicherweise das Internat verlassen hast. Ich möchte jetzt wissen: wo hast du dich herumgetrieben?“

Dotty sprang auf. „Herumgetrieben? Überhaupt nicht, Daddy! Wer hat gewagt, so etwas zu behaupten?“

„Madame Jeuni.“

„Das ist eine Unverschämtheit!“

Dotty spielte ihre Entrüstung so echt, daß selbst Bettina ihr fast geglaubt hätte, obwohl sie es doch wahrhaftig besser wußte.

Mr. Glenford war sichtlich beeindruckt. „Du willst sagen, daß alles nicht stimmt?“ fragte er stirnrunzelnd.

„Als ihr angerufen habt ... am Abend vor fünf Tagen ... erinnert ihr euch noch? Da war ich nicht auf meinem Zimmer, das ist alles. Weiter ist nichts an der ganzen Geschichte.“

„Aber wo warst du dann?“

„Im Park natürlich. Ich hatte Kopfschmerzen. Es war schauderhaft schwül. Da bin ich noch ein wenig im Park spazierengegangen.“

„Allein?“

Dotty lachte. „Aber Daddy! Du kennst doch das Internat. Die Mauern sind so dick und so hoch. Du glaubst doch nicht im Ernst, daß da jemand hinüberklettern könnte?“

„Aber warum hast du dich nicht bemüht, die Tatsachen richtigzustellen? Du hättest doch leicht ...“

Dotty unterbrach ihren Vater. „Weil ich es satt hatte“, erklärte sie leidenschaftlich. „Du hast ja keine Ahnung, Daddy, wie schauderhaft es in diesem blöden Internat ist. Du kannst dir das gar nicht vorstellen. Frag Bettina!“ Sie wandte sich an Bettina: „Bitte, sag du ihm doch, wie scheußlich es war.“

„Ja“, bestätigte Bettina, erleichtert, die Wahrheit sagen zu können, „es ist gräßlich dort. Ich hoffe bloß, daß ich nie mehr zurück muß.“

„Warum hast du uns das nicht einfach geschrieben, Dotty?“

„Ihr hättet mir doch nicht geglaubt.“

„Nur eines verstehe ich nicht“, sagte Dottys Mutter. „Wieso konnte deine Freundin nicht ... wieso haben Sie, Bettina, Madame Jeuni nicht die Wahrheit gesagt? Sie mußten doch wissen, daß Dotty nur an die frische Luft gegangen war?“

Ehe Bettina noch antworten konnte, rief Dotty dazwischen: „Aber glaubt ihr denn, das hat sie nicht getan? Mit Engelszungen hat sie geredet. Aber das ist ja gerade das Gräßliche an dieser Frau, sie ist so mißtrauisch. Ich kann gar nicht sagen, wie. Sie glaubt keinem Menschen.“

Mr. Glenford sog an seiner Pfeife, sah Dotty durchdringend an. „Wenn ich nur wüßte, ob du die Wahrheit sagst ...“

„Daddy! Wie kannst du nur so etwas fragen?“ rief Dotty in heller Empörung. „Habe ich euch je belogen?“

„Das hast du wirklich noch nicht, Dotty“, sagte Mrs. Glenford milde. „Nicht wahr, Arthur? Belogen hat sie uns noch nie.“

Nach dieser — für Bettina erstaunlichen — Aussprache folgten Tage unbeschwerten Frohsinns. Bettina und Dotty waren von früh bis spät zusammen. Das Wetter war prächtig. Die beiden Mädchen verbrachten fast den ganzen Tag am See. Sie schwammen, ruderten oder ließen sich von Henry, dem Chauffeur, im Motorboot über die spiegelnde Wasserfläche fahren.

Abends saßen sie mit Dottys Eltern vor dem Fernsehschirm, oder sie spielten alle zusammen eine Partie Bridge. Meist gingen alle früh schlafen.

Bettina war sehr glücklich.

Eines Morgens — sie lagen in ihren knappen, bunten Bikinis auf den Bohlen des Landestegs und ließen sich braun brennen — sagte Dotty: „Übrigens, morgen abend gibt's eine Party."

Bettina öffnete die Augen, rollte sich auf die Seite. „Aber davon weiß ich ja gar nichts."

„Drum sag ich's dir", erwiderte Dotty gelassen.

„Wer kommt?"

„Eine ganze Menge Leute."

Bettina legte sich wieder auf den Rücken. „Na schön, wenn du die Geheimnisvolle spielen willst . . ."

„Will ich gar nicht. Damit du's ganz genau weißt: Die Party wird für William C. Baker gegeben."

„Und wer ist das?"

„Ein Amerikaner. Der Sohn irgendeines hohen Tieres. Sehr reich. Kurzum, es ist der Mann, mit dem meine Eltern mich verheiraten wollen."

5

Bettina lernte William C. Baker am nächsten Morgen kennen, als er einen kurzen Antrittsbesuch bei Glenfords machte.

Dieser Tag, der dreizehnte August, war für Bettina sowieso sehr bedeutsam; heute vor siebzehn Jahren war sie zur Welt gekommen. Sie hatte Dotty nichts davon gesagt, weil sie keine Gratulationen wollte. Dennoch war sie unsinnigerweise davon enttäuscht, daß Dotty keine Notiz von ihrem Ehrentag nahm. Vergeblich sagte sie sich immer wieder, daß die Freundin gar nichts davon wissen konnte; das schmerzende Gefühl von grundloser Traurigkeit und Verlassenheit blieb. Sie hatte fest auf einen Brief von Bürgers gehofft. Aber auch diese Hoffnung . . .

Von ihrem Vater kam keine Nachricht. Bettina war überzeugt, daß er ihren Geburtstag einfach vergessen hatte.

„Wie gefällt er dir?" fragte Dotty, als sich die Mädchen nach dem Mittagessen noch einmal hingelegt hatten, um am Abend so frisch wie möglich zu sein.

Bettina wußte genau, wen Dotty meinte, trotzdem fragte sie: „Wer?"

„William natürlich."

„Ach so."

„Du warst nicht sehr freundlich zu ihm."

„Warum sollte ich. Du willst ihn ja heiraten, nicht ich."

„Von wollen kann gar keine Rede sein." Dotty wandte ihr Gesicht der Freundin zu. „Ganz ehrlich, was hältst du von ihm?"

Bettina mochte William C. Baker nicht. Sie wußte nicht, was ihr an ihm so unsympathisch war.

„Los, sag doch schon!" drängte Dotty in Bettinas Gedanken hinein.

„Wie kann ich einen Menschen beurteilen, den ich ein einziges Mal gesehen habe, und dazu noch ganz flüchtig, Dotty! Was könnte dir mein Urteil nützen? Du kennst ihn ja länger als ich und wahrscheinlich besser."

„Das ist es ja eben", bekannte Dotty unfroh, „ich kenne ihn schon ein paar Jahre, immer, wenn er nach

Europa kommt, besucht er meine Eltern. Aber ich werde nicht klug aus ihm. Er ist mir irgendwie unheimlich. Kannst du das verstehen?"

„Ja", sagte Bettina.

„Ich habe noch mit niemandem darüber gesprochen, aber ich mag ihn nicht. Ich glaube nicht, daß ich ihn heiraten kann."

„Mußt du denn das?"

„Wer spricht von müssen? Meine Eltern wünschen es. Sie haben es mir gesagt."

„Wann?"

„Vor ein paar Tagen. Weil ich aus dem Internat geflogen bin, möchten sie mich jetzt so rasch wie möglich unter der Haube haben. Das ist schließlich begreiflich, nicht wahr?"

„Hat er denn ... ich meine, will er dich überhaupt?"

Dotty richtete sich auf und schüttelte ihre rote Mähne. „Was für eine Frage, Bettina!" sagte sie. „Das will doch jeder."

Bettina war verblüfft. „Wirklich?"

„Sicher. Erstens bin ich ein sehr hübsches Mädchen, zweitens bekomme ich eine ganz schöne Mitgift. Da ist es doch kein Wunder, daß die Männer zuschnappen."

„Willst du behaupten, du hast schon Heiratsanträge bekommen?"

„Nicht direkt", gab Dotty zu. „Ich war ja noch zu jung, da haben sie sich nicht getraut. Aber jetzt geht's los, du wirst sehen."

„Dein Selbstbewußtsein möchte ich haben, Dotty! Ich kann mir nicht vorstellen, daß so bald jemand auf die Idee kommen würde, mich heiraten zu wollen."

„Mach dir nichts draus, Bettina. Natürlich wirst du's ein bißchen schwerer haben. Ich will nicht behaupten, daß du häßlich bist, nein, ganz im Gegenteil, aber dir fehlt der Sex!"

„Auf den lege ich gar keinen Wert, Dotty. Damit du Bescheid weißt, ich mache mir nichts aus Männern, überhaupt nichts. Ans Heiraten habe ich noch nie gedacht. Wozu auch? Ich finde, dafür sind wir beide noch viel zu jung."

„Du vielleicht. Ich nicht. Ich werde bald heiraten, verlaß dich darauf, schon, damit ich endlich tun und lassen kann, was ich will."

„Etwa William C. Baker?"

„Mal sehen. Das muß ich mir noch überlegen. Wenn er mir auch nicht gerade sympathisch ist, eines spricht für ihn: Er hat klotzig viel Geld. Das ist wahrscheinlich das wichtigste."

Bettina schwieg. Sie hatte keine Lust, sich mit der Freundin herumzuzanken. Früher hatten Dottys oberflächliche und zynische Ansichten sie häufig schockiert. Inzwischen glaubte sie zu wissen, daß Dotty nur so daherredete, um sich interessant zu machen. Sie war überzeugt, daß Dotty im Grunde ihres Herzens ganz anders war, als sie nach außen hin tat.

Da Bettina nicht zur Familie gehörte, nahm sie am Abend nicht an der Begrüßung der Gäste teil, sondern kam erst später herunter.

Alles war viel festlicher, als sie es sich vorgestellt hatte.

Auf der Längsseite des Wohnzimmers stand ein kaltes Büfett, ein langer weißgedeckter Tisch, auf dem allerlei Köstlichkeiten angerichtet waren. Kaviar auf Eis, Hummer, Artischockenböden, verschiedene Salate.

Ganz in der Nähe stand William C. Baker. Bettina wunderte sich, daß er allein war. Ihre Augen suchten Dotty. Sie stand in einem ganzen Kreis von Verehrern, flirtete nach allen Seiten und versuchte, wie es Bettina schien, die Aufmerksamkeit des Amerikaners auf sich zu lenken, ohne daß es ihr gelang.

William C. Baker trug eine weiße Smokingjacke, die die Bräune seines Gesichts hervorhob. Bettina mußte zugeben, daß er sehr gut aussah, wenn auch das leicht spöttische Lächeln um seine vollen Lippen ihn nicht sympathischer machte. Ohne ihn anzusehen, ging sie an ihm vorbei und trat auf die Terrasse hinaus.

Bettina kannte die meisten der Gäste. Es waren ausnahmslos Engländer, unter ihnen nur wenige junge Leute.

Bettina ließ sich auf einer der Hollywoodschaukeln nieder, lehnte sich zurück und genoß das festliche Bild. Henry, der Chauffeur, der heute mit weißen Handschuhen servierte, bot auf einem Tablett Gläser mit Sekt an. Bettina nahm eins, lächelte Henry dankbar an. Sie trank, stellte das Glas ab, schaukelte ein wenig.

Sie versuchte sich einzureden, daß dies ein schöner Abend war, daß sie allen Grund hatte, ihn zu genießen. Aber es gelang ihr nicht. Das Gefühl, nicht hierherzugehören, wurde immer stärker. Sie war umgeben von fröhlichen, festlich gestimmten Menschen, und doch war sie so allein wie nie zuvor. Dies war ihr siebzehnter Geburtstag, und niemand hatte, außer einem kurzen Nikken, außer einem flüchtigen Lächeln, Notiz von ihr genommen.

Jetzt kam eine Gruppe junger Leute auf sie zu. Die jungen Männer blieben vor ihr stehen, rauchten Zigaretten und blickten auf sie herab. Bettina mußte Konversation machen, mußte zu Witzen lachen, die sie alles andere als komisch fand. Ihr Unbehagen wurde so stark, daß sie es nicht länger aushielt. Sie stand auf, murmelte eine Entschuldigung und zog sich zurück.

Sie wollte ins Haus hineingehen, aber dort stand William C. Baker, ein Whiskyglas in der Hand, in der Terrassentür. Bettina wandte sich ab und lief in den illuminierten Garten.

Erst ganz unten am See fand sie einen Platz, der dunkel genug war, um Schutz und Einsamkeit zu versprechen. Sie setzte sich nieder, kroch ein wenig in sich zusammen, denn hier unten am See war es kühl, faltete die Hände und versuchte sich zu beruhigen.

Warum hatte der Vater nicht zu ihrem Geburtstag geschrieben? Warum hatte er nicht wenigstens angerufen? Er wußte doch, wo sie war. Wie war es möglich, daß er diesen Tag einfach vergessen hatte? Gab es denn niemand, dem wirklich etwas an ihr lag?

Bettina zuckte zusammen, als sie hinter sich ein Geräusch hörte.

„Habe ich Sie erschreckt?" fragte gleich darauf eine männliche Stimme.

Bettina brauchte sich nicht umzudrehen, um zu wissen, daß es William C. Baker war, der mit ihr sprach.

„Nein", sagte sie verwirrt, „nur ..." Sie stand auf. „Ich wollte sowieso wieder ..."

„Bitte nicht!" sagte er. „Sonst muß ich glauben, ich habe Sie verjagt."

„Aber ... ich wollte wirklich ..."

„Was haben Sie so Wichtiges zu tun? Bleiben Sie noch ein paar Minuten. Ich bitte Sie darum!"

Bettina sah keine Möglichkeit, sich davonzumachen, ohne daß es wie Flucht wirkte. Sie ließ sich wieder auf die Bank sinken, hielt den Rücken sehr gerade und sah William C. Baker an. Sein Gesicht lag im Dunkeln, nur jedesmal, wenn er an seiner Zigarette sog, leuchtete es im ungewissen Licht der roten Glut auf. Bettina sah ein fast griechisches Profil. Sie wußte nicht, was sie sagen sollte, hoffte, daß irgend etwas geschah, was sie aus dieser peinlichen Situation rettete.

„Darf ich mich zu Ihnen setzen?“ fragte William C. Baker.

„Bitte“, sagte Bettina steif. Sie war dankbar, daß er sich an das äußerste Ende der Bank setzte. Zwischen ihnen war eine Entfernung von gut einem halben Meter.“

„Warum sind Sie so traurig?“ fragte der Amerikaner.

„Ich bin nicht traurig.“

„Dann sollten Sie auch nicht so traurige Augen machen. Das ist verwirrend für alle anderen.“

„Es tut mir leid, aber . . .“

„Es braucht Ihnen nicht leid zu tun, Bettina. Warum erzählen Sie mir nicht, was Sie bedrückt?“

Bettina versuchte zu lachen. „Nichts“, sagte sie, „gar nichts. Mir geht es großartig. Wirklich, ich fühle mich sehr wohl.“

„Sind Sie deshalb zum See geflohen?“

„Geflohen? Wie kommen Sie darauf? Ich wollte nur ein bißchen Luft schnappen.“

„War Ihnen oben auf der Terrasse nicht Luft genug?“

„Sagen Sie, was fällt Ihnen ein, mich zu verhören?!“

„Haben Sie ein schlechtes Gewissen, oder warum mögen Sie nicht, daß andere Leute sich für Sie interessieren?“

„Ich habe nichts verbrochen, wenn Sie das meinen, und ich bin durchaus imstande, mit meinem Schicksal allein fertig zu werden.“

„Wirklich?“

Bettina hatte eine Antwort schon auf der Zunge, aber sie brachte kein Wort mehr über die Lippen. William C. Baker hatte seine Hand auf ihre nackte Schulter gelegt — eine warme Hand mit zärtlichen Fingern.

Bettina wußte, daß sie hätte aufspringen müssen, aber sie war außerstande, sich zu rühren. Etwas Seltsames, nie Gefühltes hatte von ihr Besitz ergriffen.

Sie wußte nicht, wie lange sie so saß, ohne sich zu rühren, ja, fast ohne zu atmen.

Auch William C. Baker schwieg. Aber seine warmen Finger streichelten sanft ihre Schulter, tasteten zu ihrem Nacken, jagten elektrische Ströme durch ihren Körper.

Bettina hielt die Augen geschlossen. Dennoch wußte sie, daß er sich über sie beugte, spürte seinen warmen Atem auf ihrem Gesicht, dann küßten seine Lippen ihren zuckenden Mund.

Selbst in dieser Sekunde, da er sie küßte, wußte Bettina, daß sie ihn nicht liebte, ja, er ihr nicht einmal sympathisch war. Trotzdem hatte sie nicht die Kraft, ihn zurückzustoßen. Es war, als wenn ein fremder Wille von ihrem Körper Besitz ergriffen hätte.

Erst als seine Hände tiefer glitten, wurde Widerstand in ihr wach. Er spürte ihre Abwehr sofort, gab nach. Aber da hatte der Rausch, der Bettina überfallen hatte, schon an Kraft verloren. Sie stemmte ihre Hände gegen seine Schultern, versuchte sich freizumachen.

In diesem Augenblick hörte sie eine helle Stimme, voll zorniger Empörung: „Bettina!" Ein heller Schein traf ihre Augen.

An der Stimme erkannte sie Dotty, die vor ihnen stand, eine Taschenlampe in der Hand, die Bettina und Baker in helles Licht tauchte und sie selbst im Schatten ließ.

Baker schien dieser mehr als peinlichen Situation durchaus gewachsen. Er hielt Bettina fest beim Handgelenk, verbeugte sich leicht in Richtung der Taschenlampe, sagte mit einem spöttischen Lächeln: „Fräulein Dotty? Was können wir für Sie tun?"

Außer sich vor Zorn, versuchte Dotty mit aller Kraft, ihm die Taschenlampe ins Gesicht zu werfen. Er bückte sich blitzschnell, die Taschenlampe flog ins Gebüsch, schlug klirrend gegen einen Stein.

Die eine Sekunde, in der William seinen Griff um Bettinas Handgelenk gelockert hatte, genügte ihr, sich freizumachen. Sie rannte los, wie von Furien gehetzt, ohne auf seine Stimme zu achten, die hinter ihr herrief: „Bettina! Bettina!"

Sie rannte und rannte und hatte nur den einen Wunsch, weit fort zu sein, weit fort von Dotty, von Baker und vor allem von sich selbst.

Als Bettina zum Chalet der Glenfords zurückkehrte, war die Party längst beendet. Die Lampions waren erloschen, das Haus lag zur Straße hin dunkel da.

Bettina war froh, daß sie einen Hausschlüssel hatte.

Morgen früh mit dem ersten Omnibus wollte sie nach Genf zurückfahren.

Ganz leise steckte sie den Schlüssel ins Schloß, drehte ihn vorsichtig um, drückte die Tür auf.

Auf Zehenspitzen durchquerte sie im Dunkeln die Diele, hatte schon die ersten Stufen der Treppe genommen, als plötzlich das große Deckenlicht angeknipst wurde.

Ihr erster Gedanke war — Baker. Sie war entschlossen, ihm Bescheid zu sagen, drehte sich blitzschnell um und sah — ihren Vater.

Sie stürzte die Treppe hinunter, lief auf ihn zu, warf sich in seine Arme. „Vater! Vater! Ach, Vater!"

Er stand ganz ruhig, klopfte ihr zärtlich auf den Rükken, sagte: „Na, na, na! Nicht so aufgeregt, Kleines. Du tust ja gerade so . . ." Er packte sie bei den Schultern, hielt sie von sich ab. „Sag mal, hast du eigentlich nicht damit gerechnet, daß ich heute kommen würde?"

„Nein", sagte sie atemlos. „Nein ... wie sollte ich denn?"

„Du mußt eine schöne Vorstellung von mir haben, Bettina", sagte er schmunzelnd. „Immerhin, heute ist ja wohl dein Geburtstag, wie? Hast du etwa angenommen, ich hätte das vergessen?"

„Ich wußte nicht, Vater ... weil du doch ... du hast immer so furchtbar viel zu tun, und deshalb ..."

„Was hältst du denn eigentlich von mir? Immerhin bist du mein einziges Kind. Meinst du nicht, ich wüßte, wie wichtig du für mich bist? Und wie wichtig für ein junges Mädchen der siebzehnte Geburtstag ist?"

„Ich bin so glücklich, daß du da bist, Vater!"

„Das habe ich gemerkt. Ist etwas schiefgegangen?"

Bettina brachte es nicht über sich, dem Vater ihr Erlebnis mit William C. Baker zu beichten — jetzt noch nicht, zwischen Tür und Angel in einem fremden Haus.

„Nein, Vater!" sagte sie rasch.

„Um so besser! Wie lange dauern deine Ferien noch?"

„Bis Ende des Monats."

„Fein. Dann können wir beide ja noch zusammen verreisen. Jetzt wollen wir Mr. Glenford nicht mehr länger aufhalten. Er ist nämlich extra unseretwegen wachgeblieben. Ich hole dich morgen früh ab, so gegen zehn Uhr, damit du noch Zeit hast, in aller Ruhe deine Koffer zu packen."

„Vater, bitte ..." Bettina stockte.

Er schien zu spüren, daß es etwas sehr Wichtiges war, das sie auf dem Herzen hatte.

„Na?" sagte er. „Nur los! Raus mit der Sprache!"

„Könnte ich nicht schon heute nacht mit dir kommen?"

Stefan Steutenberg lachte. Du hast wohl Angst, morgen früh sei ich wieder weg?"

„Nein, nein, bestimmt nicht. Oder doch! Bitte, Vater, warte auf mich. In einer halben Stunde habe ich alles zusammengepackt, ganz bestimmt!"

„Ich halte das zwar nicht für sehr vernünftig ..."

„Bitte, Vater."

„... aber wenn du darauf bestehst. Schließlich ist heute dein Geburtstag, und da hast du einen Wunsch frei. Allerdings müssen wir erst fragen, ob Mr. Glenford nichts dagegen hat. Immerhin bist du ja eine längere Zeit sein Gast gewesen."

Mr. Glenford war sofort einverstanden. Bettina hatte das Gefühl, daß er genauso froh war, sie loszuwerden, wie sie es war, dieses Haus zu verlassen.

Dotty war noch wach.

Als Bettina ihre Nachttischlampe anknipste, sah sie die Freundin mit hinter dem Kopf verschränkten Armen in ihrem Bett liegen. Sie starrte wortlos, mit brennenden Augen ins Leere. Sie sah aus, als wenn sie geweint hätte.

Bettina konnte nicht einfach so tun, als wenn Dotty nicht existierte. Sie trat zu ihrem Bett. „Es tut mir leid, Dotty", sagte sie leise. „Ich kann dir nicht sagen, wie leid es mir tut ..."

„Hör auf!" Dotty schrie es fast. „Hör endlich auf mit deinem verlogenen Geschwätz. Du brauchst mir nichts zu erklären! Gar nichts! Ich bin selbst an allem schuld. Wie konnte ich mich mit dir einlassen! Dabei habe ich es von Anfang an gewußt!"

„Was willst du gewußt haben?"

„Daß du eine verlogene Heuchlerin bist."

„Dotty! Das ist doch nicht wahr! Ich ...“

„Still!“ Dotty hielt sich die Ohren zu. „Ich will nicht ... ich will nichts hören ... von dir nicht mehr! Laß mich in Ruhe!“

Bettina seufzte tief. „Ich bin ja nur gekommen, um meine Sachen zu packen. Mein Vater ist hier.“

„Dein Glück! Wenn er dich nicht geholt hätte, ich hätte dich hinausgeworfen. Noch heute nacht!“

„Ich wäre so und so gegangen, Dotty“, sagte Bettina mit fester Stimme. „Du hättest dich nicht zu bemühen brauchen.“

Sie holte ihre Koffer vom Schrank und begann rasch und umsichtig zu packen. Als sie fertig war, trat sie noch einmal zu Dottys Bett. „Falls ich was vergessen haben sollte“, sagte sie, „vielleicht bist du so gut, es mir zu schicken. Ich schreibe dir meine Adresse.“

Dotty schwieg und sah an ihr vorbei.

Bettina blieb nichts anderes übrig, als die Koffer zu nehmen und das Zimmer zu verlassen.

Als sie ins Wohnzimmer hinunterkam, war Mr. Glenford schon zu Bett gegangen.

„Du möchtest die Haustür abschließen“, sagte Stefan Steutenberg, „und dann die Hausschlüssel durch den Briefkastenschlitz werfen.“

„Ja“, sagte Bettina nur.

Sie litt unter dem unfreundlichen Abschied aus diesem Haus.

Doch die Freude auf das Zusammensein mit ihrem Vater war stärker als alles andere. Sie hoffte von Herzen, sich nie mehr von ihm trennen zu müssen.

6

Stefan Steutenberg war diesmal nicht geflogen, sondern in seinem eleganten schwarzen Sportcoupé in die Schweiz gefahren.

Noch in dieser Nacht brachte er seine Tochter bis Rolle, wo sie im „Au Domino", einem gepflegten Hotel, weit genug von der lauten Landstraße am Nordufer des Genfer Sees, übernachteten. Sie standen spät auf, frühstückten ausgiebig und schlenderten dann durch das freundliche Städtchen.

Dann stiegen sie wieder in den offenen Wagen und fuhren weiter.

Bettina genoß es in vollen Zügen, ihrem Vater so nahe zu sein.

Dennoch brachte sie es nicht über sich, offen zu ihm zu sein.

Als sie am späten Nachmittag in Zürich ankamen, hatte sie ihm noch nichts von Dottys nächtlichem Ausreißen aus dem Internat erzählt, nichts von ihrem Zusammenstoß mit Madame Jeuni und nicht ein Wort von ihrem Erlebnis mit William C. Baker.

Sie stiegen im „Baur au Lac" ab. Stefan Steutenberg schien hier sehr bekannt zu sein. Sie bekamen zwei schöne große Einzelzimmer, die durch ein Bad miteinander verbunden waren. Bettina packte rasch die notwendigsten Dinge aus. Sie machten sich frisch, bummelten noch ein wenig am Seeufer entlang, aßen zusammen im Pavillon des Hotels zu Abend.

Es war eine warme Sommernacht, vom See her funkelten Tausende von Lichtern, auf dem Platz vor dem Hotel, zwischen hohen Bäumen, spielte eine italienische

Band zum Tanz. Von ihrem Tisch im Pavillon aus konnte Bettina zur Tanzfläche hinübersehen.

Stefan Steutenberg folgte ihrem Blick. „Wir können es nachher auch mal versuchen", schlug er vor, „sicher tanzt du gern, wie?"

„Sehr", sagte Bettina und lächelte ihn zärtlich an. „Es ist so wunderschön hier ... ich weiß nicht, wie ich dir danken soll."

„Hoffentlich langweilst du dich nicht mit deinem alten Vater. Außerdem verstehe ich nicht viel von Slop und Bostella!"

„Du und alt?" Bettina lachte. „Ich wette, keines von allen Mädchen in unserem Internat hat einen so jungen Vater."

„Mag sein. Aber immerhin, ich fürchte, es wäre für dich doch netter, mit jungen Menschen zusammen zu sein."

Bettina schüttelte den Kopf. „Bestimmt nicht. Schließlich ... der Altersunterschied zwischen uns beiden ist ja gar nicht so groß."

Sie sah sich im vollbesetzten Pavillon um. „Bestimmt halten die meisten Leute hier mich für deine Geliebte ... oder vielleicht auch für deine Frau. Daß ich deine Tochter bin, darauf kommt niemand."

Stefan Steutenberg lachte. „Und das macht dir Spaß?"

„Sicher. Ich komme mir so erwachsen vor."

„Du bist doch noch ein rechter Kindskopf, Kleines", sagte er und streichelte ihre Hand.

Bettina faßte sich ein Herz. „Vater", begann sie, „wann ist dein Haus in München eingerichtet?"

„Warum fragst du?"

Sie errötete unter seinem prüfenden Blick. „Nur so", sagte sie unsicher.

„Du hast mit niemandem darüber geredet?"

Sie sah ihn aus großen Augen an. „Mit wem denn?"

„Mir kam nur eben der Gedanke, natürlich ist das völlig unsinnig. Aber manchmal hat man eben komische Ideen. Also, paß auf, Kleines, das ist nämlich so — mit München wird nichts."

„Nein?"

„Bitte, mach doch nicht so ein entsetztes Gesicht." Stefan Steutenbergs Stimme klang so ärgerlich, wie sie ihn noch nie gehört hatte.

Bettina legte ihre Hand auf seinen Arm. „Bitte, sei mir nicht böse, Vater. Es war nur eben ein kleiner Schock für mich."

„Wieso? Warum ausgerechnet München?"

„Nicht auf München, auf ein Zuhause."

„Wenn es nur das ist!" Er lachte erleichtert auf. „Dein Zuhause sollst du kriegen, Kleines. Ehrensache. Bloß wird es nicht in München, sondern in Hamburg sein. Ich habe sehr günstig ein Haus am Harvestehuder Weg erwerben können. Es ist noch diesen Herbst beziehbar. Na, was sagst du jetzt?"

Sie strahlte ihn an. „Fabelhaft!"

„Weißt du", sagte er und zündete sich eine Zigarette an. „Natürlich war das alles kein Zufall. Ich habe schon seit langem mit Hamburg geliebäugelt. Du weißt, daß ich sehr viel unterwegs sein muß. Hamburg ist für mich doch der günstigste Ausgangspunkt."

„Natürlich", sagte sie und nahm einen Schluck Wein.

„Möchtest du noch einen Mokka trinken?" fragte er.

Sie schüttelte den blonden Kopf. „Nein ... nein, danke. Ich habe Angst, daß ich sonst nicht schlafen kann. Außerdem ..." Sie warf einen sehnsüchtigen Blick zur Tanzfläche hinüber.

Ihm war es nicht entgangen. „Ein bißchen Geduld

mußt du schon noch haben, Kleines ... ich habe nämlich doch noch Lust auf eine Tasse Kaffee, weißt du." Er bestellte ihn bei einem der weißbejackten Kellner, bat gleichzeitig um die Rechnung.

„Vater", sagte Bettina, als sie wieder allein am Tisch waren.

„Ja?"

„Wenn du so viel auf Reisen bist, wirst du mich manchmal auch mitnehmen?"

„Mal sehen. Aber stell dir das nur nicht so interessant vor. Wenn ich geschäftlich unterwegs bin, habe ich für nichts anderes Zeit. Es ist ziemlich langweilig, den ganzen Tag im Hotelzimmer zu sitzen."

„Ich könnte mir ja allein dies und jenes ansehen."

„Könntest du. Gewiß. Aber sei nicht böse, Kleines, ich habe in diesem Punkt so meine Erfahrungen gemacht."

„Du scheinst sehr schlechte Erfahrungen gemacht zu haben", sagte sie ernsthaft.

„Das kann ich nicht mal behaupten. Nur das Normale."

„Du wirst sehen, ich werde dich nicht enttäuschen", behauptete Bettina eifrig. „Wir werden es wunderschön zusammen haben, ganz bestimmt. Ich werde alles tun, was du willst. Ich werde mit dir zusammen sein, wenn du mich brauchst, und mich zurückziehen, wenn du allein sein willst. Ich werde dir nie zur Last fallen, Vater, das verspreche ich dir!"

„Du bist ein liebes Kind", sagte er mit einem seltsamen Ausdruck in den Augen, „aber ich fürchte ..."

„Was?"

„Du machst dir Illusionen über mich. Ich bin kein ganz einfacher Mensch, Bettina."

„Gott sei Dank. Sonst wärst du ja nicht so interessant. Ich freue mich unsagbar darauf, mit dir zusammenzuleben. Am liebsten ..."

Der Kellner brachte den Mokka und die Rechnung. Bettina kam nicht dazu, den Satz zu Ende zu sprechen.

Erst als sie wieder allein waren, sagte der Vater: „Du bist vorhin unterbrochen worden, Bettina!"

„Am liebsten", platzte Bettina heraus, „möchte ich gleich mit dir fahren."

„Ach", sagte er nur.

„Geht es nicht? Wenn ich dich sehr, sehr bitte?"

„Gefällt es dir nicht im Internat? Es ist mir als eines der besten Institute der Schweiz empfohlen worden."

Wieder traute sie sich nicht, die Wahrheit zu gestehen. „Ich möchte bei dir sein", sagte sie statt dessen und fühlte selbst, daß diese Erklärung ziemlich lahm klang.

Stefan Steutenberg nahm einen Schluck Kaffee. „Hör mal, Bettina", sagte er dann, „ich glaube, wir beide müssen uns mal ganz ernsthaft unterhalten."

Sie erschrak. Kalte Angst überfiel sie, daß er von Madame Jeuni, daß er von Mr. Glenford schon alles über sie erfahren haben könnte.

„Mach nicht so entsetzte Augen", sagte er, „es ist ja gar nichts Schlimmes, was ich dir sagen muß. Nur ich fürchte, du machst dir falsche Vorstellungen."

„Ich verstehe nicht ..."

„Vielleicht bin ich sogar selbst schuld", fuhr er fort, „aber ich mochte es dir nicht schreiben, und das letzte Mal, als wir zusammen waren, ergab sich keine Gelegenheit."

„Wovon sprichst du eigentlich?" fragte Bettina.

„Ich bin nicht mehr allein, Bettina, ich meine, wir werden nicht sehr viel allein sein können, wenn du erst bei mir lebst. Ich bin wieder verheiratet."

Sie blieben an diesem Abend noch lange zusammen, tanzten, tranken Sekt. Stefan Steutenberg war so charmant und besorgt um Bettina wie immer. Dennoch schien es ihr, als wenn der Abend seinen zärtlichen Glanz verloren hätte. Die Tatsache, daß ihr Vater verheiratet war, hatte sie tief ins Herz getroffen.

Sie war eifersüchtig und haßte ihre Stiefmutter, ohne sie zu kennen. Gleichzeitig war sie sich bewußt, wie dumm, ungerecht und egoistisch ihre Gefühle waren. Aber diese Erkenntnis machte sie nur noch elender.

Sie blieben über eine Woche in Zürich, und es hätte eine wunderbare Zeit sein können. Stefan Steutenberg tat alles, um seiner Tochter eine Freude zu machen, er las ihr buchstäblich jeden Wunsch von den Augen ab. Aber Bettinas Herz blieb traurig. Nur selten und auch dann nur für wenige Minuten gelang es ihr, die Frau ihres Vaters zu vergessen. Dann war der eifersüchtige Schmerz wieder da.

Eines Morgens erwachte Bettina von einem leisen Geräusch. Sie schlug die Augen auf, sah sich im Zimmer um, begriff erst nicht, was sie geweckt haben konnte.

Dann entdeckte sie, daß die Tür zum Badezimmer geschlossen war. Sie erinnerte sich genau, daß sie am Abend zuvor offen gewesen war wie jede Nacht. Sie glaubte, daß der Vater schon auf war und die Tür ins Schloß gezogen hatte. Sie wartete darauf, ihn im Badezimmer hantieren zu hören. Aber es blieb ganz still.

Leise stand sie auf, durchquerte auf nackten Sohlen den mit einem dicken Teppich belegten Raum, trat ins Bad — auch die gegenüberliegende Tür zum Zimmer ihres Vaters war geschlossen. Sie begriff nicht, was das bedeuten konnte, trat näher — da hörte sie, daß Stefan Steutenberg mit jemandem sprach.

Sie konnte dem Drang nicht widerstehen, ihr Ohr an die Tür zu legen — jetzt verstand sie deutlich, was er sagte, begriff, daß er telefonierte.

„So bald wie möglich, Philine", sagte er nachdrücklich. „Was glaubst du denn?" Und dann: „Sie hat bis Ende August Ferien. Ich kann sie doch jetzt nicht einfach im Stich lassen, siehst du das nicht ein?" Nach einer Pause: „Ich auch. Was für eine Frage!" Und dann wieder: „Natürlich liebe ich dich. Sonst würde ich es längst nicht mehr bei dir aushalten!" Er lachte. „Ja ... ja ... ja!"

Rot vor Scham zog Bettina sich so rasch und leise wie möglich aus dem Badezimmer zurück, drückte die Tür ins Schloß, verkroch sich in ihr Bett, stellte sich schlafend. Sie fühlte sich elend.

Kaum zehn Minuten später kam Stefan Steutenberg, noch im Pyjama und rotseidenen Morgenmantel, durch das Bad in ihr Zimmer, grüßte fröhlich: „Hallo, Kleines! Gut geschlafen?"

Sie öffnete, scheinbar verschlafen, die Augen und markierte ein Gähnen.

„Nanu?" sagte ihr Vater erstaunt. „Noch nicht munter? Dabei sind wir doch gestern abend wirklich zeitig zu Bett gegangen."

Bettina dehnte und streckte sich. „Ich habe wunderbar geschlafen."

„Das freut mich, Kleines. Steh jetzt rasch auf und zieh dir etwas über. Ich habe das Frühstück nach oben bestellt, oder wärst du lieber hinuntergegangen?"

„Bestimmt nicht. Du weißt, wie gern ich auf dem Balkon frühstücke."

Bettina hatte sich kaum ihren Morgenrock übergezogen, als schon ein Kellner mit einem großen Tablett erschien und auf dem Balkon deckte.

Während sie aßen und tranken, wechselten sie nur wenige belanglose Worte.

„Du, Vater", sagte sie, als er sich nach dem Frühstück eine Zigarette anzündete, „eigentlich habe ich einen Wunsch, aber ich habe Angst, daß du ihn mir krummnimmst."

„Bestimmt nicht, Kleines", sagte er und sah sie an. „Wo drückt der Schuh?"

„Nicht daß ich nicht liebend gern mit dir zusammen wäre, Vater, nur, ich glaube, es ist besser, ich fahre nicht erst am letzten Tag ins Internat zurück."

Er hob die Augenbrauen. „Auf einmal?"

Sie zwang sich, ihr Lächeln beizubehalten. „Nein. Immer. Ich hatte bisher nur nicht den Mut, es dir zu sagen."

Ihr Vater sah sie mit festem Blick an, und unwillkürlich schlug Bettina die Augen nieder. „Philine meint, wenn es dir im Internat nicht so besonders gefällt, sollst du doch einfach nach Hause kommen."

„Nach Hause? Wohin?"

„Warum redest du so? Ich habe geglaubt, dieser Vorschlag würde dich freuen."

„Natürlich, das tut er auch, Vater, nur kommt er mir ein bißchen plötzlich."

„Ich hatte immer geglaubt, du brennst darauf, zu mir zu kommen. Was ist los? Warum stellst du dich auf einmal so an?"

„Ich habe Angst", sagte Bettina leise.

„Angst? Etwa vor Philine?"

Bettina schwieg und starrte vor sich hin auf ihren leeren Teller. Sie fühlte sich außerstande, ihrem Vater die Gefühle klarzumachen.

„Ich habe sehr viel Geduld mit dir gehabt, Bettina", hörte sie ihren Vater sagen. „Ich begreife, daß es nicht einfach für dich war, dich daran gewöhnen zu müssen, daß ich dein Vater bin. Nachher war es sicher auch ein kleiner Schock, daß ich nicht all die Jahre darauf gewartet habe, mit dir leben zu können."

„Vater! Wie kannst du so etwas sagen?" Sie sah ihn offen an.

„Stimmt es etwa nicht? Philine ist der gütigste und klügste Mensch, den ich kenne. Du bist doch kein Baby mehr, das an die böse Stiefmutter im Märchen glaubt, oder?"

„Ich möchte euch nicht stören", sagte Bettina mit trockenem Mund.

„Jetzt wirst du albern, Bettina", sagte der Vater ärgerlich. „Ich kann dich beim besten Willen nicht mehr verstehen. Ich glaube, es ist das beste, wir lassen das Thema vorläufig fallen. Du scheinst heute mit dem linken Fuß aufgestanden zu sein." Er drückte seine Zigarette aus und erhob sich.

Bettina hatte das Gefühl, als wenn ein Teufel in sie gefahren wäre, der sie dazu zwang, Dinge zu sagen, die sie gar nicht meinte. „Ich möchte ins Internat zurück, Vater", sagte sie tonlos, „ist das wirklich zuviel verlangt?"

„Durchaus nicht. Ich begreife nur nicht, warum du solch ein Theater daraus machst. Bildest du dir etwa ein, daß ich dich mit Gewalt zurückhalten will?"

Jetzt stand auch Bettina auf. „Gut, dann werde ich also meine Koffer packen!"

Er packte sie bei den Schultern, schüttelte sie: „Sag mal, bist du verrückt geworden? Was ist los mit dir? Warum . . ."

Ihr Widerstand brach. Tränen schossen ihr in die Augen, aufschluchzend ließ sie sich an die Brust ihres Vaters sinken. Er nahm sie fest in die Arme, streichelte sie tröstend.

Als er spürte, daß ihr Schluchzen schwächer wurde, ihre Tränen zu versiegen begannen, zog er ein großes weißes Taschentuch aus seinem Hausmantel und wischte ihr zärtlich die Tränen von den Wangen.

„Du bist schon ein verrücktes, kleines Ding", sagte er liebevoll, „ich möchte wirklich wissen, von wem du das geerbt hast. Von mir bestimmt nicht. Und deine Mutter war der ausgeglichenste, fröhlichste Mensch, den ich je gekannt habe. Was ist bloß los mit dir, Kleines?"

„Nichts!" sagte sie mit einer Stimme, die immer noch von Tränen erstickt war. „Ich hab' dich so lieb."

„Ist das etwa ein Grund, verrückt zu spielen? Na, erlaube mal, ich habe dich doch auch lieb, was willst du denn mehr? Philine und du, ich bin sicher, ihr beide werdet euch großartig verstehen."

„Ja, Vater", sagte sie gehorsam.

„Willst du also mit nach Hamburg kommen ... ja oder nein?"

Bettina schwieg, sah ihren Vater flehend an. Sie hoffte von Herzen, daß er sie bitten würde, ihn zu begleiten.

Statt dessen sagte er: „Glaub nur nicht, daß ich dir böse bin, wenn du dich für Madame Jeuni entscheidest. Natürlich wäre es vernünftiger, wenn du erst dein Internat in der Schweiz hinter dich brächtest. Wir beide, nein, wir alle drei können ein ganzes Leben zusammenbleiben, wenn wir wollen. Die Internatszeit ist doch etwas ganz Einmaliges für dich. Das ist meine Ansicht. Aber natürlich liegt die Entscheidung ganz bei dir."

„Ich fahre zurück, Vater", sagte Bettina, bemüht, ihrer Stimme Festigkeit zu geben. „Ich glaube, es ist besser so."

7

Die Rückkehr ins Internat Madame Jeunis war viel leichter, als Bettina sich vorgestellt hatte. Mademoiselle Legrand empfing sie voller Herzlichkeit, und Madame Jeuni nahm ihre Entschuldigung gnädig entgegen.

Sie bekam ein neues Zimmer zugewiesen, das sie mit Yvonne Boulanger, einer fröhlichen und, wie es Bettina schien, noch sehr kindlichen, kleinen Französin teilte. Die beiden Mädchen freundeten sich rasch an, und diesmal war es Bettina, die die Führung übernahm. Yvonne bewunderte sie; Bettina nahm es als selbstverständlich hin. Sie hatte selbst das Gefühl, in den letzten Wochen sehr gereift zu sein.

Eines Tages überwand sie sich, einen langen Brief an Dotty zu schreiben, in dem sie ihr erklärte, daß sie wieder ins Internat zurückgekehrt war und sich noch einmal für den Zwischenfall mit Baker entschuldigte. Sie versuchte Dotty klarzumachen, daß der Amerikaner sie einfach überrumpelt hatte, daß das, was Dotty gesehen hatte, gegen ihren Willen geschehen war.

Sie rechnete nicht mit einer Antwort und war um so freudiger überrascht, als kaum acht Tage später ein sehr herzliches Schreiben von Dotty eintraf.

„Es war saublöd von mir, mich so aufzuregen, von mir aus kannst Du diesen Knaben geschenkt haben. Mir hat ja von Anfang an gar nichts an ihm gelegen. Ich weiß wirklich nicht, was in mich gefahren war. Wahrscheinlich hatte ich einfach ein bißchen zuviel getrunken. Übrigens war es meine Schuld, daß ich Dich unterschätzt habe, Bettina, Du hast den Knaben ganz schön verrückt ge-

macht, glaube ich. Ich hätte Dir das nie zugetraut. Ich bin jetzt froh, daß Du Dich an ihn herangemacht hast, denn ich stand doch immer noch in Deiner Schuld, Du weißt schon weswegen. Jetzt sind wir quitt. Bitte schreib mir bald wieder. Ich vergehe fast vor Langeweile. Du hast mir gar nicht erzählt, wie es mit Deinem Vater war. Bestimmt habt ihr eine tolle Zeit zusammen gehabt.“

Bettina antwortete Dotty noch am selben Tag, und von da an korrespondierten sie eifrig und regelmäßig miteinander.

Bettina war immer noch nicht gerade glücklich im Institut Madame Jeunis, aber sie hatte gelernt, sich einzufügen.

Die Tage vergingen zwischen Lernen, Sport und Freizeit wie im Flug. Bettina stürzte sich voll Eifer ins Internatsleben. Sie hatte herausbekommen, daß sie sich desto besser fühlte, je weniger sie über sich und ihr eigenes Schicksal nachdachte. Meist fiel sie abends todmüde ins Bett, schlief tief und traumlos bis zum nächsten Morgen.

Bettina war ganz darauf eingestellt, auch die Weihnachtsferien im Internat zu verbringen — sie hatte sich zusammen mit Yvonne und einigen anderen Mädchen, die auch dablieben, schon ein genaues Programm für die Ferien aufgestellt —, als ein Brief Stefan Steutenbergs ihre Pläne zum Wanken brachte. Er schrieb:

„Natürlich kommst Du in den Weihnachtsferien zu uns nach Hamburg. Philine freut sich schon mächtig darauf, Dich kennenzulernen. Die Flugkarten lege ich Dir gleich bei.“

„Hei!“ rief Yvonne, die ebenfalls ihre Post gelesen hatte. „Meine Mama hat heute mein Weihnachtspaket aufgegeben! Du, ich platze schon jetzt vor Spannung, was drin ist." Sie ließ ihren Brief sinken und sah Bettina an. „Was ist los mit dir?" fragte sie erstaunt. „Was machst du für ein Gesicht?"

Bettina faltete rasch den Brief ihres Vaters zusammen, steckte ihn mit den Flugkarten in den Umschlag zurück. „Das bildest du dir nur ein", sagte sie abwehrend.

„Na, ich mag ja ein bißchen blöd sein", sagte Yvonne, durchaus nicht beleidigt, „aber Augen habe ich immer noch im Kopf. Du bist ja ganz weiß geworden. Schlechte Nachrichten?"

„Nein", sagte Bettina mühsam.

„Sag es mir doch", bettelte Yvonne. „Ich kann vor lauter Neugier die ganze Nacht nicht schlafen, wenn du so geheimnisvoll tust. Das weißt du doch."

„Es ist nichts, was dich interessieren könnte", sagte Bettina abweisend. Sie hatte nicht die geringste Lust, mit Yvonne ihre Probleme zu besprechen, aber da sie wußte, wie hartnäckig die Freundin sein konnte, wenn sie ein Geheimnis witterte, entschloß sie sich, mehr zu sagen. „Es ist nur ... mein Vater lädt mich zu Weihnachten nach Hause ein."

Jetzt blieb Yvonne der Mund offenstehen. „Bettina ... aber ... jetzt begreife ich überhaupt nichts mehr."

„Du hast wohl gar keinen Stolz, wie?"

„Wie meinst du das?"

„Ganz einfach. Wenn deine Mutter dich Weihnachten zu Hause haben wollte ..."

„Dann würde ich einen Luftsprung bis zur Decke machen vor Freude, verlaß dich darauf. Aber das ist es ja eben, sie will gar nicht."

„Du würdest wirklich nach Hause fahren, obwohl deine Mutter einen anderen Mann geheiratet hat?"

„Deshalb bleibt sie doch meine Mutter.“

„Aber ihr liegt ja nichts mehr an dir, sonst würde sie dich doch nach Hause holen.“

„Quatsch. Sie will mich ja bloß deshalb nicht dahaben, weil sie ein Baby erwartet. Denn ... na, du weißt ja, wie Mütter sind. Wahrscheinlich bildet sie sich ein, daß ich heute noch an den Klapperstorch glaube. Sag mal, Bettina, hast du eigentlich auch noch Geschwister?“

„Nein“, sagte Bettina überrascht. „Ich glaube nicht.“

„Was heißt das ... du glaubst. So was muß man doch wissen.“

„Ich nicht. Ich habe niemals mit meinem Vater darüber gesprochen. Ich bin gar nicht auf den Gedanken gekommen.“

„Na ja. Wenn's so wäre, hätte er es dir auch sicher gesagt.“

„Meinst du?“

„Ganz bestimmt. Erwachsene sind gar nicht so taktvoll, wie sie glauben. Kennst du wenigstens deine Stiefmutter?“

Bettina schüttelte den Kopf.

„Dann wird's aber höchste Zeit. Ich glaube, du hast einfach Angst vor ihr, deshalb willst du nicht fahren. Aber das ist Quatsch. Selbst wenn sie eine gräßliche Person ist, was kann sie dir schon tun? Nicht das geringste. Also: Auf in den Kampf, Torero! Wann fährst du?“

Bettina holte die Flugkarten wieder aus dem Umschlag. „Ich fliege“, sagte sie, „mit der Lufthansa ... am zwanzigsten Dezember.“

In Genf begann es Mitte Dezember zu schneien. Yvonne und die anderen Mädchen, die im Internat bleiben mußten, freuten sich auf weiße Weihnachten. Aber als Bettina in Hamburg-Fuhlsbüttel die Gangway hinunterschritt, stellte sie fest, daß es regnete.

Erst als sie den Raum, in dem die Zollkontrolle stattfand, verließ, sah sie ihren Vater. Er wirkte sehr schlank und jugendlich in dem enggegürteten Regenmantel, hatte die Hände in den Taschen und sah ihr, wie es seine Art war, lächelnd entgegen. Sie fühlte sich seltsam befangen, wagte nicht, ihn zur Begrüßung zu umarmen, wie sie es sonst tat. Aber er zog sie, die linke Hand noch immer in der Tasche, an seine Brust und küßte sie zärtlich auf Wangen und Stirn.

„Kleines", sagte er herzlich, „wie war der Flug? Hast du's gut überstanden?"

„Es war wundervoll. Von Zürich an waren wir dauernd über den Wolken!"

Er nahm ihr den Koffer aus der Hand, sie hakte sich bei ihm ein und trabte neben ihm her zum Parkplatz. Er ließ sie einsteigen, ging dann noch einmal zurück und verstaute den Koffer im Kofferraum, bevor er sich ans Steuer setzte.

„Gut siehst du aus", sagte er, während er den Motor anließ. „Ich frage mich wirklich, wie ich zu so einer hübschen Tochter komme!"

Ihre gesunden weißen Zähne blitzten, als sie lächelte. „Du möchtest jetzt sicher hören, daß ich nach dir geraten bin, Vater", sagte sie, „aber", plötzlich verdunkelte sich ihr Gesicht, „ähnle ich eigentlich meiner Mutter? Wie sah sie aus?"

Er holte seine Brieftasche heraus, sagte mit hochgezogenen Augenbrauen, als wenn er sich über sich selbst lustig machte: „Zufällig habe ich ein Bild deiner Mutter bei mir. Das ist natürlich Unsinn. Ich hab's nicht zufällig eingesteckt, Bettina, ich habe mir gedacht, daß du sie gern einmal sehen würdest."

Während Bettina die kleine, schon ein wenig vergilbte Fotografie betrachtete, gab er Gas. Der Sportwagen schoß mit einem Satz voran, Stefan Steutenberg riß ihn in die Kurve. Erst als sie auf der Straße zur Stadt waren, warf er seiner Tochter einen beobachtenden Blick aus den Augenwinkeln zu. Bettina schwieg immer noch, betrachtete versonnen das Bild ihrer Mutter. Sie sah weit auseinanderstehende Augen, die sie an ihr Spiegelbild erinnerten und die doch anders waren, fröhlicher, weniger grüblerisch, sah einen lächelnden, kühn geschwungenen Mund.

„Du kannst es ruhig behalten“, sagte er, „ich denke, daß du es gern haben möchtest.“

„Und du?“

„Ich habe noch mehr. Steck es in deine Tasche, aber schau es nicht zu oft an. Es hat keinen Sinn, auf den Friedhöfen der Vergangenheit spazierenzugehen. Du bist jung, einzig das Heute und das Morgen sollten dich interessieren.“

Sie fuhren über den Ballindamm, den Jungfernstieg und an der Alster entlang, aber Bettina konnte die vornehmen Geschäfte mehr ahnen als erkennen. Es regnete unablässig, der leuchtende Weihnachtsschmuck spiegelte sich auf dem nassen Asphalt. Den Hamburgern schien es wenig auszumachen; sie drängten und schoben sich auf den Geschäftsstraßen. Stefan Steutenberg zeigte Bettina vom Auto aus den Alsterpavillon, er fuhr mit ihr über die berühmte Lombardsbrücke und die Mönckebergstraße hinunter, ja sogar bis nach Altona, um Bettina einen Blick auf das Heiligengeistfeld werfen zu lassen, auf dem jetzt, kurz vor Weihnachten, der „Dom“ aufgebaut war: ein Weihnachtsmarkt mit vielen Buden, Karussels und Luftschaukeln.

Bettina wußte nicht warum, aber sie hatte das Gefühl,

daß ihr Vater das alles nur tat, um ihre Ankunft in seinem Haus zu verzögern, oder vielleicht, weil er ihr noch etwas sagen wollte, das ihm nicht leichtfiel.

„Hast du noch irgendeinen Wunsch?" fragte er immer wieder. „Jetzt wäre die beste Gelegenheit, wir können aussteigen und einkaufen gehen!"

Aber Bettina schüttelte jedesmal den Kopf. „Ich wüßte wirklich nichts, Vater. Du verwöhnst mich schon viel zuviel."

Erst als sie an der Außenalster entlangfuhren, wagte sie, sich an eine Frage heranzutasten, die ihr seit langem auf dem Herzen brannte. „Für dich und deine Frau", sagte sie, „habe ich natürlich etwas besorgt. Nur eine Kleinigkeit, wie du dir denken kannst, aber ich wußte natürlich nicht ... ich meine ... lebt sonst noch jemand in deinem Haus?"

Er zog die Augenbrauen zusammen. „Wie meinst du das?"

„Wie ich es gefragt habe."

„Wir haben eine Köchin, ein nettes, freundliches Wesen namens Elvira, und ein Zweitmädchen, Ines, an der Philine immer allerhand auszusetzen hat. Aber heutzutage ist es nicht so einfach, gutes Personal zu bekommen. Wieso interessiert dich das?"

„Das doch nicht", sagte Bettina, „ich wollte wissen, ob ihr ... ihr Kinder habt!"

„Ach so." Stefan Steutenberg lachte, aber es klang nicht froh. „Nein, über diesen Punkt kann ich dich beruhigen. Mit Stiefgeschwistern brauchst du nicht zu rechnen."

„Wie lange seid ihr schon verheiratet?"

„Sieben Jahre. Wir haben im Mai vor sieben Jahren geheiratet. Bist du nun zufrieden?"

„Ich möchte dir nicht auf die Nerven gehen ..."

„Das ist sehr rücksichtsvoll von dir, aber frag nur! Schließlich hast du ein Recht darauf, alles zu wissen."

„Es geht mich wirklich nichts an", sagte Bettina unsicher.

„Du möchtest wohl wissen, warum wir keine Kinder haben?"

Bettina nickte heftig.

„Philine hat zweimal Pech gehabt. Ich erzähle dir das, damit du dieses Thema möglichst nicht in ihrer Gegenwart anschneidest. Sie ist in diesem Punkt sehr empfindlich."

„Gut, daß ich das weiß. Ich werde mir's merken. Hast du mir sonst noch etwas zu sagen, Vater?"

Er warf ihr einen überraschten Blick zu. „Wie kommst du darauf?"

Sie errötete. „Ich dachte nur ..."

„Nein, ich wüßte nicht, was ich sonst noch mit dir besprechen müßte ... Bettina, du bist doch schon ein großes Mädchen, fast erwachsen, nicht wahr?"

„Ja, Vater?"

„Philine ist ein wertvoller Mensch, sie ist eine wundervolle Frau, ich weiß das ganz genau, aber ... ich sage es dir, weil du es bestimmt auch von selbst merken wirst ... in unserer Ehe klappt es nicht mehr so ganz. Ich kann dir nicht sagen warum, beim besten Willen nicht. Aber ich bin überzeugt, daß es einzig und allein an mir liegt."

„Niemals, Vater!"

Er lächelte bitter. „Doch, doch, Bettina, es ist alles mein Fehler. Ich hätte nie heiraten dürfen, weder deine Mutter noch Philine. Ich bin nicht für die Ehe geschaffen."

Bettina schwieg. Ihr schwirrte der Kopf. Was der Vater ihr erzählt hatte, schien ihr sehr verworren, sie wurde nicht klug daraus. Sie begriff nur, daß ihr Vater in seiner Ehe nicht glücklich war; das genügte ihr, die Frau, die zwischen ihnen stand, nun noch mehr zu hassen.

Das Haus am Harvestehuder Weg war ein sehr gediegener Bau aus rotem Backstein von beträchtlichen Ausmaßen. Bettina, die sich immer noch nicht ganz daran gewöhnt hatte, die Tochter eines reichen Mannes zu sein, war beeindruckt.

Ines, in schwarzem Kleid, weißem Schürzchen und Häubchen, öffnete die Tür, lächelte Bettina pfiffig wie einem Spießgesellen zu, nahm ihr den Koffer aus der Hand.

„Laß dich mit Ines nicht in Vertraulichkeiten ein", raunte ihr der Vater zu, als sie aus ihren nassen Mänteln geschlüpft waren und durch die gläserne Schwingtür ins Wohnzimmer traten, „sie ist ziemlich ausgekocht, du würdest bestimmt den kürzeren ziehen."

Philine Steutenberg stand vor dem lodernden Backsteinkamin, als sie eintraten. Sie trug ein einfach geschnittenes, dunkelgrünes Wollkleid, das ihre schlanke Figur zur Geltung brachte, und trug ihr dunkelbraunes, weiches Haar in einer aparten Frisur. Sie lächelte ihnen entgegen, aber ihre Augen blieben ernst.

Von weitem hatte sie auf Bettina sehr jung gewirkt, aber als sie ihr jetzt gegenüberstand, sah sie die Fältchen um Augen und Mund.

„Willkommen zu Hause!" sagte Philine Steutenberg herzlich und streckte Bettina beide Hände entgegen.

„Danke", war alles, was Bettina hervorbringen konnte.

„Abendessen gibt es erst in einer halben Stunde ... aber wenn du großen Hunger hast oder vielleicht etwas trinken möchtest ..."

„Danke“, sagte Bettina wieder. „Am liebsten möchte ich jetzt meinen Koffer auspacken.“

„Soll ich dir helfen?“

„Nein, danke. Ich werde schon allein damit fertig.“

„Aber ich würde gern . . .“

„Du hörst ja, daß es nicht nötig ist“, sagte Stefan Steutenberg schroffer, als nötig war. Er wandte sich seiner Tochter zu: „Ines wird dir dein Zimmer zeigen.“ Er zog an der Klingelschnur neben dem Kamin.

Ines erschien in einer dunkelgetäfelten Tür, blieb erwartungsvoll mit vor Neugier blanken Augen stehen.

„Bitte, führen Sie meine Tochter hinauf“, sagte Stefan Steutenberg.

Ines drehte sich um, öffnete die große Schiebetür zur Diele, fragte am Fuß der geschwungenen Treppe: „Darf ich vorgehen?“ Sie schlüpfte leichtfüßig hinauf.

Das Zimmer, in das Ines Bettina führte, war ein großer, behaglich eingerichteter Schlafraum, der ganz in Blau und Silbergrau gehalten war.

Es war ein schöner, geschmackvoller und sehr behaglicher Raum, und dennoch fühlte sich Bettina schmerzlich enttäuscht. Es war klar, daß sie sich hierhin nur zum Schlafen oder doch zum Ausruhen, zum Umziehen oder zum Frisieren zurückziehen konnte, und das war nicht ganz das, was sie sich gewünscht hatte.

„Darf ich auspacken?“ fragte Ines beflissen.

„Nein, danke, ich mach' das schon selbst“, sagte Bettina. „Kann ich mir hier irgendwo die Hände waschen.“

Ines lief zu einer schmalen, silbergrauen Tür, stieß sie auf. „Hier ist Ihr Badezimmer, gnädiges Fräulein!“

Bettina blieb überrascht auf der Stelle stehen. Das Bad war ganz in Altrosa und Grau gehalten, hatte eine große gekachelte Badewanne, ein breites Waschbecken, eine Standbrause und ein Bidet.

„Donnerwetter!“ sagte sie unwillkürlich.

„Toll, wie?“ sagte Ines sofort. „Sie brauchen nicht rot zu werden, gnädiges Fräulein, ich habe Ihnen gleich angesehen, daß Sie so etwas nicht gewohnt sind.“

Bettina hob die Augenbrauen. „Wie kommen Sie darauf?“

„War doch ganz klar. Sehen Sie, Herr Steutenberg meint es ja bestimmt gut mit Ihnen. Ich kann das auch verstehen, aber ich bin schließlich auch nicht von gestern.“

„Wovon reden Sie eigentlich?“

„Na, sehen Sie, gnädiges Fräulein, nur keine Angst, ich werde es nie an dem nötigen Respekt fehlen lassen ... aber es ist doch ganz klar, wenn so plötzlich mir nichts dir nichts eine fast erwachsene Tochter auftaucht, von der man nie was gewußt hat. Na, woher kann die wohl kommen? Ich frage Sie! Sehen Sie, jetzt wissen Sie keine Antwort, aber ich kann es Ihnen sagen. Es ist ja auch keine Schande, denn damals war Herr Steutenberg ja noch nicht mit der gnädigen Frau verheiratet.“

„Was sagen Sie da? Ich verstehe kein Wort.“

„Nun tun Sie nicht so, Fräulein Bettina, Sie wissen genau, was ich meine.“

Bettina schoß das Blut in die Wangen. „Ach so. Das meinen Sie. Da irren Sie sich. Ich bin Stefan Steutenbergs Tochter aus erster Ehe.“ Plötzlich fiel ihr etwas ein: „Sonst könnte ich ja auch nicht Bettina Steutenberg heißen.“

„War das immer Ihr Name, Fräulein?“

Bettina zögerte. Was ging es Ines an, daß sie noch vor einem Jahr geglaubt hatte, Bettina Bürger zu heißen?

Ines spürte ihre Unsicherheit sofort. „Hab' ich's mir

doch gedacht", sagte sie triumphierend. „Geben Sie's ruhig zu, Fräulein. Es ist ja wirklich nichts dabei."

„Aber jetzt heiße ich Steutenberg", sagte Bettina ein wenig hilflos. „Sie können meinen Paß sehen, wenn Sie mir nicht ..."

„Ach du lieber Himmel! Als wenn das was zu bedeuten hätte. Geld und noch dazu, wenn man so massig viel Geld hat wie Herr Steutenberg, da läßt sich alles ausbügeln. Bei reichen Leuten geht's immer glatt, nur bei unsereinem, da bleibt was hängen."

„Ich glaube Ihnen nicht", sagte Bettina.

„Haben Sie es etwa selbst nicht gewußt?" Ines schlug sich vor den Mund. „Das sieht mir wieder mal ähnlich! Herrje ... vergessen Sie, was ich gesagt habe, Fräulein Bettina, vergessen Sie es rasch. Es braucht ja auch gar nicht zu stimmen. Jedenfalls ... ich will nichts gesagt haben." Sie drehte sich um und lief flink aus dem Zimmer.

Bettina blieb sehr nachdenklich zurück.

Sie hatte das Bedürfnis, frische Luft zu schöpfen, und schlug einen der schweren, hellblauen Samtvorhänge zurück, die von der Decke bis zum Boden reichten.

Aber sie stieß nicht auf ein Fenster, wie sie erwartet hatte. Der Anblick, der sich ihr bot, kam so überraschend, daß sie ganz verblüfft stehenblieb. Der Vorhang, den sie zurückgeschlagen hatte, trennte den Schlafraum von einem anheimelnd eingerichteten Wohnzimmer mit hellen modernen Möbeln, fröhlichen, bunt überzogenen Sesseln, einem zierlichen Schreibtisch, einem gefüllten Bücherschrank. Sie begriff, daß dies ihr Reich war, das der Vater ihr zugedacht hatte. Nichts schien vergessen. Ein Strauß Moosrosen stand auf dem niedrigen Tisch. Es gab eine Teakholzdose mit Zigaretten, einen Satz Aschenbecher und, was dem Raum erst seinen gemütlichen und eigentümlichen Reiz gab — in einem weißverputzten Kamin brannte ein fröhliches Feuer.

In jedem anderen Augenblick wäre Bettina hingerissen vor Begeisterung gewesen.

Aber die Verwirrung, die Ines in ihr angerichtet hatte, war so groß, daß ihr die Freude verdorben wurde.

Als Bettina ihren Koffer ausgepackt hatte und wieder hinunterkam, waren ihr Vater und ihre Stiefmutter noch in dem großen Zimmer, wo sie sie verlassen hatte. Sie hoben den Kopf, als sie eintrat, sahen ihr erwartungsvoll, fast gespannt entgegen.

Bettina merkte es nicht. Sie überlegte krampfhaft, wie sie ihren Vater fragen konnte, ob Ines die Wahrheit gesagt hatte oder nicht.

„Na, gefällt dir dein kleines Appartement?“ fragte der Vater.

„Es ist sehr hübsch“, sagte Bettina, spürte selbst, wie lahm diese Antwort klang und fügte hinzu: „Wirklich wundervoll.“

„Sehr begeistert scheinst du nicht zu sein, haben wir deinen Geschmack etwa nicht getroffen, Bettina?“

„Doch, natürlich. Ich war ganz überrascht. Nur . . .“, Bettina benutzte die erste beste Ausrede, die ihr einfiel, „ich habe Kopfschmerzen. Vielleicht ist mir der Flug doch nicht so gut bekommen.“

Philine erhob sich sofort. „Ich werde dir ein Pulver holen . . .“

„Nein, laß das!“ sagte Stefan Steutenberg heftig. „Ich möchte nicht, daß aus meiner Tochter eine Primadonna wird.“

„Vielleicht . . .“, begann Philine, aber wieder kam sie nicht dazu, ihren Satz zu Ende zu sprechen.

„Du hast wohl mit Ines geplaudert, wie?“ fragte Stefan Steutenberg.

Bettina fühlte sich durch seinen Ton und die Art, wie er sie ins Verhör nahm, tief verletzt. „Ist das etwa verboten?"

„Durchaus nicht. Du kannst reden, mit wem du willst. Ich mag nur nicht, daß du dich schlecht benimmst."

„Entschuldige bitte ..."

„Was hat Ines dir gesagt?"

Bettina hob die Schultern, ließ sie wieder sinken. „Nur ... daß ich ... daß Mutter und du ... nicht verheiratet gewesen seid!"

Stefan Steutenberg starrte Bettina einen Moment verblüfft an, dann warf er sich in einen Sessel zurück und lachte schallend. Es dauerte eine ganze Weile, bis er sich wieder beruhigt hatte.

„Bettina", sagte er leise, „Kleines, und das hast du etwa geglaubt? Also, nein, ich hätte dich doch wahrhaftig für ein bißchen klüger gehalten."

Philine stand auf. „Ich werde Ines zur Rede stellen", sagte sie.

„Laß das, Philine, um Himmels willen, laß das! Du kennst doch diese verlogene Person. Sie wird einfach sagen, daß sie nichts dergleichen gesagt hat und daß Bettina sich etwas eingebildet hat."

Philine versuchte Bettina aus der peinlichen Situation zu helfen. „Ich denke, es ist Zeit, wir sollten ins Eßzimmer hinübergehen."

Stefan Steutenberg überhörte ihre Bemerkung. „Ich hätte dich niemals für so töricht gehalten, Bettina", sagte er, „wahrhaftig nicht."

Philine stand auf und nahm Bettinas Hand. „Komm, laß es gut sein, Stefan", sagte sie. „Bettina ist eben auf Ines hereingefallen. Du kennst sie ja, sie kann so etwas sehr geschickt einfädeln."

„Aber das ist doch immer noch kein Grund ..."

„Ich wußte eben nicht mehr, woran ich war!“ rief Bettina verzweifelt. „Es hätte doch auch wahr sein können, was sie sagt.“

„Na, erlaube mal!“

„Bettina hat durchaus recht“, sagte Philine Steutenberg, „theoretisch wäre das durchaus möglich gewesen. Schließlich — zuzutrauen ist dir alles!“

Stefan Steutenbergs Gesicht verschloß sich. Mit einem Ruck sprang er aus seinem Sessel auf. „Danke“, sagte er mit harter Stimme, „jetzt reicht's mir!“

Mit großen Schritten ging er zur Tür.

Philine Steutenberg hielt Bettinas Hand fest. „Reg dich nicht auf“, sagte sie leise, „bitte, reg dich nicht auf!“

Aber Bettina riß sich von ihr los und lief hinter ihrem Vater her.

Bettina gelang es, den Vater zu versöhnen, aber es war nur eine Art Scheinfrieden, den sie dadurch errang. Er war in seinem Haus nicht der kluge, überlegene, ausgeglichene Mann, als den sie ihn kennengelernt hatte, sondern er war ständig gereizt, leicht geneigt aufzubrausen, ungerecht und ausfallend. Bettina war überzeugt, daß Philine ihn nicht glücklich, ja, daß sie ihn unglücklich machte. Ohne ihre Stiefmutter, so glaubte sie, hätten sie beide ein wunderbares Leben haben können; Philine war der Störenfried.

Sie spürte, wie die Stiefmutter sich um sie bemühte, wie sie sich anstrengte, ihr eine Freude zu machen — aber sie konnte nicht glauben, daß das aus wirklicher Sympathie für sie geschah. Sie war überzeugt, Philine bemühte sich nur deshalb, um sie auf ihre Seite zu ziehen — und sie später desto besser gegen ihren Vater aufhetzen zu können.

Auch der Heilige Abend ging nicht ohne Reibereien vorüber. Stefan Steutenberg hatte schon beim Mittagessen erklärt, daß er diesmal ein Fest ohne Sentimentalitäten wünschte, worauf Philine entgegnet hatte, daß es dann wohl das beste sei, sie würden den Abend überhaupt nicht feiern. Darauf entstand eine Auseinandersetzung von ganz ungewohnter Schärfe und Heftigkeit. Die Eheleute warfen sich gegenseitig Anspielungen und verletzende Bemerkungen an den Kopf, die Bettina nur zum kleinsten Teil verstand.

Philine verließ ziemlich unvermittelt das Zimmer, und Bettina begriff, daß sie es tat, um nicht in Tränen auszubrechen. Stefan Steutenberg sprang auf, machte eine Bewegung, als wenn er ihr nacheilen wollte, setzte sich dann aber doch wieder hin und löffelte lustlos mit gerunzelter Stirn weiter seine Suppe.

„Soll ich den Baum nun schmücken? Oder lieber nicht?“ fragte Bettina nach einer langen Pause.

Der Vater hob den Kopf und sah sie an. Aber sein Blick war kalt und fremd. „Tu, was dir Spaß macht!“ sagte er hart.

Bettina schossen Tränen in die Augen. „Ich möchte doch so gern ... ich möchte doch nur ...“, stammelte sie.

„Jetzt auch noch Tränen!“ Der Vater schob seinen Teller zurück und stand auf. „Ihr seid doch eine wie die andere, dasselbe Theater, dieselben Mätzchen! Ihr könnt keinen Mann in Frieden leben lassen!“ Er zerknüllte seine Serviette, warf sie auf den Tisch und ging mit raschen Schritten aus dem Zimmer.

Aber als am Abend gegen sechs Uhr — draußen herrschte immer noch Regenwetter, es war früh dunkel geworden — eine helle Glocke alle Mitglieder des Hauses zur Bescherung ins Wohnzimmer rief, war der Baum doch prächtig geputzt. Er stand in der Mitte eines runden, weißgedeckten Tisches, auf dem zahlreiche Pakete und Päckchen, in buntes Weihnachtspapier gehüllt, aufgebaut waren. Die Kerzen brannten, und Philine hatte leuchtende Augen.

Ines und Elvira blieben — ein wenig verlegen — in der Tür stehen. Bettina trat näher ins Zimmer, an die Seite ihres Vaters, der, mit den Händen in der Tasche, ein unergründliches Lächeln auf den Lippen, auf den Baum starrte. Bettina wollte ihm ihr kleines Geschenk überreichen.

„Einen Augenblick noch", sagte Philine rasch, „vor der Bescherung wollen wir doch wenigstens noch ein oder zwei Weihnachtslieder singen, ja?"

„Das kann doch nicht dein Ernst sein?" Stefan Steutenberg hob seine Augenbrauen und sah seine Frau mit kalter Verachtung an.

„Und warum nicht?" entgegnete Philine. „Schließlich ist nur einmal im Jahr Weihnachten. Warum sollen wir da nicht singen?"

„Na schön. Wenn du darauf bestehst, dann bin ich jetzt jedenfalls fehl am Platz. Ich wünsche euch viel Vergnügen!" Stefan Steutenberg drehte sich auf dem Absatz um und ging auf die Tür zu, wo immer noch Elvira und Ines standen und ihn erschrocken ansahen.

Mit wenigen Schritten war Bettina an der Seite ihres Vaters, sie faßte ihn beim Arm. „Bitte, Vater", bettelte sie, „bitte! Laß mich nicht allein!"

Er wandte den Kopf, sah sie an. „Ja, wahrhaftig", sagte er mit einem halben Lächeln, „dich hatte ich fast vergessen, Kleines!"

Bettina wandte sich an Philine. „Es ist doch wirklich nicht wichtig, daß wir singen", sagte sie, „wenn Vater es nicht leiden kann. Ich glaube, niemand von uns macht sich was draus."

„Fangt doch endlich an auszupacken“, sagte Stefan Steutenberg und trat näher zum Gabentisch.

Bettina gab ihm ihr Päckchen, sah zu, wie er es ungeduldig aufriß, ließ ihre Augen nicht von seinem Gesicht, bis er die bronzefarbene Krawatte, die sie ihm ausgesucht hatte, herauszog.

„Na, Donnerwetter!“ sagte er beeindruckt. „Du hast Geschmack, Kleines. Das muß man dir lassen.“ Er legte seinen Arm um ihre Schultern, zog sie an sich, küßte sie flüchtig auf die Stirn. „So, und jetzt schau du mal nach, was dir der Weihnachtsmann gebracht hat.“

Philine, die Elvira und Ines zu ihren Weihnachtsgeschenken geführt hatte, kam jetzt zu ihm. „Du solltest auch mal nachsehen, Stefan“, sagte sie lächelnd, „das Christkind hat noch was für dich abgegeben.“

Er runzelte die Stirn. „Für mich? Das darf doch nicht wahr sein!“

„Wieso? Was meinst du?“

„Wir haben doch versprochen, uns gegenseitig nichts zu schenken.“

„Aber, Stefan, bitte, reg dich doch nicht auf. Es ist eine Kleinigkeit, du wirst sehen.“

„Ich liebe solche Überraschungen nicht, das weißt du ganz genau. Im Gegenteil, so was macht mich einfach verrückt. Begreifst du denn nicht, in was für eine Situation du mich damit bringst?“

„Nein, beim besten Willen nicht.“

„Du hast mir wieder was geschenkt, und ich, wie steh' ich jetzt da?“

„Aber Stefan!“ Philine legte zart ihre Hand auf seine Wange. „Alles was ich besitze, habe ich schließlich auch von dir.“

„Es ist meine Pflicht, für dich zu sorgen. Dafür bin ich dein Mann.“

„Es ist meine Pflicht, dir eine Kleinigkeit zu Weihnachten zu schenken, dafür bin ich deine Frau.“

Bettina hatte sich ihren Gaben zugewandt, aber sie lauschte, während sie die Weihnachtspapiere entfernte, mit gespannter Aufmerksamkeit den Worten ihres Vaters und der Stiefmutter. Die ständige Spannung, die zwischen ihnen herrschte, hatte begonnen, an ihren Nerven zu zerren.

Unter ihren Geschenken fand sie ein wunderschönes, bunt schillerndes Schultertuch, das ihr Bürgers aus Indien zu Weihnachten geschickt hatten, einen breiten, schweren, schön ziselierten Goldreif mit einem Weihnachtsgruß ihres Vaters. Philine hatte ihr einen üppigen, hellblauen Skipullover mit einem großen Überfallkragen gestrickt — als Bettina ihn in Händen hielt, war sie eine Sekunde ehrlich überwältigt.

„Na, gefällt er dir?“ fragte Philine lächelnd.

„Er ist … hinreißend!“ Bettina war nicht fähig, ihre Begeisterung zu verbergen. „Wann hast du ihn gestrickt? Ich habe nie etwas gesehen.“

„Lange vor Weihnachten, Bettina“, sagte Philine. „übrigens, diese Taschentüchlein, die du mir geschenkt hast, echt Schweizer Batist, nicht wahr? … sind ganz reizend.“

„O Vater“, sagte Bettina begeistert, „du hast ja den gleichen Pullover bekommen wie ich! Es wird himmlisch sein, wenn wir beide ganz gleich angezogen sind!“

„Wird nicht so rasch passieren“, sagte Stefan Steutenberg. „In Hamburg hat man selten Gelegenheit, einen Skipullover anzuziehen.“ Er warf den Pullover, die Arbeit vieler fleißiger Stunden, achtlos auf einen Sessel.

In diesem Augenblick hätte Bettina verstanden, wenn Philine ihren Mann gehaßt hätte.

Aber die Stiefmutter blieb ganz ruhig, sagte mit

gleichmütiger Stimme: „Ich glaube, wir sollten die Kerzen jetzt auslöschen. Bitte, Elvira, gehen Sie in die Küche und kümmern Sie sich um das Essen. Ihr habt sicher schon alle Hunger."

Die Weihnachtsfeiertage zogen sich quälend langsam dahin.

Am Siebenundzwanzigsten ging Stefan Steutenberg gleich nach dem Frühstück „in die Stadt", wie er sagte. „Wahrscheinlich bin ich erst zum Abendbrot zurück", erklärte er. Er küßte Bettina flüchtig auf die Stirn, nickte seiner Frau zu, bevor er sie beide allein ließ.

Bettina, die ihr Frühstück erst halb beendet hatte, sah ihre Stiefmutter an. „Wo geht er hin?" fragte sie.

„In die Stadt, du hast es ja gehört."

„Aber was tut er da?"

„Nun, er wird zu Fräulein Murnauer gehen, seiner Sekretärin. Hat er dir von ihr erzählt?"

„Ich weiß nur, daß sie existiert."

„Sie ist eine sehr nette Frau, ich denke, er wird ihr Post diktieren, und er wird sehen, was für ihn eingetroffen ist. Dann macht er vielleicht einen Sprung zur Börse, spricht mit diesem oder jenem seiner Bekannten, geht in den Klub, so ähnlich stelle ich mir das jedenfalls vor."

„Du weißt es nicht genau?"

„Woher sollte ich? Er hat mich noch nie mitgenommen." Philine sagte es nicht klagend, sie lächelte sogar dabei.

Bettina seufzte leicht. „Es geht mich ja nichts an", sagte sie, „aber du? Hast du überhaupt keine Freundin?"

„Eine ganze Menge", sagte sie, „aber nicht hier. Weißt du, Bettina ... das ist auch einer der Punkte, über die ich, nein, ich will nicht behaupten, daß ich mit deinem

Vater darüber gestritten habe, aber ich habe mich wieder mal nicht durchsetzen können. Bevor ich geheiratet habe, habe ich in München gelebt. Sicher hat dein Vater dir erzählt, daß ich Medizin studiert habe."

„Nein", sagte Bettina überrascht. „Davon weiß ich nichts."

„Es ist ja auch nicht so wichtig. Jedenfalls habe ich an der Universitätsklinik in München als Assistentin gearbeitet . . ."

„Du bist also ein richtiger Doktor."

„Schon. Aber natürlich . . . sieben Jahre bin ich jetzt aus dem Beruf heraus, da kommt man schon ein bißchen aus der Übung. Falls du Halsschmerzen haben solltest oder Bauchweh, ich würde dir nicht raten, dich von mir behandeln zu lassen."

„Du hättest also lieber in München gelebt?"

„Ich hätte viel darum gegeben, wenn ich es gedurft hätte, Bettina."

„Ja, und Vater, merkt er das denn nicht?"

Philine schüttelte den Kopf. „Nein. Es ist kein schlechter Wille bei ihm, Bettina, du darfst überhaupt nicht glauben, daß er jemals böswillig wäre. Aber er merkt es nicht."

„Wahrscheinlich liebt er dich nicht mehr", sagte Bettina und schämte sich im selben Augenblick ihrer eigenen Taktlosigkeit.

Philine überhörte diese Bemerkung vollkommen. „Aber du brauchst dir darüber keine Sorgen zu machen, Bettina", sagte sie freundlich, „unter jungen Leuten ist das natürlich etwas ganz anderes. Vater wird dich in einem Tennisklub anmelden und in einem Reitklub. Du bist ein schönes Mädchen und reich dazu. Du wirst schnell Anschluß finden."

Es war merkwürdig. Wenn Bettina mit ihrer Stiefmutter allein zusammen war, verstanden sie sich eigentlich immer recht gut. Jedoch sobald der Vater nach Hause kam, war die Harmonie gestört. Und umgekehrt war es nicht anders. Der Vater war immer gut gelaunt, liebevoll und aufmerksam, wenn er — was jedoch selten genug vorkam — mit Bettina allein war. Das Zusammensein zu dreien jedoch wurde immer unerträglicher.

Bettina begriff nicht, woran das lag. Sie wußte nur eines — daß sie nicht schuld an dieser unerquicklichen Situation war. Die Differenzen zwischen ihrem Vater und ihrer Stiefmutter mußten schon seit langem bestehen.

Bettina fühlte sich alles andere als glücklich. Sie ertappte sich dabei, daß sie das Ende der Weihnachtsferien herbeisehnte.

Gleich nach Neujahr wurde es doch noch kalt. Über Nacht brach dann klirrender Frost herein. Die Außenalster fror zum Teil zu. Die Menschen liefen fast, wenn sie draußen zu tun hatten, jeder hatte es eilig, um so schnell wie möglich wieder nach Hause zu kommen.

Stefan Steutenberg schien es nichts auszumachen, er verbrachte, wie immer, jeden Tag in der Stadt.

„Nimmst du mich mit?“ fragte Philine eines Morgens. „Ich muß Einkäufe machen.“

„Willst du nicht lieber telefonieren?“

„Das wäre zu kompliziert. Aber“, fügte sie rasch hinzu, als sie sah, daß er nicht gerade ein erfreutes Gesicht machte, „ich kann natürlich auch meinen eigenen Wagen nehmen ... bloß, du weißt, bei dieser Schneeglätte ... ich bin keine sehr gute Fahrerin.“

„Gut, ich bringe dich hinein“, erklärte er sich bereit, „aber in spätestens zehn Minuten mußt du fix und fertig sein.“ Er wandte sich an Bettina. „Willst du mit?“

„Ja, ich muß ein Geburtstagsgeschenk für eine gute Freundin aussuchen", sagte Philine rasch. „Du könntest mir dabei helfen, Bettina."

„Ich möchte lieber nicht", behauptete Bettina daraufhin, „ehrlich gestanden ... ich habe noch eine Menge Post zu erledigen."

„Na schön. Ganz wie du willst." Stefan Steutenberg faltete die Zeitung auf und begann zu lesen.

Nachher, als sie fort waren, bereute Bettina fast, Philine nicht begleitet zu haben. Tatsächlich hatte sie gar nichts Wichtiges zu tun. Ihre Briefe hatte sie längst geschrieben. Sie hatte Zeit genug dazu gehabt. Es blieb ihr nur eines übrig: sich ein Buch zu nehmen und zu schmökern.

Bettina zog sich „Anna Karenina" aus dem Bücherschrank, wollte es sich schon in einem Sessel bequem machen, da fiel ihr ein, daß es noch viel gemütlicher sein würde, wenn ihr kleiner Kamin brannte. Sie stand auf, nahm die Streichhölzer vom Tisch und sah erst jetzt, daß er nicht einmal eingelegt war. Eine Sekunde lang ärgerte sie sich über Ines und ihre Nachlässigkeit, dann mußte sie über sich selbst lächeln, weil sie sich so rasch daran gewöhnt hatte, daß ihr jede Arbeit abgenommen wurde.

Sie wußte, daß das Holz auf dem Boden sein mußte, und darum machte sie sich selbst auf den Weg.

Es roch nach Staub und ein wenig nach Mottenpulver.

Bettina fand einen alten Wäschekorb, schichtete ihn bis oben voll Holz, hob ihn hoch und begann ihn quer über den Boden zur Treppe zurückzuschleppen, an verschiedenen Koffern und einer großen, alten Truhe vorbei. Dann erst sah sie die Wickelkommode. Sie stutzte, traute ihren Augen nicht.

Plötzlich kam Bettina der Gedanke, ob nicht vielleicht

sie selbst es gewesen sein könnte, die von ihrer Mutter auf dieser Kommode gewickelt worden war. Sie stellte den Korb mit den Holzscheiten auf den Fußboden, trat auf die Kommode zu, zog die oberste Schublade heraus.

Tatsächlich war die Kommode gut gefüllt mit Mullwindeln und Moltonwindeln, Hemdchen und Baumwolljäckchen, mit wunderschönen, handgestrickten Mützchen, Capes und Jäckchen. Aber voll Verwunderung stellte Bettina fest, daß alles neu wirkte, völlig unbenutzt.

Nachdenklich drehte Bettina eines der Mützchen zwischen den Fingern. Was hatte das zu bedeuten? War es möglich, daß Philine ein Baby erwartete, ohne daß sie etwas davon gemerkt hatte?

Als sie Schritte auf der Bodentreppe hörte, zuckte sie zusammen. Ihr erster Impuls war, das Mützchen verschwinden zu lassen und die Kommodenschublade wieder zuzustoßen. Aber es war zu spät. Schon tauchte der schwarze Wuschelkopf von Ines vor ihr auf. Das Mädchen musterte sie mit einem Lächeln, das fast noch kekker war als sonst.

Bettina hielt das Mützchen hinter dem Rücken verborgen, sagte herausfordernd: „Was wollen Sie hier?"

„Eigentlich gar nichts. Nur, ich hatte Schritte gehört, und da dachte ich ... es hätte ja ein Fremder sein können ..."

„Schon gut. Sie sehen ja, daß ich es bin."

„Ja. Gott sei Dank. Man liest so schreckliche Geschichten in der Zeitung ..." Ines musterte alles mit flinken Augen, hatte den Korb mit den Holzscheiten schon entdeckt, kam mit wenigen Schritten die Treppe ganz hinauf, bückte sich, hob ihn auf. „Deswegen hätten Sie sich doch nicht selbst zu bemühen brauchen, Fräulein Bettina", sagte sie vorwurfsvoll. „Warum haben Sie mich nicht gerufen?"

„Bitte gehen Sie jetzt“, sagte Bettina.

Ines ließ sich nicht so leicht verscheuchen. Sie wies mit einer Kopfbewegung auf die Wickelkommode, sagte unbefangen: „Komisch, nicht wahr? Man könnte glatt denken, die gnädige Frau ... na, Sie werden schon wissen, was ich meine. Aber Sie brauchen keine Sorge zu haben, es ist nichts dran. Ganz gewiß nicht.“

Fast gegen ihren Willen sagte Bettina: „Sind Sie sicher?“

„So was weiß man doch. Alles nur Hirngespinste, Fräulein Bettina, wenn Sie mich fragen, die gnädige Frau gehörte mal zu einem tüchtigen Arzt. Zu so einem Seelendoktor, Sie wissen schon.“

„Ines! Wie können Sie so etwas sagen?“

„Na, ist das etwa normal? Eine Wickelkommode mit lauter Babyzeug mit sich rumzuschleppen? Fragen Sie Elvira. Die Kommode war schon beim Einzug mit dabei. Was tut der Mensch mit solchem Kram, wenn von einem Baby keine Rede sein kann?“

„Vielleicht hofft sie ...“

„Na schön. Sie sollen recht haben. Es hofft der Mensch, solang' er lebt. Aber wenn Sie mein Wort hören wollen, Fräulein Bettina, solange Ihr Herr Vater mit der gnädigen Frau wie Hund und Katz lebt, wird's mit einem Baby kaum etwas werden. Sie verstehen, wie ich es meine.“

Bettina war rot geworden. „Schließlich bin ich kein kleines Kind mehr, Ines“, sagte sie ärgerlich, drehte sich um, legte das Mützchen wieder an seinen Platz und schob die Schublade zu. „Und wenn Sie glauben, daß ich mich für Ihre Geschichten interessiere, dann haben Sie sich geirrt.“

Ines grinste nur, und Bettina spürte, daß ihre Zurechtweisung reichlich spät gekommen war. Sie ärgerte sich über sich selbst.

Wenige Tage später brachten Philine Steutenberg und der Vater Bettina zum Flugzeug. Der Abschied fiel sehr herzlich aus, Bettina winkte zurück, solange noch etwas von den beiden zu sehen war. Dennoch fühlte sie sich unsagbar erleichtert, als die viermotorige Maschine endlich vom Boden abhob.

Sie freute sich auf das Internat, auf ihre Freundinnen, auf Mademoiselle Legrand. Fast schien es, als wenn ihr Genf zur wirklichen Heimat geworden wäre.

Über die Sache mit der Wickelkommode hatte sie mit ihrer Stiefmutter nicht gesprochen.

8

Als sie am Abend des gleichen Tages in Genf mit einer Maschine der Lufthansa landete, wurde sie, als sie die Gangway hinunterkletterte, freudig überrascht. Yvonne war gekommen, um sie abzuholen.

Die Freundin winkte ihr strahlend mit einem riesengroßen weißen Taschentuch zu, Bettina winkte lächelnd zurück. Aber es dauerte noch gute zehn Minuten, ehe alle Formalitäten erledigt waren und die beiden Mädchen sich in die Arme schließen konnten. Sie fuhren mit dem Zubringerauto bis zum Hauptbahnhof, stiegen dort in einen Omnibus um, der fast bis zur Pforte des Internats fuhr.

Unterwegs plauderten sie ununterbrochen miteinander.

Yvonne nahm herzlichen und interessierten Anteil, erzählte ihrerseits von der Weihnachtsfeier im Internat, die die Mädchen sehr sorgfältig vorbereitet hatten. „Es hätte wirklich wunderbar sein können, wenn nicht dieses Pech passiert wäre“, sagte sie. „Du kannst dir denken, was wir alle für einen Schrecken bekommen haben ... und Madame Jeuni sitzt ja auch ganz schön in der Klemme.“

„Wovon redest du eigentlich?“ fragte Bettina verblüfft.

„Du weißt also noch gar nicht, daß Mademoiselle Legrand von der Leiter gefallen ist?“

„Nein“, sagte Bettina erschrocken, denn sie hatte Mademoiselle Legrand wirklich gern. „Wie ist denn das passiert?“

„Ganz blödsinnig. Beim Weihnachtsbaumschmücken. Wir waren alle dabei. Die Leiter war ein bißchen zu kurz, sie hat sich sehr gestreckt, um bis zur Spitze zu kommen, dabei ist es passiert.“

„Das muß schauerlich weh getan haben“, sagte Bettina voll Mitleid.

„Ich glaube, vor Schreck hat sie im ersten Augenblick gar nichts gespürt. Sie ist noch am gleichen Abend ins Krankenhaus gekommen.“

„Dann danke! Das wird ein schönes Durcheinander werden. Kannst du mir erklären, wie Madame Jeuni wochenlang ohne Assistentin auskommen kann?“

„Ach, sicher findet sie jemand, der inzwischen einspringt.“

„Eben nicht. Das ist ja die Tragödie. In Genf gibt es keine Arbeitslosigkeit. Wer Maschinschreiben und Stenografie kann, der ist auch längst in Brot und Arbeit.“

„Meinst du, darum dreht sich's?“

„Na klar. Jetzt kannst du dir Madame Jeuni vorstellen.“

„Hm“, sagte Bettina nur, aber in ihrem Inneren hatte bereits ein Entschluß zu reifen begonnen.

Als sie in das große Haus traten, kam Madame Jeuni gerade die Treppe herunter. Sie erwiderte nur flüchtig den Gruß ihrer beiden Schülerinnen, schien ganz mit ihren eigenen Gedanken beschäftigt zu sein.

Bettina nahm sich ein Herz und vertrat ihr den Weg. „Madame“, sagte sie, „bitte ...“

„Ja? Was gibt's?“

„Könnte ich Sie wohl ein paar Minuten sprechen?“

„Ich bin sehr beschäftigt“, sagte Madame Jeuni, „Sie haben sicher schon gehört, welches Unglück mit Mademoiselle ...“

„Gerade deswegen möchte ich Sie sprechen“, sagte Bettina.

„Gut. Dann kommen Sie am besten gleich mit.“

Bettina zwinkerte der verblüfften Yvonne zu und folgte dann Madame Jeuni in ihr elegant eingerichtetes Zimmer.

Madame Jeuni setzte sich hinter ihren schweren Schreibtisch, forderte Bettina mit einer Handbewegung auf, Platz zu nehmen. „Bitte, mein Kind?“

„Madame“, begann Bettina, „Yvonne sagte mir, daß Sie durch die Erkrankung Mademoiselle Legrands in eine sehr unangenehme Situation gekommen sind. Bitte, wenn Sie erlauben, dann möchte ich Ihnen gern helfen.“

„Das ist sehr liebenswürdig von Ihnen, mein Kind ... wirklich, sehr liebenswürdig, ich danke Ihnen für Ihren guten Willen. Aber Sie wissen, Mademoiselle Legrands Tätigkeit hat sich nicht ...“ Madame Jeuni lächelte leicht, „auf Post verteilen und dergleichen beschränkt. Was ich brauche, das ist eine Dame, die Stenografie und Maschinschreiben beherrscht.“

„Das kann ich von mir nun nicht gerade behaupten“,

sagte Bettina, „aber immerhin ... ich habe es gelernt. Erinnern Sie sich an mein Zeugnis? Ich hatte in Stenografie gute und im Maschinschreiben sehr gute Noten."

Madame Jeuni stand auf. „Das wäre das wenigste. Aber glauben Sie, daß Sie auch imstande wären, Diktate in französischer Sprache aufzunehmen?"

„Ja. Natürlich wird es etwas mit der Stenografie hapern, aber irgendwie bekomme ich es schon hin."

Madame Jeuni setzte sich wieder. „Sie sind liebenswürdig, sehr liebenswürdig. Nur ...", sie seufzte tief, „ich kann dieses Opfer nicht von Ihnen annehmen. Sie sind hier bei uns als Schülerin. Ihr Vater bezahlt Ihren Aufenthalt. Man hat Sie mir anvertraut, damit Sie etwas lernen. Ich kann unmöglich ..."

„Verzeihen Sie, Madame, daß ich Ihnen ins Wort falle", sagte Bettina, „aber ich würde wirklich sehr gern mal meine Kenntnisse in der Praxis ausprobieren. Außerdem ... brauche ich den Unterricht deswegen ja gar nicht zu versäumen. Es ließe sich doch bestimmt irgendwie einteilen, daß ..."

Madame Jeuni stand auf und kam auf Bettina zu. „Ich weiß", sagte sie und machte nicht den Versuch, ihre Rührung zu unterdrücken, „ich weiß, daß es unrecht von mir ist, Ihre Hilfe anzunehmen, Bettina, aber ich bin Ihnen dankbar, von ganzem Herzen dankbar. Wenn ich mich nicht in einer Zwangslage befände, glauben Sie mir, ich würde nie ..."

„Ich tue es ja gern, Madame", sagte Bettina froh, und es kam ihr vom Herzen. Sie war sehr glücklich, daß sich endlich eine Gelegenheit bot, Madame Jeuni zu beweisen, daß sie etwas wert war.

Sechs Wochen blieb Mademoiselle Legrand im Krankenhaus, und Bettina erledigte die gesamte Post für Madame Jeuni.

Es war das erstemal in ihrem Leben, daß sie wirklich arbeitete. Manchmal glaubte sie, daß sie nicht länger imstande sei, es zu schaffen. Immer wieder unterliefen ihr Fehler, und manchmal war sie ganz verzweifelt über sich selbst. Abends fiel sie todmüde ins Bett, morgens erwachte sie wie zerschlagen.

Dennoch verschafften ihr die vielseitige Arbeit und Verantwortung, die sie tragen mußte, eine nie gekannte Befriedigung. Sie spürte, daß sie von Nutzen war, und das machte sie glücklich.

Als Mademoiselle Legrand zurückkam, gab Bettina ihre Arbeit nicht von einem Tag zum anderen auf. Mademoiselle Legrand war noch recht blaß und schonungsbedürftig und sehr dankbar, daß Bettina sie entlastete.

Diese letzten Monate im Internat, in denen Bettina sich als wichtiges Mitglied einer großen Gemeinschaft fühlen durfte, wurden für sie fast zu den schönsten und erfülltesten ihres bisherigen Lebens.

Aber je näher das Ende der Internatszeit rückte, desto öfter drängte sich ihr der Gedanke an Hamburg auf und an ihre Zukunft. Der Rausch des Nützlichseins verflog, sie begann zu grübeln, wurde unsicher.

Der letzte Tag ihres Genfer Jahres brachte ihr noch einmal eine wirklich große Freude. Madame Jeuni überreichte ihr ein schweres goldenes Armband, in das sie auf der Innenseite Worte des Dankes für Bettinas Hilfe hatte eingravieren lassen. Mademoiselle Legrand, Yvonne und alle anderen Mädchen, mit denen Bettina näher befreundet gewesen war, hatten kleine goldene Anhängsel dazu gestiftet. Es war ein reizendes Geschenk, und Bettina schossen Tränen des Glücks in die Augen, als Madame Jeuni es ihr feierlich überreichte.

Der Abschied fiel ihr schwerer, als sie je geglaubt hatte. Es war unfaßbar, daß sie all die Menschen, die ihr lange Zeit soviel bedeutet hatten, nie im Leben wiedersehen sollte. Sie weinte bitterlich.

Selbst, daß der Vater sie persönlich abholte, um sie mit dem Auto nach Hamburg zu bringen — es hatte sich inzwischen eine Unmenge Gepäck bei ihr angesammelt —, konnte sie nicht trösten. Sie schluchzte noch immer in ihr Taschentuch, als der offene Mercedes die Stadt schon verlassen hatte und der Fahrtwind ihr in den blonden Haaren zauste.

„Jetzt ist's aber genug", sagte Stefan Steutenberg halb scherzend, halb ärgerlich, „du tust gerade so, als wenn du von einer Begräbnisfeier kämst. Es war doch nur ein Abschied, und den hättest du seit einem Jahr voraussehen können."

Bettina schluchzte. „Bitte, schimpf nicht mit mir, Vater!"

„Ich schimpf ja gar nicht, ich bemühe mich nur, dich zur Vernunft zu bringen. Es ist töricht, sich so gehenzulassen. Du weinst wegen Menschen, die dir in wenigen Wochen schon nichts mehr bedeuten werden, die du in ein paar Monaten vergessen haben wirst."

„Das ist ja gerade das Schlimme, Vater."

Er warf ihr einen Blick aus den Augenwinkeln zu. „Jetzt versteh' ich dich nicht mehr."

„Doch, ich kann das nicht ausdrücken, aber findest du es nicht auch scheußlich, wenn alles so schwankend ist? Aus den Augen, aus dem Sinn ... Das hast du doch eben selbst gesagt! Gibt es vielleicht gar keine Liebe? Ich meine, ist alles nur Gewöhnung?"

„Wirklich, Bettina, du hast Ideen! Dein Verhältnis zu den Internatsmädchen hat doch mit Liebe nie etwas zu tun gehabt."

Bettina dachte: Er versteht mich nicht. Er kann mich nicht verstehen.

Zum erstenmal fühlte sie eine ganz starke, ganz tiefe Sehnsucht nach ihrer Mutter, die sie nie gekannt hatte.

Stefan Steutenberg ließ sich Zeit auf der Heimfahrt. In Zürich — in „unserem Zürich", wie Bettina sagte, weil sie dort die erste schöne Zeit mit ihrem Vater verlebt hatte — stiegen sie wieder im „Baur au Lac" ab, blieben ein paar Tage, fuhren dann erst zum Bodensee weiter, der jetzt im Frühjahr von einem Kranz blühender Obstbäume umgeben war.

In München blieben sie fast eine Woche. Der Wettergott blieb ihnen treu; ein blauseidener, fast italienischer Himmel spannte sich über die schöne Stadt an der Isar. Morgens schliefen sie lange, schlenderten dann durch die Straßen.

Jeden Abend gingen sie ins Theater, nachher bummelten sie noch miteinander. Sie aßen spanisch im „Don Quichotte" und tanzten begeistert im „Blow up".

Bettina, schlank, schön und gepflegt, in zauberhaften Kleidern, erregte Aufsehen. Aber sie merkte es kaum. Sie tanzte nur mit ihrem Vater und hatte nur Augen für ihn.

Stefan Steutenberg war sehr stolz auf seine Tochter. Bettina spürte es und fühlte sich so glücklich wie nie zuvor in ihrem Leben.

Einmal fragte sie: „Was wird Philine denken, Vater, wenn du so lange wegbleibst?"

Er sah sie erstaunt an. „Sie weiß doch, daß ich dich abgeholt habe."

„Na, trotzdem, ich meine, wird es ihr recht sein? Schließlich ist sie doch ganz allein zu Hause."

„Es ist nicht meine Schuld, daß sie es nicht versteht, sich Freunde zu machen", sagte er schroff. „Außerdem hat sie ja immer gewußt, daß ich eine Tochter habe."

„Wirklich?" fragte Bettina erstaunt.

„Warum fragst du das?"

Bettina errötete leicht. „Nur ... eigentlich ... wenn sie's gewußt hat, warum habt ihr mich denn nicht früher geholt?"

Stefan Steutenberg sah sie an, aber seine Augen hatten einen seltsamen Ausdruck bekommen.

„Sei mir nicht böse, Vater", sagte Bettina unsicher.

„Ich bin dir durchaus nicht böse, Kleines", er streichelte ihre Hand und lächelte schon wieder, „nur das sind alles solche Dinge. Du weißt doch, daß bei Gesprächen dieser Art nichts herauskommt. Möchtest du noch eine Kleinigkeit essen?"

„Nein, danke, Vater." Bettina spürte, daß er nicht mehr ernsthaft mit ihr reden wollte, trotzdem mußte sie noch eine Frage an ihn stellen. Ihr war die Wickelkommode auf dem Boden des Hauses am Harvestehuder Weg eingefallen. „Vater", sagte sie. „wenn ... nehmen wir mal an ... wenn du und Philine, wenn ihr Kinder gehabt hättet, würdest du mich dann auch geholt haben?"

„Was für eine Frage!" sagte Stefan Steutenberg. „Wenn, wenn ... wenn! Wir haben keine Kinder, und ich habe dich geholt. Genügt dir das nicht?"

„Nein, Vater", sagte sie ruhig.

Er beugte sich so weit vor, daß seine Stirn fast ihr Haar berührte. „Ich habe nie gewollt, daß Philine Kinder haben sollte. Bist du jetzt zufrieden?"

„Wirklich nicht, Vater?"

„Ich lüge dich nicht an, Bettina. Ich will nicht behaupten, ich hätte noch nie gelogen. Aber dich mag ich nicht anlügen." Er hielt ihre Hand fest. „Genausogut könnte ich mich ja selbst belügen. Du bist schließlich ... ein Stück von mir."

Bettina nahm seine braune kräftige Hand, schmiegte

ihre Wange hinein, sah ihn zärtlich an. Sie war sehr glücklich.

Erst vierzehn Tage nach ihrer Abreise aus dem Internat kamen Stefan Steutenberg und seine Tochter in Hamburg an. Philine empfing sie liebevoll und ohne einen Vorwurf.

Stefan Steutenberg verbarg sein Schuldbewußtsein hinter Grobheit, Bettina brachte es nicht fertig, der Stiefmutter in die Augen zu sehen.

Wenn Philine sich hätte gehenlassen, wenn sie sie beschimpft hätte — vielleicht hätte das die Situation geklärt. Aber so blieb Unausgesprochenes in der Luft hängen wie ein Gewitter, das nicht ausbrechen wollte. Bettina schien es, als wenn Philine böse Gedanken hinter ihrem lächelnden Gleichmut verbergen müßte, als wenn sie etwas Schlimmes plante.

Sie haßte ihre Stiefmutter so sehr, daß sie es kaum noch über sich brachte, mit ihr zu sprechen. Wie wunderbar hätte alles sein können, wenn Philine nicht gewesen wäre.

Stefan Steutenberg meldete Bettina wenige Tage nach ihrem Einzug in das väterliche Haus bei einem Reitklub und einem vornehmen Hamburger Tennisklub an. Er brachte sie jeden Morgen, bevor er selbst in die Stadt fuhr, auf die Reitbahn hinaus, unterließ nie, sie abends zu fragen, ob sie Fortschritte im Tennisspiel gemacht hätte.

„Nimm nur so viel Trainerstunden, wie du magst", pflegte er zu sagen, „laß dich das Geld nicht reuen. Hauptsache, es macht dir Spaß."

Bettina wußte darauf nichts zu sagen. Sie mochte ihn nicht enttäuschen. Der Vater gab sich so viel Mühe, sie glücklich zu machen. Wie konnte sie ihm da erklären, daß das ganze Leben, das sie führte, ihr zum Hals heraushing.

Tatsächlich gelang es ihr nicht — weder im Tennisklub noch im Reitverein —, mit den anderen jungen Leuten Kontakt zu bekommen. Die Tennisplätze betrat sie jedesmal wieder mit innerer Überwindung. Sie nahm jeden Tag Trainerstunden — nicht deswegen, weil der Vater es sie geheißen hatte, sondern weil sie nicht wußte, mit wem sie sonst hätte spielen sollen.

Die Tage verstrichen eintönig und quälend. Philine bemühte sich herzlich um Bettina, aber gerade auf ihre Zuneigung legte das junge Mädchen keinen Wert. Den Vater sah sie nur abends, und auch dann immer nur im Beisein der Stiefmutter, deren Nähe ihn nach wie vor zu irritieren schien. Er war nicht mehr der charmante, interessante Mann wie auf ihren Reisen, sondern er zeigte sich schroff, gereizt, bei den kleinsten Mißverständnissen auffahrend.

Eines Morgens, sie saßen im Wintergarten beim Frühstück, brachte Ines die Post herein, überreichte sie Stefan Steutenberg.

Bettina erhielt einen Brief von Dotty, eine Ansichtspostkarte von Yvonne, die mit ihren Eltern ans Meer gefahren war. Auch für Philine war ein Brief dabei, Stefan Steutenberg warf einen Blick auf die Rückseite, bevor er ihn ihr gab.

„Von wem?" fragte er kurz.

Sie antwortete nicht, aber Bettina schien es, als wenn sie beim Anblick der Handschrift leicht errötet wäre.

„Möchtest du ihn nicht öffnen?" fragte ihr Mann.

„Doch. Ja."

„Lies vor!"

Philine sah Stefan Steutenberg mit großen Augen an. „Meinst du im Ernst ..."

„Warum nicht? Ich nehme doch nicht an, daß du Geheimnisse vor mir hast?"

„Du glaubst wohl, weil ich verheiratet bin, habe ich kein Recht auf Privatleben?"

„Ich will mich nicht mit dir streiten." Stefan Steutenbergs Stimme klang hart.

„Das freut mich." Philine ließ den Brief in die Tasche ihres seidenen Hausmantels verschwinden.

Es sah aus, als wenn Stefan Steutenberg noch etwas sagen wollte. Der Blick, mit dem er seine Frau musterte, war zornig, fast leidenschaftlich.

Es ist doch nicht möglich, daß er eifersüchtig ist? dachte Bettina. Kann man denn auf einen Menschen eifersüchtig sein, wenn man ihn gar nicht mehr liebt? — „Da ist noch ein Brief", sagte sie, um ihren Vater abzulenken, „oder ist das nur eine Drucksache."

Es war ein schweres langes Kuvert aus Büttenpapier. Stefan Steutenberg nahm es abwesend in die Hand, sein Gesicht erhellte sich.

„Für dich, Bettina", sagte er, „vom Tennisklub!"

„Oh!" Bettina war überrascht. Sie streckte die Hand nach dem Brief aus.

„Du erlaubst, daß ich ihn für dich öffne?" fragte der Vater.

Bettina wäre es sehr viel lieber gewesen, die Nachricht zuerst selbst zu lesen, aber sie wollte dem Vater beweisen, daß sie mehr Vertrauen zu ihm hatte als Philine. „Natürlich", sagte sie deshalb mit einem etwas erzwungenen Lächeln.

Stefan Steutenberg zog ein zweimal parallel gefaltetes Blatt Büttenpapier aus dem Umschlag, überflog mit hochgezogenen Augenbrauen den Text, sagte dann: „Sehr schön, Kleines . . . eine Einladung zum Sommerfest am nächsten Samstag." Er ließ den Brief sinken, sah sie mit lächelnden Augen an. „Wenn ich mich nicht irre, brauchst du zu dieser Gelegenheit wieder ein neues Kleid, ja?"

Bettina war blaß geworden, sie biß sich auf die Lippen. „Nein, Vater", sagte sie verstört.

„Wieso nicht? Hast du dir denn schon überlegt, was du anziehen willst?"

Philine Steutenberg beugte sich vor und warf einen Blick auf die Einladung. „Ach, das Fest ist ja erst in vierzehn Tagen", sagte sie, „laß dem Kind doch Zeit. Wir können die ganze Sache bis dahin noch einmal überlegen."

Der Gedanke, einen ganzen Abend als Mauerblümchen in einem Winkel zu sitzen, während die anderen jungen Leute fröhlich und guter Laune waren, machte Bettina ganz krank.

„Vater", sagte sie mit gepreßter Stimme, „bitte, ich muß mit dir sprechen."

Er sah sie verwundert an. „Los! Ich sitze ja hier!"

Bettina warf Philine einen flehenden Blick zu, und sie verstand sofort. „Ich glaube, es ist wohl besser, ich lasse euch beide allein", murmelte sie und stand auf.

Stefan Steutenberg erhob sich halb, als wenn er sie zurückholen wollte — aber Philine hatte schon mit raschen Schritten den Raum verlassen.

Er setzte sich wieder. „Na, was gibt's?" fragte er, aber seine Stimme klang alles andere als ermunternd.

„Ich kann nicht auf dieses Fest gehen", sagte Bettina.

„Was? Und warum nicht, wenn ich fragen darf?"

„Ich kann nicht."

„Herrgott, ich habe schon viel an hysterischen Frauen erlebt, aber das eine muß ich dir sagen, Bettina, du bist wirklich die allerschlimmste!"

„Ich bin nicht hysterisch, Vater", sagte Bettina mühsam, „nur halte ich das nicht länger aus. Ich habe mir Mühe gegeben, wirklich, aber es geht nicht!“

„Wovon sprichst du eigentlich?“

„Von allem. Von meinem Leben, das ich hier führe.“

„Soll das heißen, daß du unzufrieden bist? Nun hört aber doch alles auf!“ Stefan Steutenberg knallte die flache Hand auf den Tisch. „Du hast alles, was ein junges Mädchen sich nur erträumen kann. Alles. Buchstäblich alles. Was willst du?“

„Ich möchte arbeiten, Vater!“

„Arbeiten?“ Stefan Steutenberg wiederholte das Wort, als wenn er es nicht richtig verstanden hätte.

„Ja. Irgend etwas. Du weißt, ich habe Maschinschreiben und Stenografie gelernt, ich spreche wirklich sehr gut Französisch, ich kann ...“

„Du brauchst dich nicht bei mir anzupreisen, Bettina. Ich weiß, was du alles gelernt hast.“

„Du erlaubst es mir also?“

„Nein.“

„Und warum nicht?“

„Weil du die Tochter Stefan Steutenbergs bist. Du hast es nicht nötig zu arbeiten. Wozu, glaubst du, habe ich jahrelang Geld gemacht? Ganz bestimmt nicht, damit du dich jetzt in irgendeinem lausigen Büro ausnutzen läßt.“

„Vielleicht könnte ich dir helfen ...“

Er schüttelte den Kopf. „Nein.“

„Laß es mich doch wenigstens versuchen!“

„Ich zweifle nicht an deinen Fähigkeiten, Bettina, aber Fräulein Murnauer ist eine erfahrene Sekretärin, das brauche ich dir nicht zu sagen. Du wirst dir doch nicht im Ernst einbilden, sie ersetzen zu können.“

„Es stehen so viele Stellenangebote in den Zeitungen. Bitte, Vater, laß es mich doch probieren!“

„Darum handelt es sich ja gar nicht, Bettina." Stefan Steutenberg stand auf und begann, die Hände auf dem Rücken, mit großen Schritten im Raum auf und ab zu gehen. „Ich will nicht, daß du arbeitest. Ich will es nicht."

Stefan Steutenberg schwieg einen Augenblick und sagte dann: „Es ist ausgeschlossen. Aber da du dich langweilst, wie ich sehe, müßten wir uns überlegen, wie wir dir etwas zu tun geben können! Sag mal, wie alt bist du eigentlich?"

„Ich werde achtzehn."

„Na, wunderbar. Hättest du nicht Lust, den Führerschein zu machen?"

„Wozu?"

„Einen Führerschein kann man immer brauchen. Und kannst du erst fahren, kommt das Auto sicher nach."

„Das ist sehr lieb von dir, Vater, aber ..." Sie stockte mitten im Satz, kam sich selbst unverständig und unverschämt mit ihrer Unzufriedenheit vor.

Stefan Steutenberg lächelte. „Na siehst du!" sagte er. „Jetzt machst du schon ein anderes Gesicht. Und was die blöden Klubs betrifft: Es braucht immer eine Zeit, bis man sich eingewöhnt hat, besonders hier in Hamburg. Hab ein bißchen Geduld, beiß die Zähne zusammen ... es wird schon alles werden. Übrigens würde ich dich sehr gern auf dieses Klubfest begleiten, aber leider ... ich weiß nicht, ob ich es dir schon gesagt habe ... ich muß für zwei bis drei Wochen verreisen."

„O nein!" sagte Bettina erschrocken. „Tu das nicht!"

„Unaufschiebbar." Er legte seinen Arm um ihre Schultern, drückte sie zärtlich an sich.

„Dann nimm mich mit! Bitte, Vater, nimm mich mit!"

Er sah ihr lächelnd in die Augen. „Wenn du jemals heiraten würdest, ich nehme doch an, daß du das willst, nicht wahr, dann merk dir eines ... man muß einem Mann auch hin und wieder einmal ein wenig Freiheit lassen, sonst bricht er eines Tages aus, und das willst du doch nicht, oder?"

9

Die Fahrstunden machten Bettina tatsächlich viel Freude.

Am Abend nach ihrer ersten Ausfahrt kam sie ganz aufgeregt nach Hause. Sie hätte etwas dafür gegeben, es jemandem mitteilen zu können, aber ihr Vater war schon seit zwei Wochen verreist. Wie immer wollte sie sich sofort auf ihr Zimmer zurückziehen.

In der Diele traf sie auf Ines. „Die gnädige Frau läßt bitten", sagte sie mit ihrem kecken Lächeln, das ihre guterzogenen Worte Lügen strafte.

„Wieso? Was ist los?" fragte Bettina.

„Sie hat Besuch", erklärte Ines verschmitzt.

„Und dazu braucht sie mich?"

„Wahrscheinlich als Anstandswauwau!" Ines' Lächeln war immer unverfrorener geworden.

„Schon gut", sagte Bettina. „Ich mache mich nur ein wenig frisch, dann komme ich herunter."

Sie wählte ein sehr kurzes, altrosa- und weißgestreiftes Hemdblusenkleid aus zartem Batist, das Stefan Steutenberg ihr in Zürich gekauft hatte, bürstete sorgfältig ihr helles Haar, das sie jetzt in einer ganz modernen Frisur trug — glatt und lang. Sie rieb sich ihr Gesicht mit Lotion ab, tuschte sich die Wimpern, zog die Augenbrauen dunkelgrau nach, wählte dann einen Lippenstift, der ganz genau mit den rosa Streifen des Kleides harmonierte.

Nicht der Gast ihrer Stiefmutter war Anlaß, daß sie sich so sorgfältig zurechtmachte. Bettina hatte sich daran gewöhnt, viel Wert auf ihre Toilette zu legen, einfach deshalb, weil sie Zeit genug hatte — so viel Zeit, daß sie froh war, wenn sie sie vertrödeln konnte.

Sie fand die Stiefmutter im Damenzimmer. Sie sah Bettina lächelnd entgegen, und Bettina merkte sofort, daß Philine glücklicher und schöner aussah als seit langem.

„Ah, da bist du ja!“ sagte Philine. „Darf ich dich mit Dr. Grotius bekannt machen? Dr. Grotius ist ein Studienfreund von mir.“

Der Arzt, ein großer, breitschultriger Mann, der Bettina in der ersten Sekunde an einen freundlichen Bären erinnerte, war bei ihrem Eintritt aufgestanden. Jetzt drückte er ihr so kräftig die Hand, daß Bettina einen Schmerzenslaut unterdrücken mußte, und sagte mit einer tiefen, ein wenig brummenden Stimme. „Philine hat mir dauernd von Ihnen erzählt. Mir scheint, Sie haben da eine sehr gute Stiefmutter erwischt.“

„Hat sie sich über mich beklagt?“ rutschte es Bettina heraus.

„Beklagt?“ Dr. Grotius sah von einer der beiden Frauen zur anderen. „Gibt es was zu beklagen?“

„Bettina macht es sich nicht leicht“, sagte Philine ernsthaft, „sie ist zu kritisch sich selbst gegenüber. Hast du eine Idee, wie man ihr das austreiben kann, Gerhard?“

„Warum? Ich habe die Erfahrung gemacht, die meisten jungen Leute leiden an unheilbarer Selbstüberschätzung, und das ist doch weit schlimmer.“

Dr. Grotius blieb zum Abendessen, und Bettina stellte fest, daß Philine sich mit der Zusammenstellung des Menüs ganz besondere Mühe gegeben hatte. Es gab Schildkrötensuppe nach Lady Curzon, Elviras ganz besondere Spezialität, ein ganz zartes Roastbeef mit Pommes frites und verschiedenen kleinen delikaten Salaten, nach Tisch Eisbecher mit Früchten und Schlagsahne, Käse und zum Abschluß einen Mokka.

Dr. Grotius aß mit gutem Appetit, sagte mit seiner brummenden Stimme: „Hut ab vor deiner Köchin, Philine! Trotzdem, eine gute Küche sollte kein Grund sein, sein Leben im goldenen Käfig zu vertrauern."

„Aber Gerhard, das tue ich ja gar nicht."

„Nicht? Was tust du denn?"

„Ich leite den Haushalt", sagte Philine mit einem kleinen Lächeln.

Dr. Grotius sah Bettina an. „Und Sie helfen Ihrer Stiefmutter wohl dabei?"

Bettina fand seine Verständnislosigkeit ungemein komisch. „O nein", sagte sie vergnügt. „Meine Aufgabe besteht lediglich darin, die Blumen zu gießen."

„Jetzt hört sich aber doch alles auf!" Dr. Grotius war nicht fähig, seinen Unwillen zu verbergen.

Bettina lachte, und Philine sagte rasch: „Du darfst sie nicht ernst nehmen, Gerhard, sie macht sich über dich lustig."

„Und was tut sie wirklich?"

„Du solltest dich über dieses Thema mal mit meinem Mann unterhalten, Gerhard", sagte Philine. „Stefan ist der Meinung, daß es für eine Frau vollkommen genügt, gut auszusehen und sich unterhalten zu können. Wenn sie darüber hinaus vielleicht noch Tennis spielt oder reitet ... oder möglicherweise Klavier spielen kann oder irgendein Hobby hat, dann ist das schon mehr als genug."

„Scheint ein seltsamer Mensch zu sein, dein Stefan!"

„Er ist fabelhaft!" sagte Bettina hitzig. „So, wie er ist ... Sie können ja nicht mal an ihn tippen."

Dr. Grotius lachte. „Jetzt habe ich Sie aber mal reingelegt, Bettina, wie? Ich kenne Ihren Herrn Vater nämlich. Ich kenne ihn sehr gut. Schließlich hat er mir die Frau weggeschnappt. Daß Philine sich für ihn entschieden hat, das beweist ja wohl zur Genüge, daß ich nicht an ihn tippen kann, oder?“

„Ich habe von alldem nichts gewußt“, sagte Bettina betroffen.

„Wie sollten Sie auch“, sagte Dr. Grotius, nicht im geringsten gekränkt.

Philine hob die Tafel auf. „Ich denke, wir nehmen den Mokka im Wintergarten, ja?“

Nachher, als Elvira abgeräumt hatte, stieg Philine in den Keller hinunter und holte eine gute Flasche Nahewein herauf. Gerhard Grotius zündete sich eine Zigarre an. Er schien sich ganz zu Hause zu fühlen. Während Philine eine Zigarette rauchte und Bettina Käsegebäck knabberte, begann er seltsame und zumeist sehr vergnügliche Geschichten von Patienten aus seinem Sanatorium in Schliersee zu erzählen.

„Sie haben ein eigenes Sanatorium?“ fragte Bettina interessiert.

„Warum wundert Sie das?“

„Ich denke, daß so etwas doch schrecklich viel Geld kosten muß, und Sie sind doch noch ziemlich jung.“ Sie bekam einen roten Kopf, als sie sah, daß Philine ein Lächeln unterdrückte. „Vielleicht hätte ich das nicht sagen sollen“, sagte sie rasch, „bitte seien Sie mir nicht böse.“

„Mein Vater hat es mir gekauft“, sagte Dr. Grotius. „Ich habe nämlich wie Sie das Glück, einen reichen Vater zu haben, nur, scheint mir, habe ich einen etwas besseren Gebrauch davon gemacht.“

„Versuchen Sie bitte nicht, mich dauernd zu erziehen!“ rief Bettina aufgebracht. Sie wußte selbst nicht, warum sie auf einmal, mitten aus einer gemütlichen Stimmung heraus, so zornig geworden war. Aber ihr schien es plötzlich, als wenn Philine und Dr. Grotius zusammensteckten und es von vornherein darauf angelegt hätten, sich über sie lustig zu machen. Der Blick, den die beiden in diesem Augenblick tauschten, bestärkte noch diesen Eindruck.

„Bettina, bitte, Gerhard hat es doch gar nicht so gemeint!" sagte Philine besänftigend.

„Aber gesagt hat er's so!" rief Bettina wütend. Sie war aufgesprungen.

Auch Dr. Grotius erhob sich. „Genügt es Ihnen, junge Dame, wenn ich Ihnen eine formelle Entschuldigung zu Füßen lege?" fragte er.

Plötzlich kam Bettina sich sehr albern vor. „Entschuldigen Sie bitte", sagte sie leise, „aber ich weiß selbst nicht, was in mich gefahren ist. Ich bin in letzter Zeit schrecklich nervös."

„Niemand nimmt dir etwas übel, Bettina", sagte Philine herzlich, „bitte, setz dich doch, du auch, Gerhard."

Aber die gute Stimmung von vorhin wollte nicht wieder einkehren.

Als sie eine halbe Stunde später im Bett lag und noch einmal, wie immer vor dem Schlafengehen, das Büchlein mit den Verkehrsregeln durchlas, klopfte es an ihre Schlafzimmertür. Sie wußte sofort, daß es nur ihre Stiefmutter sein konnte.

„Bettina!" rief Philine, „Bettina, bitte, mach doch die Tür auf!"

Aber Bettina rührte sich nicht. Sie blieb ganz still liegen, gab keinen Laut von sich.

Erst als sich die Schritte ihrer Stiefmutter draußen entfernten, löschte sie das Licht aus, drehte sich zur Seite und versuchte einzuschlafen.

„Bettina, ich muß mit dir sprechen!“ sagte Stefan Steutenberg, und seine Stimme klang alles andere als freundlich.

Er war erst vor zwei Stunden von seiner Reise zurückgekehrt.

„Ja, Vater?“ fragte sie beunruhigt.

Er trat dicht auf sie zu. „Ist es wahr, daß ein gewisser Dr. Grotius hier im Haus zu Besuch war?“

Bettina wich unwillkürlich einen halben Schritt zurück. „Warum fragst du nicht Philine?“

„Weil ich es von dir wissen will!“ Stefan Steutenbergs Stimme klang so unbeherrscht, wie Bettina sie noch nie erlebt hatte. „War er hier ... ja oder nein?“

„Ja.“

„Wann?“ fragte Stefan Steutenberg.

„Das Datum weiß ich nicht mehr.“

„Ich meine die Stunde.“

„Abends.“

„Das hätte ich mir denken können. Und dich haben sie ins Bett geschickt, nicht wahr?“

„Nein, Vater.“

„Und wann hat er das Haus verlassen?“

„Ich weiß es nicht“, sagte Bettina, „woher soll ich es denn wissen?“

In diesem Augenblick betrat Philine Steutenberg das Zimmer.

Philine Steutenbergs Gesicht glich einer Maske; nur ihre Augen glühten. „Du hast mich gesucht?“

Stefan Steutenberg war bei ihrem Eintritt aufgesprungen. „Nein“, sagte er jetzt und wandte ihr grob den Rücken zu. „Durchaus nicht.“

„Um so schlimmer“, sagte sie eisig. „Es bestand also nicht der geringste Anlaß, Ines und deine Tochter auszuhorchen.“

„Sei so freundlich und laß uns allein!"

„Damit du Bettina quälst? Damit du sie zu Antworten zwingst, für die sie nicht geradestehen kann?"

Jetzt sah er sie an, seine Mundwinkel zogen sich spöttisch herab. „Du scheinst ein sehr schlechtes Gewissen zu haben, Philine."

„Ich habe mir nichts vorzuwerfen", sagte sie und konnte nicht verhindern, daß ihre Stimme bebte, „nicht das geringste. Deine Eifersucht ist krankhaft."

„Eifersüchtig? Ich? Lachhaft. Ich kann nur keinen Geschmack daran finden, im eigenen Haus betrogen zu werden."

„Glaubst du das im Ernst? Hältst du mich dessen für fähig?"

Eine spannungsgeladene Pause entstand, bis Stefan Steutenberg antwortete.

„Ja", sagte er nur, nichts weiter.

Philine sah ihn mit einem todwunden Blick an. „Danke", sagte sie, „das genügt." Sie drehte sich um und ging zur Tür.

Mit einem Satz war er bei ihr. „Philine! Wo willst du hin?"

Sie riß sich von ihm los. „Fort von hier!" sagte sie.

„Philine, bitte, nimm doch Vernunft an!" Er packte sie wieder, schüttelte sie bei den Schultern. „Du kannst doch nicht einfach fort, nur weil ich ungerecht war. Ja, ich war ungerecht, ich geb' es zu. Aber deshalb kannst du doch nicht . . ."

„Du wirst dich wundern, was ich alles kann!" sagte Philine wild. „Ich habe es satt, daß du es nur weißt. Dich, dieses Haus und dieses ganze verdammte Leben. Ich habe es seit langem satt, aber ich hätte nie für möglich gehalten, daß du anfangen würdest, mir nachzuspionieren! Laß mich jetzt los! Sonst . . ."

Philine Steutenberg brauchte ihre Drohung nicht auszusprechen. Er ließ sie los, als wenn er glühendes Eisen angefaßt hätte, trat sogar einen Schritt zurück.

Eine Sekunde lang glaubte Bettina, daß Philine ihre zornigen Worte zurücknehmen, daß sie ihn um Verzeihung bitten würde, aber sie tat es nicht. Sie drehte sich um und verließ das Zimmer.

Unwillkürlich lief Bettina zur Tür. Sie spürte deutlich, daß nur sie noch in der Lage war, die Stiefmutter zu versöhnen, sie zurückzuhalten. Sie war schon im Begriff, es zu tun, aber sie gab ihrem Impuls nicht nach. Noch bevor sie die Tür erreicht hatte, blieb sie stehen, sah ihren Vater an.

Was kümmerte sie Philine. Wenn die Stiefmutter fort war, würde sie mit ihrem Vater glücklich sein können — so glücklich wie auf ihren Reisen. Sie liebte ihn mehr als jeden anderen Menschen auf der Welt — jetzt würde sie ihn endlich für sich allein haben.

Zu ihrem Geburtstag schenkte Stefan Steutenberg seiner Tochter ein kleines weißes Sportcoupé mit automatischer Kupplung. Bettina hatte vor wenigen Tagen ihren Führerschein bekommen. Sie war sehr glücklich über dieses großzügige Geschenk.

Wenn sie morgens aufwachte, galt ihr erster Gedanke ihrem „Traumauto“, am liebsten wäre sie noch im Pyjama in die Garage gestürzt und hätte es gestreichelt.

Stefan Steutenberg freute sich über die Begeisterung seiner Tochter.

Sie gingen jetzt abends öfter aus, seit Philine das Haus verlassen hatte, besuchten fast jede interessante Theatervorstellung. Aber auch wenn sie zu Hause blieben, langweilten sie sich nicht miteinander. Bettina hatte es noch keinen Augenblick bereut, Philine nicht zurückgehalten zu haben. Der Vater war jetzt, da sie allein waren, sehr viel ausgeglichener. Seine Gereiztheit, seine Zornesausbrüche hatten sich fast gänzlich gelegt, wenn er auch — Bettina gab es sich nur ungern zu — nicht gerade fröhlich war.

Nur ein einziges Mal wagte Bettina das heikle Thema anzuschneiden.

„Weißt du eigentlich immer noch nicht", begann sie unsicher, „ich meine... hat Philine schon einmal geschrieben?"

„Nein", sagte er kurz.

Sie legte ihre Hand auf seinen Arm. „Du machst dir Sorgen um sie, nicht wahr?"

„Bildest du dir etwa ein, daß sie wirklich allein geblieben ist?"

Bettina war einen Augenblick verdutzt. Sie war niemals auf den Gedanken gekommen, daß Philine ihren Vater um eines anderen Mannes willen verlassen haben konnte.

„Doch, sicher", sagte sie. „Überhaupt, wo sie doch Medizin studiert hat und das alles. Ich an ihrer Stelle würde jedenfalls wieder an ein Krankenhaus gegangen sein."

„Ich glaube nicht, daß du recht hast", sagte Stefan Steutenberg, und als Bettina noch etwas sagen wollte, schnitt er ihr mit einer Handbewegung das Wort ab. „Reden wir nicht darüber. Dieses Kapitel meines Lebens ist endgültig abgeschlossen."

Bettina hatte noch viele Fragen auf dem Herzen, aber sie schwieg. Sie hatte sich seit einiger Zeit angewöhnt, sich ganz so zu geben, wie es ihrem Vater gefiel, nur das zu reden, was er hören wollte.

Er selbst war es, der nach einiger Zeit auf das angeschnittene Thema zurückkam. „Komisch", sagte er, „seit

Philine weg ist, habe ich manchmal das Gefühl, daß sie dir sympathischer ist als früher."

Bettina lächelte. „Kunststück, jetzt stört sie uns ja nicht mehr."

„Hast du es so empfunden?"

„Ja. Ich ... sei mir nicht böse ... aber ihr wart immer so gereizt miteinander. Für einen dritten, für mich, war es nicht gerade angenehm."

„Ja", sagte er und nahm einen Schluck Whisky, „ich weiß, Philine hat allerhand mit mir durchgemacht."

„Wie kannst du das sagen!" rief Bettina. „Philine war es doch, die ..."

„Wer weiß. Warte erst einmal ab, bis du selbst verheiratet bist, dann wirst du sehen: Die Schuld liegt meistens auf beiden Seiten."

„Ich will nicht heiraten", sagte Bettina, „nie!"

„Wirklich nicht? Soll das heißen, daß du dein ganzes Leben hier bei mir versauern willst?"

„Ich bin sehr glücklich", sagte Bettina leise, aber sie sah ihn dabei nicht an.

„Aber ... ?"

„Ohne aber!" Jetzt schlug Bettina die klaren weit auseinanderstehenden Augen auf. „Ich bin glücklich. Ich müßte ja verrückt sein, wenn ich nicht glücklich wäre bei allem, was du mir bietest ... Nur ..." Sie stockte.

„Sprich nur."

„Es wäre schön, einen richtigen Beruf zu haben."

„Fängst du jetzt wieder damit an, Bettina! Ich dachte, ich hätte mich unmißverständlich genug ausgedrückt, als ich dir sagte ..."

„Ja, ja, Vater, ich weiß! Ich denke auch gar nicht mehr an ein Büro, das wäre ja schön dumm von mir, aber ... warum darf ich nicht studieren?"

Stefan Steutenberg sah sie verblüfft an. „Was?"

„Medizin zum Beispiel."

„Medizin studieren!" Stefan Steutenberg lachte. „So ein Unsinn! Etwa, um der leidenden Menschheit zu helfen!? Es wimmelt von Ärzten ... warum willst du dann noch ... ?"

„Vielleicht, weil es mir Spaß macht!"

„Wenn du wählen könntest, Bettina", sagte Stefan Steutenberg, „wenn du wählen könntest, sagen wir ... zwischen deinem Auto und einem Studium ... wofür würdest du dich entscheiden?"

„Du weißt genau, wie himmlisch ich es finde, ein Auto zu haben."

„Na also."

„Trotzdem würde es mir, glaube ich, noch mehr Spaß machen zu lernen."

„Und wenn du dann ausgelernt hast, heiratest du irgendeinen hergelaufenen Schnösel."

„Bestimmt nicht."

„So etwas kann man nicht versprechen. In diesem Punkt seid ihr Frauen alle gleich."

„Und wenn es so wäre, wie du annimmst, Vater", sagte Bettina leidenschaftlich, „was würde es schon schaden! Etwas zu wissen ist immer gut, finde ich. Ob man's nun praktisch verwerten kann oder nicht. Du sagst, andere junge Leute können gar nicht schnell genug mit der Schule fertig werden. Dann sei froh, daß ich anders bin!"

Er zauste ihr in dem schimmernden, seidenweichen Haar. „Du gefällst mir, so wie du bist, Bettina, das ist gar keine Frage. Ich bin sehr stolz auf dich."

„Wie stolz wirst du erst sein, wenn die Leute Fräulein Doktor zu mir sagen müssen!"

Stefan Steutenberg lachte. „Mit dem kann man mir nicht imponieren. Philine ..." Er stockte, vollendete den angefangenen Satz nicht. „Es ist nicht ganz in meinem Sinne, Kleines", sagte er statt dessen, „aber wenn es dir so viel Spaß macht, bitte, von mir aus. Erkundige dich mal, wie du am besten zu einem Abitur kommst. Das wird wohl das erste sein. Später können wir dann weitersehen."

„Ich darf?" Bettina war atemlos vor Glück. „Du bist ... was hätte ich bloß ohne dich machen sollen? Ich bin so froh, daß du mein Vater bist!" Plötzlich zuckte ihr ein Gedanke durch den Kopf. „Muß ich mein Auto hergeben?" fragte sie etwas ängstlich.

„Kindskopf!" sagte Stefan Steutenberg zärtlich. „Geschenkt ist geschenkt ..."

Bettina fuhr gleich am nächsten Vormittag nach dem Reiten in die Stadt, um Erkundigungen einzuziehen, und ließ sich in einen Kurs einschreiben, der am 15. September beginnen und sie in drei, möglicherweise sogar nur zwei Jahren zum Abitur bringen sollte. Sie hatte das Gefühl, jetzt endlich auf dem richtigen Weg zu sein.

Sie hatte ihren Wagen gerade in die Garage gefahren, schloß die Tür ab und ging zum Haus hinüber, als sie den Telegrammboten sah, der sein Fahrrad gegen den Gartenzaun gelehnt hatte. Sie trafen in der Haustür zusammen.

Der junge Mann kramte ein Telegramm aus seiner großen schwarzledernen Tasche, verglich die Anschrift mit dem Türschild. „Für Fräulein Bettina Steutenberg", sagte er.

„Das bin ich!" Bettina nahm ihm das Telegramm aus der Hand.

Freude und Unbehagen stritten sich in ihr auf seltsame Weise, während sie die wenigen Worte las:

„eintreffe heute abend elf uhr zwanzig hamburg hauptbahnhof stop freu mich wahnsinnig stop kann vierzehn tage bleiben stop dotty."

Bettina hatte Dotty Glenford mehr als einmal eingeladen, aber sie hatte niemals damit gerechnet, daß Dotty wirklich kommen würde. Sie hatte es nicht für möglich gehalten, daß ihre Eltern dazu die Erlaubnis geben würden. Nun traf sie heute abend in Hamburg ein.

Bettina schloß die Haustür auf und trat in die Diele. Sie wunderte sich über sich selbst. Es hatte Zeiten gegeben, in denen sie Dotty geradezu herbeigesehnt hatte, nur um einen Menschen zu haben, mit dem sie sich aussprechen konnte. Aber jetzt empfand sie Dottys überraschenden Überfall als störend. Jede Stunde, die sie mit dem Vater verbringen konnte, war ihr kostbar. Sie hatte keine Angst, daß Dotty sich zwischen sie und den Vater drängen konnte, aber sie fürchtete, daß Dottys Besuch ihm unangenehm sein könnte. Sie wußte nur zu genau, daß er sie seit jeher abgelehnt hatte.

Nach dem Essen — Bettina aß mittags stets nur eine Kleinigkeit, ein wenig Salat, ein Glas Joghurt, Obst — war ihr Entschluß gefaßt. Sie telefonierte mit der Direktion des Hotels „Atlantik" und ließ ein Einzelzimmer reservieren.

Als sie den Hörer auflegte, fühlte sie sich sehr viel wohler.

Stefan Steutenberg kam wie immer erst kurz vor dem Abendessen. Bettina wollte ihn nicht sogleich mit ihren Problemen überfallen. Sie wartete geduldig ab, schenkte sich und ihm erst einmal einen eisgekühlten Aperitif ein.

Er sah den nachmittäglichen Posteingang durch, warf einen Blick in die Zeitung, bat Bettina, da es immer noch sehr heiß war, seinen Rock ausziehen zu dürfen.

Bettina brannte schon vor Ungeduld, als er endlich fragte:

„Na, wie war's heute, Kleines? Was Besonderes erlebt?"

„Ein Telegramm ist gekommen", platzte Bettina heraus. „Dotty ... du erinnerst dich noch an Dotty? ... sie trifft heute abend in Hamburg ein."

„Na, das ist eine Überraschung", sagte Stefan Steutenberg gelassen, zündete sich eine Zigarette an.

„Es ist mir genauso wenig angenehm wie dir, Vater, das mußt du mir glauben", begann Bettina sich zu verteidigen, obwohl er kein Wort des Vorwurfes hatte laut werden lassen.

Er zog die Augenbrauen hoch, sah sie erstaunt an. „Freust du dich etwa nicht?"

„Ja, schon, aber lieber wäre ich doch mit dir allein!"

Er lachte. „Soll ich mal ganz ehrlich sein, Kleines? Ich freue mich, daß Dotty kommt. Ich freue mich für dich. Mir gefällt es schon lange nicht, daß du deine Zeit mit mir altem Mann vertrauerst. Bitte, sei ganz still, ich weiß, was ich sage. Jugend gehört zu Jugend. Du hast mal sehr für Dotty geschwärmt, oder hast du das schon vergessen? Bestimmt wird ihr Besuch dir guttun."

Stefan Steutenberg schickte Bettina in der Nacht allein zum Bahnhof, und Bettina drängte ihn nicht, mitzukommen. Sie war ganz froh, daß sie die Freundin zuerst allein begrüßen konnte, war sehr gespannt, was Dotty für ein Gesicht beim Anblick ihres weißen Sportwagens machen würde.

Bettina schien es, als wenn Dotty sich nicht im geringsten verändert hätte. Sie riß die Abteiltür auf, kaum daß der Zug stand, hatte auf der Fahrt schon einen jungen Mann erobert, der ihr die Koffer nachreichte, fiel

Bettina stürmisch um den Hals, um sich dann wieder loszureißen und ihr Gepäck zu zählen.

Sie trug ein sehr auffälliges, giftgrünes Kostüm, das das leuchtende Rot des Haares noch hervorhob. Sie redete laut und ungeniert drauflos und schien sich offensichtlich gar nichts daraus zu machen, daß die anderen Reisenden sich nach ihr umsahen.

Aber als sie den Hauptbahnhof verlassen hatten und Bettina den Kofferraum ihres eleganten Sportcoupés aufschloß, verschlug es Dotty doch für einen Augenblick die Sprache. Dann platzte sie heraus: „Donnerwetter! Wo hast du den gekapert?"

„Gefällt er dir?" fragte Bettina mit gespielter Gelassenheit. „Geburtstagsgeschenk. Von meinem Vater."

„Da schlag doch einer gleich lang hin!"

„Lieber nicht", sagte Bettina und lud mit Hilfe des Gepäckträgers die Koffer ein, knallte den Deckel zu und ließ Dotty einsteigen.

„Ich beneide dich wirklich, Bettina!" sagte Dotty, als Bettina wendete und in Richtung Außenalster losfuhr. „Nicht daß meine Eltern sich das nicht leisten könnten, aber die denken nicht daran. Nie im Leben würde es meinem Vater einfallen, mir ein eigenes Auto zu schenken. Bitte, frag mich jetzt nicht, warum, ich weiß es auch nicht."

„Mach dir nichts draus, Dotty", sagte Bettina vergnügt. „Bei uns zu Hause in Dörtlingen pflegte man zu sagen: Die dümmsten Bauern haben immer die dicksten Kartoffeln."

„Das ist gut", sagte Dotty, „das ist sogar sehr gut. Das muß ich mir unbedingt merken." Sie ließ sich in die Polster zurücksinken, schlug die Beine übereinander. „Sag mal, wo ist eigentlich dein Vater?"

„Wo soll er sein? Zu Hause." Bettina warf der Freundin einen flüchtigen Seitenblick zu. „Bist du etwa beleidigt, weil er nicht mitgekommen ist, dich abzuholen?" Sie hatte es ganz gedankenlos, wirklich nur aus Spaß gesagt und stellte verwundert fest, daß Dotty errötet war.

„Was soll der Unsinn?" sagte sie gereizt.

„Entschuldige schon. Ich hätte nie gedacht, daß du so empfindlich sein könntest."

Dotty beugte sich vor, sagte mit verändertem Ton: „Du hast ganz recht, aber diese lange Fahrt, ich bin einfach etwas erschöpft."

„Halt die Ohren steif, in fünf Minuten kannst du deinen müden Leib ausruhen. Ich habe extra Ines gebeten, aufzubleiben, um dir die Koffer auszupacken. Inzwischen nehmen wir in meinem Zimmer einen Drink."

„Meinst du nicht ...", begann Dotty.

„Ja, was denn?"

„Ich müßte doch eigentlich erst deinen alten Herrschaften guten Tag sagen?"

„Dazu ist morgen immer noch Zeit. Sicher ist Vater inzwischen zu Bett gegangen, und was meine Stiefmutter betrifft ..." Bettina zögerte einen Augenblick, bevor sie weitersprach, dann sagte sie entschlossen: „Sie ist verreist."

Bettina hatte für Dotty das große Gästezimmer herrichten lassen, das gleich neben ihrem eigenen lag, allerdings nur über den Flur zu erreichen. Sie halfen Ines die Koffer und Taschen hinauftragen, ließen das Mädchen dann allein.

Bettina brannte darauf, der Freundin ihre eigenen Räumlichkeiten zu zeigen. Dotty war sichtlich beeindruckt.

„Los, leg dich auf die Couch", sagte Bettina. „Was möchtest du trinken?"

„Was kannst du mir anbieten?"

„Alles, was dein Herz begehrt. Allerdings ... ich hab's natürlich nicht bei mir hier auf dem Zimmer. Es ist unten in der Hausbar. Ich trinke eigentlich nie etwas, wenn ich allein bin."

„Meinetwegen brauchst du nicht extra runterzulaufen ..."

„Ich tu's gern. Also, was möchtest du?"

„Eine Zigarette genügt mir im Augenblick vollkommen."

Bettina öffnete die Teakholzdose, schob sie ihrer Freundin hin, reichte ihr das Tischfeuerzeug.

Dotty rauchte, sagte: „Ziemlich trocken, scheint mir!"

Bettina lachte. „Kann ich mir denken. Sie waren hier in der Dose, seit ich eingezogen bin. Ich rauche nämlich nach wie vor nicht."

Dotty streckte sich lang auf der Couch aus, legte eine Hand unter den Kopf, streifte mit der anderen die Asche der Zigarette an einem Kupfertellerchen ab, das Bettina ihr hinhielt.

„Du bist ein komisches Mädchen, Bettina, wahrhaftig. Du könntest ein Leben wie im Paradies führen, dabei ... du weißt nichts aus deinen Möglichkeiten zu machen. Du rauchst nicht, du trinkst fast nichts, bitte, widersprich mir nicht, das sehe ich dir an der Nasenspitze an. Wie verbringst du eigentlich deine Tage?"

„Na ja, nicht eben aufregend", gab Bettina zu.

„Du hast keinen Anschluß gefunden, das sieht dir ähnlich, Bettina, das paßt genau zu dir! Aber warte nur ..." Dotty richtete sich auf und schwang die Beine zu Boden. „Ab morgen wird das anders werden. Du wirst dein blaues Wunder erleben! Jetzt bin ich hier, und ich werde dir jetzt mal zeigen, was leben heißt!"

10

Bettina hatte keine Ahnung, was Dotty eigentlich im Schild führte, aber sie ließ sie vertrauensvoll schalten und walten.

Als sie am Nachmittag auf dem für Bettina reservierten Tennisplatz ein Einzel spielten — Bettina hatte ihre Trainerstunde schon am Morgen abgesagt —, sammelten sich rasch ein paar Zuschauer. Bettina fühlte sich dadurch etwas geniert, obwohl sie bald heraus hatte, daß alle Blicke Dotty galten, die ganz offensichtlich „auf Schau" spielte.

Bettina war diesmal ehrlich erleichtert, als die Zeit um war und sie den Platz für die nächsten Spieler — zwei ältere Ehepaare — freigeben mußte.

„Wenn wir uns beeilen", sagte sie zu Dotty, als sie, die Schläger unter dem Arm, auf dem Weg zwischen den Tennisplätzen davonschlenderten, „können wir vor dem Abendessen noch ins Kino gehen."

Dotty riß die dunkel gemachten Augen auf. „Ins Kino? Bist du wahnsinnig?"

„Na, entschuldige schon, es war nur ein Vorschlag."

„Hast du vergessen, daß ich diese blasierte Bande hier erobern will? Jetzt geht's erst los. Lächeln, Bettina, immer lächeln! Mit deiner Trauermiene machst du ja die Pferde scheu." Dotty steuerte geradewegs auf die Terrasse zum Haus zu.

„Wollen wir uns nicht wenigstens erst umziehen?" fragte Bettina.

„Wozu? Wenn mich nicht alles täuscht, sehe ich da vorn ein paar Figuren, die auch im Tennisdreß ihren Drink nehmen."

„Ja, aber ...“ Bettina sprach nicht weiter. Sie traute sich nicht, Dotty zu sagen, daß sie ihren Tennisanzug entschieden zu knapp bemessen fand.

„Und bitte, sprich französisch mit mir!“ sagte Dotty. „Damit sie merken, daß ich eine Ausländerin bin, das wirkt immer.“

„Wäre es da nicht besser, wir würden englisch sprechen?“

„Englisch? Ich gehe jede Wette ein, das kann hier in Hamburg jeder.“

Nebeneinander stiegen sie die breite Treppe zur Terrasse hinauf. Dotty ging geradewegs auf die Bar zu, schwang sich auf einen leeren Hocker, sprach französisch auf den verwirrten Mixer ein.

Bettina sah sich gezwungen, für Dotty zu übersetzen. „Meine Freundin wünscht einen Gin-Fizz“, sagte sie, „mir geben Sie bitte ... eine Limonade!“

Dotty zog ein kleines goldenes Zigarettenetui aus ihrem Tennisbeutel, nahm sich eine Zigarette heraus, tat, als wenn sie Feuer suchte, obwohl Bettina genau wußte, daß sie ein tadellos funktionierendes Feuerzeug bei sich hatte. Sie schwenkte ihre Zigarette so lange in der Luft herum, bis der Mixer ihr endlich Feuer reichte, sagte hochnäsig: „Merci!“ schlug die nackten Beine übereinander, rauchte affektiert durch die Nase.

Bettina wußte nicht, ob sie lachen oder sich schämen sollte. Sie zog es vor, Dottys Benehmen komisch zu finden, und schmunzelte.

Dotty musterte unter halbgesenkten Wimpern hervor eine Gruppe von Herren, die an der Brüstung lehnten und miteinander plauderten.

Bettina war so damit beschäftigt, Dottys Mienenspiel zu studieren, daß sie zusammenzuckte, als sie sich angesprochen hörte. Sie fuhr herum, sah sich einem schlanken jungen Mädchen in einem weißen Faltenröckchen gegenüber. „Entschuldigen Sie", sagte Bettina, „ich habe nicht verstanden ... haben Sie mit mir gesprochen?"

Das Mädchen lächelte. „Ich habe nur gefragt, ob Ihre Freundin Französin ist?"

„Nein, das nicht", sagte Bettina ehrlich, fügte dann mit einem erschrockenen Seitenblick zu Dotty hin. „Sie ist Engländerin."

„So?" fragte das Mädchen erstaunt. „Weshalb spricht sie dann französisch?"

„Wir waren zusammen in Genf im Internat", erzählte Bettina, „und weil mein Französisch besser ist als mein Englisch ... übrigens ist es eine Übungssache." Bettina hielt das Gespräch für beendet, nahm einen Schluck Limonade, sah wieder zu Dotty.

Aber das junge Mädchen schien noch mehr auf dem Herzen zu haben. „Wir haben Sie übrigens jeden Tag beobachtet", sagte sie.

„Dotty? Aber sie ist erst gestern abend angekommen!"

„Nein, ich meine Sie!"

Bettina stellte ihre Limonade aus der Hand. „Mich? Davon habe ich gar nichts gemerkt."

Das Mädchen lächelte. „Oh, wir machen so etwas sehr diskret, ich habe mir jedenfalls alle Mühe gegeben, meine Brüder davon abzuhalten, Sie nicht allzu auffällig anzuschwärmen." Sie streckte Bettina die Hand entgegen. „Ich heiße Helga Schmitt."

„Ich bin Bettina Steutenberg", stellte Bettina sich vor.

Helga Schmitt lächelte. „Ja, ich weiß, und Sie wohnen mit Ihrem Vater am Harvestehuder Weg."

„Woher wissen Sie das?"

Jetzt lachte Helga Schmitt offen heraus. „Spionage! Nichts als Spionage. Sie dürfen uns das nicht übelnehmen, ... wir waren einfach zu neugierig. Immer haben wir auf eine Gelegenheit gewartet, Sie anzusprechen, aber Sie hatten es jedesmal so eilig! Wir waren schon ganz verzweifelt." Helga Schmitt sah Bettina prüfend an. „Sagen Sie es ruhig, wenn ich Ihnen mit meinem Geschwätz auf die Nerven falle", bat sie. „Gerald, das ist mein ältester Bruder, müssen Sie wissen ... behauptet, Sie gehören zu denen, die lieber allein sein wollen."

„Nein, nein, ganz bestimmt nicht", widersprach Bettina rasch, „es ist nur ... es war nur, ich habe niemanden hier gekannt."

„Darf ich Ihnen meine Brüder vorstellen? Es hängt sehr viel für mich davon ab."

„Natürlich dürfen Sie", sagte Bettina, „was für eine Frage! Aber ...", sie hielt Helga Schmitt, die sich schon davonmachen wollte, am Arm zurück, „... eines möchte ich doch noch wissen: Was hängt für Sie davon ab?"

Helga grinste. „Wir haben gewettet, meine Brüder und ich. Um das Taschengeld von einer Woche. Wenn ich es fertigbringe, Sie zu kapern, darf ich das Taschengeld von allen kassieren. Das ist 'ne Wucht, was? Warten Sie eine Sekunde, ich hole die drei."

„Na", sagte Dotty triumphierend, als Helga Schmitt davonstob, „was habe ich dir gesagt? Es ist ganz einfach. Allein hättest du's nie fertiggebracht. Da mußte erst ein Mädchen aus London kommen."

Bettina hätte eine Menge darauf zu erwidern gewußt, aber sie hatte keine Lust, sich mit Dotty zu zanken. Sie war so glücklich, daß sie endlich Freunde in Hamburg gefunden hatte, daß sie gern bereit war, Dottys Angabe in Kauf zu nehmen.

Stefan Steutenberg stand auf und legte seine Zeitung aus der Hand, als die Mädchen ins Wohnzimmer kamen. Dotty errötete leicht, als sie ihm die Hand gab.

„Willkommen in Hamburg“, sagte er freundlich, „aber mir scheint, ich komme mit diesem Wunsch zu spät. Ihr seht beide so unternehmungslustig aus, als wenn sich große Dinge ereignet hätten!“

„Eigentlich nicht“, sagte Dotty und zuckte die hübschen Schultern. „Ich meine, für mich war's nichts Besonderes. Nur für Bettina!“

„Wirklich?“ Jetzt sah Stefan Steutenberg seine Tochter an. „Was war denn los?“

„Ein Mädchen namens Helga Schmitt hat uns zu einer Party eingeladen“, sagte Bettina.

„Na, wundervoll! So etwas hast du dir doch lange gewünscht, wie? Wann soll das Fest denn steigen?“

„Diesen Samstag.“

„Ausgezeichnet! Ich war da schon in einer gewissen Klemme ...“

„Wieso denn, Vater?“

„Ja, weißt du, du hast mich doch schon vor langer Zeit gelöchert, die Karten für das Gastspiel dieser amerikanischen Negertruppe zu besorgen ...“

Bettina sprang auf. „Hast du sie bekommen?“

„Ja, es sollte eine Überraschung werden.“

„Oh, Väterchen!“ Bettina fiel ihrem Vater um den Hals. „Wie wundervoll!“

Stefan Steutenberg faßte seine Tochter bei den Handgelenken und machte sich behutsam aus ihrem Griff frei. „Es wär so schön gewesen! Jetzt geht ihr auf die Party. Bitte, einen Augenblick ... still, laßt mich mal reden, meine Damen ... ich habe ja auch nur zwei Karten. Ich hatte schon gefürchtet, ich müßte sie euch beiden überlassen. Aber da ihr ja jetzt die Party habt ...“

„Ich mache mir aus dieser Party überhaupt nichts“, sagte Dotty rasch, „ich wäre viel lieber in das Musical gegangen!“

Ich auch, wollte Bettina schon sagen, aber Stefan Steutenberg kam ihr zuvor.

„Wie ich unsere Bettina kenne, wird sie Ihretwegen gern verzichten, Dotty“, sagte er. „Nicht wahr, Kleines? Dotty ist schließlich dein Gast, du überläßt ihr deine Karte, denke ich.“

„Aber ... ich ... warum?“ stammelte Bettina, völlig überrumpelt.

„Na, du hast doch jetzt die Party. Natürlich, ich weiß, ich könnte auch euch beide allein ins Theater gehen lassen, aber das will ich nicht. Deinetwegen, Bettina. Ich bin so froh, daß du endlich Anschluß gefunden hast. Es wäre schade, die Gelegenheit zu verpassen. Für Dotty bedeutet es nichts, sie ist ja nur kurze Zeit hier.“

„Ich freue mich wie eine Irre“, sagte Dotty strahlend.

„Und du, Bettina?“ fragte Stefan Steutenberg. „Ich hoffe, du bist auch mit dieser Lösung einverstanden?“

„Ja“, sagte Bettina, „ja, natürlich ...“

Aber in Wahrheit fühlte sie sich so enttäuscht wie selten vorher in ihrem Leben.

Am Samstag abend leistete Bettina der Freundin Gesellschaft, während sie sich anzog und zurechtmachte. Dotty hatte für diesen Abend ein moosgrünes Kostümkleid mit großem Ausschnitt und einem weiten, gebauschten Rock gewählt, das ihre Filigranfigur wunderbar unterstrich.

„Du siehst phantastisch aus!“ sagte Bettina ehrlich, als die Freundin sich nach vollendeter Toilette Bewunderung heischend vor ihr drehte.

„Man tut, was man kann“, gab Dotty vergnügt zurück, aber an dem eitlen Blick, mit dem sie ihr Spiegelbild noch einmal musterte, sah Bettina, wie sehr sie mit sich zufrieden war.

Bettina begleitete Dotty noch hinunter. Stefan Steutenberg wartete schon in der Halle.

Wie schon so oft dachte Bettina, daß sie noch nie einen anziehenderen Mann gesehen hatte.

Sie trat auf ihn zu, entfernte ein Stäubchen vom Aufschlag seines Jacketts und sah voll zärtlicher Bewunderung zu ihm auf. „Viel Spaß, Vater!"

Er küßte sie flüchtig auf die Stirn. „Wir werden uns Mühe geben, Kleines. Bitte, warte nicht auf uns! Es kann vielleicht später werden."

„Macht ja nichts, Vater, ich gehe doch auch aus!"

„Das hatte ich ganz vergessen." Stefan Steutenberg bot Dotty seinen Arm.

„Vater", rief Bettina, „hast du das schon gesehen?"

Er fuhr herum. „Was? Wovon sprichst du?"

„Nein, so etwas. Dotty ... guck doch mal! Die ersten grauen Haare!" Bettina wollte mit den Fingerspitzen zart die Schläfen ihres Vaters berühren.

Er schlug sie so heftig auf die Hand, daß sie vor Schmerz aufschrie. „Vater!"

„Du benimmst dich wie ein Baby!" sagte er zornig. „Graue Haare, was ist schon dabei? Schließlich bin ich kein Jüngling mehr."

„Aber das habe ich doch gar nicht gesagt! Ich wollte dich ja nicht kränken, Vater! Nur das habe ich heute zum erstenmal gesehen, und da fand ich ..."

„Hör auf! Ich kann dieses Geschwätz nicht ertragen!" Stefan Steutenberg machte sich auch von Dotty frei und ging mit großen Schritten zur Haustür.

Bettina wollte hinter ihm her, aber Dotty hielt sie zurück. „Laß ihn jetzt!" zischelte sie leise. „Laß ihn! Ich kann besser mit Männern umgehen! Ich weiß schon, wie ich ihn beruhige!" Sie trippelte hinter ihm her, rief:

„Stefan! Bitte, nicht so schnell! Sehen Sie nicht, ich habe Ihnen zur Ehre meine allerhöchsten Absätze angezogen."

Die Haustür fiel hinter ihnen ins Schloß.

Bettina trat ans Fenster, sah zu, wie ihr Vater Dotty ins Auto half, sich selbst ans Steuer setzte. Sie begriff, daß es ein Fehler gewesen war, ihn im Beisein der Freundin auf seine grauen Haare aufmerksam zu machen — sie hatte es wirklich ohne böse Absicht getan.

Was fiel Dotty ein, ihn einfach „Stefan" zu nennen.

Ihr Herz tat weh, als sie Dotty und ihren Vater nebeneinander sah, als sie beobachtete, wie Dotty ihm ihr strahlendes Gesicht zuwandte. Aber um keinen Preis der Welt hätte sie es über sich gebracht, ihren Platz am Dielenfenster zu verlassen, bevor das Auto außer Sichtweite war.

Die Kellerparty bei Schmitts war eine Wucht. Bettina war froh, daß sie nicht auf Dottys Rat gehört und sich ihr hübschestes Kleid angezogen hatte. Sie war in langen Hosen und einem kurzen Pullover goldrichtig angezogen. Die Flasche Gin und die hundert Zigaretten, die sie mitbrachte, trugen das ihrige dazu bei, sie beliebt zu machen.

Helgas Bruder Gerald tanzte fast ununterbrochen mit ihr, und selbst wenn irgendein Jüngling sie von seiner Seite riß, verstand er es doch immer wieder, sie nach kürzester Zeit zurückzuerobern.

Einige der jungen Leute, die auf Bergen von Kissen und Decken an den Wänden entlang hockten, tranken Gin, andere Cola, manche schütteten beide Getränke durcheinander. Überhaupt schien es Bettina kennzeichnend für diese ganze Kellerparty zu sein, daß jeder tun und lassen durfte, was er wollte.

Sie selbst fand es herrlich, unter jungen Leuten zu

sein. Es war noch nicht lange her, seit sie das letztemal getanzt hatte, aber ihr Vater liebte langsame Rhythmen, und Bettina fand sie an seiner Seite auch am schönsten. Aber jetzt fühlte sie fast zu ihrer eigenen Verwunderung, wieviel Spaß es macht, ausgelassen und wild zu sein. Nur manchmal und sehr flüchtig dachte sie an Dotty und an ihren Vater.

Die Party endete so schlagartig, wie sie begonnen hatte. Um Punkt zwei Uhr nachts stellte der jüngste Bruder Schmitt den Stereoplattenspieler ab. Helga Schmitt öffnete das Fenster weit, die anderen Brüder krempelten ihre Ärmel hoch — und wer von den Gästen dann noch diesen unmißverständlichen Hinweis nicht begriffen hatte, wurde mit nicht ganz sanfter Gewalt auf die Straße geschoben.

Bettina lächelte vor sich hin, als sie den Wagen zu Hause in die Garage fuhr.

Das Haus lag ganz dunkel. Bettina war überzeugt, daß ihr Vater und Dotty längst heimgekommen waren. So leise wie irgend möglich schloß sie die Haustür auf. Sie wagte nicht einmal, in der Diele Licht zu machen, und tappte im Finstern zur Treppe hin, zog sich die flachen Schuhe aus und stieg leise nach oben.

Sie hatte die Biegung der Treppe erreicht, als sie plötzlich glaubte, ein Geräusch gehört zu haben, und ganz still stehenblieb.

Tatsächlich, sie hatte sich nicht getäuscht. Die Haustür wurde aufgeschlossen, und fast gleichzeitig das kleine Dielenlicht angeknipst. Das konnten nur Dotty und ihr Vater sein.

Da hörte sie auch schon eine männliche Stimme, und sie erkannte nur mit Mühe die ihres Vaters, so verändert schien sie ihr: „Gute Nacht, Süßes! Sieh zu, daß du jetzt rasch in die Klappe kommst!"

„Ach, Stefan, es war so wundervoll", antwortete Dotty, „du bist für mich ... du ahnst ja nicht ..."

„Still! Doch nicht hier!"

„Ich möchte es dir überall und immer wieder sagen, Stefan!"

Es folgte eine Stille, die Bettina veranlaßte, sich über das Treppengeländer vorzubeugen. Sie sah, wie ihr Vater ihre Freundin in den Armen hielt und leidenschaftlich küßte.

Sie erschauerte bei diesem Anblick und fuhr zurück.

„Ich liebe dich", hörte sie Dottys Stimme flüstern, heiser vor Sinnlichkeit. „Stefan, du ahnst ja nicht, wie ich dich liebe."

„Du bist die süßeste kleine Hexe, die ich je gekannt habe."

Bettina hielt sich die Ohren zu, sie hörte nichts mehr, wollte nichts mehr hören. Ihre Gedanken arbeiteten fieberhaft. Wie konnte sie der peinlichen Situation entfliehen? Wenn sie nur einen Schritt vorwärts tat, mußten die beiden sie hören. Wenn sie stehenblieb, wo sie stand, würde es nicht lange dauern, und sie würden sie hier oben entdecken.

Dann sah sie im schummrigen Licht der kleinen Dielenbeleuchtung, wie der Vater den Arm um Dottys Schulter legte, sie durch die holzgetäfelte Tür in sein Arbeitszimmer schob. Er trat hinter ihr ein, zog die Tür ins Schloß.

Bettina atmete auf. Wenigstens die peinliche Entdeckung war ihr erspart geblieben. Mit großen Sätzen jagte sie die Treppe nach oben.

Erst als sie die Tür hinter sich abgeschlossen hatte, fühlte sie sich ein wenig besser. Aber der Schmerz in ihrem Herzen blieb. Die beiden Menschen, die ihrem

Herzen am nächsten standen, hatten sie verraten. Das war abscheulich.

Aufschluchzend warf Bettina sich über ihr Bett.

Beim Frühstück am nächsten Morgen sahen Stefan Steutenberg und Dotty übernächtigt aus. Bettina stellte es mit Genugtuung fest. Beide waren blaß und hatten dunkle Ringe um die Augen. Sie sprachen kaum, sahen sich nicht an, und wenn sie miteinander reden mußten, taten sie es in der offiziellen Sie-Form.

„Es wäre komisch, wenn's nicht so traurig wäre", sagte Bettina.

Der Vater zuckte zusammen. „Was hast du gesagt?"

„Ich? Gar nichts. Wahrscheinlich nur laut gedacht."

Er steckte sich den letzten Bissen seines Toastbrotes in den Mund, stand auf. „Ach ja, übrigens habe ich ganz vergessen zu fragen, wie war's auf deiner Party?" fragte er mit erzwungenem Interesse.

„Prächtig. Ein Jammer, daß du nicht mitgekommen bist!"

„Ich? Wieso denn? Ich dürfte für solchen Rummel doch schon ein bißchen zu alt sein."

„Wirklich? Seit wann bist du denn zu dieser überraschenden Erkenntnis gekommen?"

Sie dachte, er würde jetzt losbrüllen, aber er sagte nur unbehaglich: „Hör mal, Bettina, was soll denn das? Komm, hör auf, verrückt zu spielen. Übrigens habe ich gleich eine geschäftliche Besprechung."

„Heute am Sonntag?"

„Jawohl, wenn du nichts dagegen hast." Er klopfte ihr auf die Schulter. „Also, bis heute abend! Auf Wiedersehen, Dotty!"

Dotty sprang auf. „Warten Sie doch, Herr Steutenberg; Sie hatten mir versprochen . . ."

„Dotty", sagte Bettina mit sanfter Stimme, „kannst du nicht verstehen, daß mein Vater arbeiten muß? Übrigens hast du eine Verabredung mit mir heute morgen. Wir wollten zusammen ausreiten."

„Ach ja, natürlich. Aber leider ... bitte, entschuldige mich." Dotty warf die Serviette auf den Tisch und lief zur Tür.

Bettina blieb sitzen und zwang sich weiterzuessen, obwohl Toast und Schinken, ja selbst das Ei, ihr wie Stroh schmeckten.

Als sich die Tür hinter ihrem Rücken öffnete, wußte sie, ohne sich umzusehen, daß es nur Ines sein konnte. Sie stand auf, sagte: „Wir sind fertig, Ines! Sie können abräumen."

Ines trat, das Tablett auf dem Arm, näher. „Die beiden — der Herr Steutenberg und das Fräulein Dotty — sind zusammen abgebraust. Die hat's erwischt, wenn Sie mich fragen."

„Ich habe Sie nicht gefragt", sagte Bettina kühl.

In ihrem Hirn bohrte ein einziger Gedanke: Das kann nicht sein, das darf nicht sein! Es muß etwas geschehen!

11

Bettina hatte niemals mit ihrem Vater darüber gesprochen, wohin sich Philine nach dem Verlassen des Hauses gewandt haben könnte. Sie hatte auch niemals bewußt darüber nachgedacht. Aber jetzt, wo sie einen Menschen brauchte, mit dem sie sprechen konnte, schien es ihr plötzlich ganz klar, daß Philine nur zu Dr. Grotius geflohen sein konnte oder daß der Arzt doch zumindest wissen mußte, wo sie sich aufhielt.

Das Telefon stand im Herrenzimmer. Bettina wählte die Auskunft, bat um die Telefonnummer des Sanatoriums von Dr. Grotius am Schliersee.

„Einen Augenblick, bitte!“ sagte das Fräulein.

Bettina wartete.

„Sechzig-vierunddreißig. Sie können direkt wählen“, sagte das Telefonfräulein, „die Vorwahl von Schliersee ist null-achtzig-sechsundzwanzig. Haben Sie?“

„Null-achtzig-sechsundzwanzig“, wiederholte Bettina, „ja, danke. Vielen Dank.“

Sie drückte die Gabel herunter und wählte. Dann lauschte sie, hörte das Freizeichen — einmal, noch einmal und wieder —, dann meldete sich eine etwas atemlose Stimme: „Hier Sanatorium Dr. Grotius . . .“

Bettina hatte eigentlich vorgehabt, den Arzt selbst zu sprechen, aber ehe sie noch recht wußte, was Sie tat, fragte sie: „Ich möchte Frau Philine Steutenberg sprechen . . . Dr. Philine Steutenberg.“

„Einen Augenblick.“ Es gab einen kleinen Knacks, als wenn der Hörer auf die Schreibtischplatte gelegt worden wäre.

Bettina wartete geraume Zeit, dann meldete sich Schliersee wieder. „Bedaure, die Frau Doktor ist nicht im Haus. Wer spricht denn, bitte?“

„Danke, ich danke Ihnen! Ich werde nachher noch einmal anrufen“, sagte Bettina und legte auf. Einen Augenblick blieb sie, ein wenig atemlos vor Aufregung, auf der Schreibtischkante sitzen. Sie hatte also recht gehabt; Philine war bei Dr. Grotius.

Eines stand fest. Wenn sie Philine nicht aus dem Haus geekelt hätte, wäre die Sache mit Dotty nie passiert.

Dotty kam erst am frühen Nachmittag zurück.

Sie fand Bettina im Garten. Bettina hatte ihren grünen Bikini an und lag bäuchlings im Gras.

„Bettina", sagte Dotty, „endlich! Ich habe dich überall gesucht."

Bettina gab keine Antwort.

Dotty versuchte es anders. „Du, hör mal", sagte sie, „du hast dich sicher gewundert, wo ich den ganzen Tag gesteckt habe . . ."

Jetzt endlich hob Bettina den Kopf, aber die große Sonnenbrille verbarg den Ausdruck der Augen. „Überhaupt nicht", sagte sie.

„Dein Vater hat mich nämlich in die Stadt mitgenommen", redete Dotty, etwas nervös, weiter, „stell dir vor, ich habe ein paar von seinen Freunden kennengelernt. Wirklich furchtbar nette Leute. Denk dir nur, weil ich dabei war, sind sie nicht wie sonst in den Klub essen gegangen. Da dürfen nämlich nur Männer hinein. Was sagst du jetzt?"

Bettina schwieg und sah Dotty weiter mit undurchdringlichem Gesicht an.

„Also, wir haben alle zusammen in den ‚Vier Jahreszeiten' gegessen. Ich wollte dich noch anrufen, aber . . . es ging alles zu schnell, du wärst nicht mehr rechtzeitig gekommen."

„Sehr liebenswürdig von dir", sagte Bettina.

„Ja, weißt du, und da beim Lunch habe ich plötzlich eine großartige Idee gehabt. Wie wär's, wenn wir mal eine richtige Party veranstalten würden? Das würde dir doch sicher auch Spaß machen, nicht wahr? Die Herren waren jedenfalls Feuer und Flamme, als ich es ihnen vorschlug. Alle haben angenommen. Wir haben sogar das Datum festgesetzt. Nächstes Wochenende."

„Damit du ganz klar siehst, ich werde meine Zustimmung zu dieser blöden Party nicht geben!"

Dotty lachte höhnisch. „Deine Zustimmung! Daß ich nicht lache! Was bildest du dir denn ein? Dein Vater ist einverstanden. Glaubst du, er hat es nötig, dich um Erlaubnis zu fragen? Wenn es dir nicht paßt, brauchst du ja nicht mitzumachen. Niemand wird traurig sein, wenn du nicht dabei bist."

Bettina sprang mit einem Ruck auf, trat auf Dotty zu. „Du bist wirklich die unverschämteste Person, die mir je begegnet ist, Dotty", sagte sie kalt. „Bloß weil mein Vater dich geküßt hat, bildest du dir wohl ein, du würdest die künftige Frau Steutenberg, wie? Aber so schnell, wie du glaubst, geht das nicht. Da haben andere Leute noch ein Wörtchen mitzusprechen!"

„Du etwa?" schrie Dotty. „Oder deine saubere Stiefmutter?"

„Ja, auch Philine", sagte Bettina ruhig.

„Daß ich nicht lache! Willst du etwa immer noch das Märchen aufrechterhalten, daß sie verreist ist? Ich weiß besser Bescheid. Die beiden sind auseinander. Vollkommen auseinander. Sie hat ihn schon seit langem nicht mehr verstanden."

Bettina spürte, daß in Dottys Worten etwas Wahres war, sie wurde unsicher. „Er kann nicht so verblendet sein, sich ausgerechnet in dich zu verlieben", sagte sie hilflos.

Dotty lachte triumphierend. „Er hat es schon getan. Was sagst du jetzt?"

„Dotty", Bettinas Stimme klang verzweifelt, „wie kannst du so gemein sein? Warum tust du das alles? Was habe ich dir getan?"

„Himmel, warum mußt du aus allem eine Tragödie machen? Was ist schon dabei, daß ich eine Party geben will? Mach mit und sei vergnügt! Das ist alles, was ich von dir verlange."

„Ich habe über einen Monat bei euch gelebt", sagte

Bettina, „aber nie wäre es mir auch nur im Traum eingefallen, in eurem Haus eine Party zu geben."

„Darauf habe ich gewartet. Daß du überhaupt wagst, es zu erwähnen. Nein, eine Party hast du nicht gegeben, dafür aber hast du mir den Mann weggeschnappt, der für mich bestimmt war! Oder solltest du dich etwa nicht mehr erinnern? Wie war das doch noch mit William C. Baker? Ich glaube, dein Vater würde sich sehr für diese Geschichte interessieren. Er scheint in dir immer noch das unschuldige Täubchen zu sehen."

„Dotty! Wie kannst du nur! Du weißt genau ..."

„Was ich gesehen habe. Du hast in seinen Armen gelegen ..."

„Ja, aber das habe ich dir doch alles erklärt. Ich habe es dir doch geschrieben. Er hat mich einfach überrumpelt. Er war doch ..."

„Jedenfalls hat er sich seitdem nie mehr bei uns sehen lassen. Ich hoffe, diese Tatsache genügt, dir endlich den Mund zu stopfen."

Bettina holte tief Luft. „Und selbst wenn es so wäre. Selbst wenn ich mit diesem Amerikaner geflirtet hätte ... ist das ein Grund, dich an meinen Vater heranzumachen?"

„Willst du es mir etwa verbieten? Auf was hin denn? Ich liebe ihn. Ich habe ihn von Anfang an geliebt, und er liebt mich, daß du's nur weißt. Du kannst platzen vor Eifersucht. Er liebt mich, weil ich die Frau für ihn bin. Aber du ... du bist ja bloß seine Tochter!"

Bettina hatte sich zum Abendessen umgezogen. Sie saß gerade in ihrem Frisiermantel vor dem großen Toilettenspiegel und war dabei, sich ihr Haar zu bürsten, als es an die Zimmertür klopfte.

„Herein!“ rief sie sofort, überzeugt, daß es Dotty war, die sich entschuldigen wollte.

Aber es war ihr Vater.

„Du?“ sagte sie erstaunt, ließ die Bürste sinken und sah ihn im Spiegel an.

Sein männliches Gesicht wirkte düster und gleichzeitig ein wenig verlegen. „Guten Abend, Bettina“, sagte er.

„Setz dich doch, Vater.“

„Bettina, ich habe mit dir zu reden“, sagte Stefan Steutenberg.

„Ja?“

„Dotty hat mit mir gesprochen“, sagte er.

Bettina schwieg.

„Du wirst dir denken können, was sie mir gesagt hat, nicht wahr?“ fuhr Stefan Steutenberg fort.

„Nein“, sagte Bettina ruhig, „woher soll ich das wissen. Dotty pflegt seit jeher Lüge und Wahrheit durcheinanderzuwerfen.“

„Dein Versuch, Dotty schlechtzumachen, ist kindisch. Immerhin war sie sehr lange Zeit deine beste Freundin.“

„Ja, Vater, aber damals war ich sechzehn.“

„Dotty ist ein liebenswerter, feiner Kerl.“

„Wie du meinst.“

Stefan Steutenberg stand auf und begann mit großen Schritten über den dicken weißen Schafwollteppich auf und ab zu gehen. Plötzlich blieb er vor Bettina stehen. „Warum machst du es mir so schwer?“ fragte er, und seine Stimme klang fast verzweifelt.

„Was denn, Vater?“

„Dotty hat mir gesagt ...“ Er unterbrach sich selbst mit einer Handbewegung. „Nein, so komme ich wohl nicht weiter. Dotty hat die Idee gehabt, eine Party zu veranstalten. Ich war und bin von diesem Gedanken sehr angetan. Gerade deinetwegen ist es mir lieb, wenn etwas

Bewegung ins Haus kommt. Ich bin sicher, Dotty hat es gut gemeint. Was hältst du nun von dieser Idee?"

„Warum fragst du mich? Hat Dotty dir etwa nicht erzählt, daß ich sie für ganz und gar blödsinnig halte?"

„Bettina, du bist unausstehlich! Es ist wahr! Ich habe mich in deiner Kindheit vielleicht nicht genug um dich gekümmert, aber habe ich jetzt nicht alles nachgeholt? Habe ich nicht alles für dich getan, was in meiner Macht steht? Und du? Wie hast du es mir gedankt? Mit Unzufriedenheit und immer neuen Ansprüchen!"

„Vater", sagte Bettina und hatte Mühe, ihre Stimme in der Gewalt zu halten, „du bist sehr ungerecht."

„Und du bist lieblos."

„Das ist doch nicht wahr!"

„Doch. Du bist, leider muß ich es sagen, eine völlig egoistische Person. Du verlangst, daß ich Tag und Nacht nur für dich da bin. Du klammerst dich an mich wie eine Klette. Philine war ja Gold gegen dich."

Bettina sprang auf. „Ja, und Dotty ist wohl das wahre Platin, wie? Vater, bitte, ich weiß, du meinst es nicht so, du sagst Dinge, die du gar nicht sagen willst, die du auch nie gedacht haben kannst. Dotty ist an allem schuld. Seit sie in unser Haus gekommen ist..."

„Unsinn. Dotty hat damit gar nichts zu tun."

„Doch, Vater. Glaub mir doch. Sie hatte es von Anfang an auf dich abgesehen. Sie hat es mir ja selbst gesagt. Sie hat dich verrückt gemacht, sie hat dich gegen mich aufgehetzt. Bitte, Vater, bitte, schick Dotty fort. Wenn du mich liebst..."

„Dotty bleibt."

„Vater, was soll denn daraus werden? Es wird einen Skandal geben. Dotty und du, ihr beide paßt doch gar nicht zusammen. Denk doch bloß an den Altersunterschied."

„Danke“, sagte er schneidend, „auf meine grauen Haare hast du mich gestern abend schon taktvollerweise aufmerksam gemacht.“

„Aber so meine ich es doch gar nicht, Vater. Nicht daß du alt bist, nein, bestimmt nicht; aber für Dotty bist du doch eben nicht mehr jung genug. Was rede ich denn da ... daran liegt es ja gar nicht. Aber Dotty ... du kennst sie gar nicht. Sie ist ganz anders, als du dir vorstellst. Sie würde dir nicht treu sein, auch dann nicht, wenn du zehn Jahre jünger wärst. Sie ist immer nur auf Abenteuer aus, Vater, glaub mir doch. Ich kenne sie.“

„Jetzt ist's aber genug!“ sagte Stefan Steutenberg und schnitt seiner Tochter mit einer Handbewegung das Wort ab. „Wenn du glaubst, dich bei mir beliebt zu machen, indem du Dotty anschwärzt, dann hast du dich geirrt. Ich weiß, daß Dotty kein Engel ist, aber du bist es auch nicht. Du hast kein Recht, Dotty zu beschimpfen. Dotty ist mein Gast. Nachdem sie sich über dich beschwert hat, bin ich gezwungen, einzugreifen. Du wirst Dotty um Verzeihung bitten, Bettina.“

„Nein! Das werde ich nicht!“

„Du wirst es tun, denn du hast dich unmöglich benommen.“

„Das kannst du nicht von mir verlangen, Vater, du weißt ja nicht, wie Dotty mich gereizt hat.“

„Das glaube ich dir sogar“, sagte Stefan Steutenberg in verändertem Ton. „Ja, ich glaube es dir, Bettina. Du bist diesem Mädchen nicht gewachsen. Aber dennoch, du mußt dich überwinden und sie um Verzeihung bitten. Hilf ihr, alle Vorbereitungen für die Party zu treffen ...“

„Nein, Vater. Siehst du denn nicht, daß sie diese Party nur veranstalten will, um sich aufzuspielen?“

„Das ist doch ganz gleichgültig, Bettina. Dotty wird ja nicht ewig hierbleiben . . .“

„Soll das heißen, daß sie nächsten Montag abreisen wird, so wie es ausgemacht war?“

„Na, dafür kann ich nicht garantieren . . .“

„Also nicht.“

Stefan Steutenbergs Gesicht verschloß sich. „Du bist eifersüchtig, Bettina. Das ist dein Fehler. Du warst eifersüchtig auf Philine, und jetzt bist du eifersüchtig auf Dotty. Ich laß mir meine Freiheit nicht nehmen, von niemandem und am allerwenigsten von dir. Ich war niemals verpflichtet, dich in mein Haus zu nehmen. Ich habe es getan, um deiner Mutter willen. Jetzt tut es mir leid. Verdammt leid tut es mir.“

Er drehte sich um, riß die Tür auf, verließ das Zimmer, zog sie mit einem Knall hinter sich ins Schloß.

Bettina stand eine Sekunde wie erstarrt. Dann raffte sie sich zusammen, lief die schmale Stiege zum Boden hinauf, nahm den ersten besten Koffer, brachte ihn in ihr Zimmer hinunter und begann, ohne ihn erst abzustauben, Unterwäsche, Schuhe, Kleider und Kostüme hineinzustopfen, zuletzt kam das Waschzeug hinein, dann kniete sie sich darauf, drückte die Schlösser zu, nahm sich einen Regenmantel und lief die Treppe hinunter.

Als sie durch die Diele eilte, glaubte sie von drinnen die Stimmen Dottys und ihres Vaters zu hören, aber sie hielt sich nicht einen Augenblick auf, lief weiter, holte ihren geliebten Wagen aus der Garage, setzte sich ans Steuer, fuhr rückwärts auf die Straße hinaus und ordnete sich dann in den Verkehrsstrom ein.

Noch wußte sie nicht, wohin sie sich wenden sollte — ihr einziger Gedanke war: Weit weg von hier! Weit weg!

12

Das Sanatorium von Dr. Grotius lag nicht gleich am Schliersee, wie Bettina vermutet hatte, sondern ein ganzes Stück höher, mitten in dem bewaldeten Südhang. Eine schmale, serpentinenförmig angelegte Auffahrt führte nach oben.

Bettina fuhr ihren Wagen durch das große Tor, parkte ihn nahe an der Mauer und stieg aus. Ihre Beine zitterten. Jetzt erst spürte sie, wie müde sie war. Die Nachtfahrt, die sie hinter sich hatte, war sehr anstrengend gewesen.

Während sie schon auf das große weiße Haus zugehen wollte, schoß plötzlich durch ihr übermüdetes Gehirn der Gedanke, daß es wichtig war, einen guten Eindruck zu machen, um nicht allzuviel erklären zu müssen. Sie hatte das fatale Gefühl, daß ihr die Zunge nicht mehr richtig gehorchte.

Bettina blieb stehen, zog Spiegel und Kamm aus der Tasche, betrachtete ihr Gesicht. Mit einem Papiertaschentuch entfernte sie ein paar Rußteilchen, wischte sich den Mund sauber, zog ihn behutsam nach.

Sie hatte gerade ihre Tasche wieder zugemacht, als sie Schritte hörte, hob den Kopf, sah eine Frau im weißen Kittel auf sich zukommen. Philine! dachte sie. Aber das war doch nicht möglich. Noch nicht das Sanatorium betreten zu haben und gleich auf Philine zu treffen, das wäre zuviel Glück gewesen. Außerdem — die Frau, die dort, die Sonne im Rücken, auf sie zukam, war sehr viel rundlicher als die schlanke Philine, die sie gekannt hatte. Oder sollte sie es doch sein?

„Bettina!“ hörte sie eine wohlvertraute Stimme, „Bettina! Du hier? Aber das ist doch ...“

Dann hörte Bettina nichts mehr. Es wurde ihr schwarz vor den Augen, sie spürte, wie ihre Knie unter ihr nachgaben, fühlte sich noch aufgefangen, dann schwanden ihr die Sinne.

Als Bettina aus ihrer Ohnmacht erwachte, sah sie Philines freundliche braune Augen auf sich gerichtet. Bettina versuchte zu lächeln: „Es ist ... ich weiß nicht ...“

Philine legte den Finger an die Lippen. „Still jetzt, Kleines. Laß dir Zeit!“

„Aber ich muß dir doch erklären ...“, stammelte Bettina.

„Nicht jetzt. Später. Schließ die Augen. Ruh dich aus!“

Bettina spürte, daß sie sehr schläfrig war, immer müder und müder wurde. Sie wollte sich zwingen, die Augen offenzuhalten, wollte noch etwas sagen, aber es gelang ihr nicht. Diesmal war es Schlaf, der sie übermannte, ein ungeheures Wohlgefühl durchrann den Körper, sie roch den Duft frischer Wäsche und fühlte sich von kühlen Kissen umgeben.

Philines sanfte Stimme sagte: „Schlaf nur, Kleines, schlaf nur. Alles wird gut.“

Es war ihr plötzlich, als wenn es nicht mehr die Stimme Philines, sondern die ihres Vaters war. „Ja, Vater“, murmelte sie, und dann schlief sie wirklich ein.

Als sie erwachte, fiel Abendsonnenschein schräg in das kleine gemütliche Zimmer. Bettina sah sich um. Sie mußte sich erst besinnen, wo sie war — ja, richtig, im Sanatorium von Dr. Grotius. Aber dies war kein Krankenzimmer.

Bettina wandte den Kopf, sah den Nachttisch, dessen Platte von einem lustigen bunten Tuch bedeckt war, sah die gemütliche Lampe und darunter das Bild im Silberrahmen — eine Fotografie Stefan Steutenbergs.

Sie ließ sich wieder in die Kissen zurücksinken. Philine liebte Stefan Steutenberg also immer noch, sonst hätte sie wohl kaum sein Bild aufgestellt.

Bettina schloß die Augen, versuchte wieder, vor sich hinzudämmern, aber es ging nicht mehr. Die Erinnerung an ihre Auseinandersetzung mit Dotty, an jene verletzenden Worte ihres Vaters wurden zu deutlich in ihr.

Erleichtert rief sie: „Herein!" als leise an die Tür gepocht wurde.

Es war Philine Steutenberg, die eintrat, ein Tablett mit einem Teller Suppe und einer Schüssel Reis mit Hühnerfleisch in den Händen.

„Gut geschlafen?" fragte sie lächelnd. „Du siehst wieder viel besser aus, Bettina. Ich bin so froh darüber. So, und nun setz dich auf und iß!"

Bettina tat gehorsam alles, was Philine von ihr verlangte. Es tat ihr unendlich gut, umsorgt und ein wenig verwöhnt zu werden.

„Warum fragst du gar nicht, weshalb ich gekommen bin?" sagte sie dann und sah ihre Stiefmutter an.

„Ich bin sicher, daß du es mir erzählen wirst, Bettina. Es hat Ärger gegeben, nicht wahr?"

„Ärger? Nein. Es war viel schlimmer, viel, viel schlimmer!" Bettina erzählte. Sie berichtete alles, was sich ereignet hatte, seit sie Dotty vom Zug abgeholt hatte. Sie beschönigte nichts, erfand nichts dazu. „Ich konnte nicht länger bleiben", sagte sie, als sie zum Ende kam, „ich konnte nicht, nicht eine Stunde. Kannst du das verstehen?"

„Ja", sagte Philine nachdenklich. „Ich verstehe deinen Entschluß vollkommen, Bettina ... aber trotzdem.

Glaubst du wirklich, es war richtig, Dotty und deinen Vater allein zu lassen?"

„Was hätte ich denn sonst tun sollen?"

„Kämpfen. Ich meine nicht, dich mit Dotty herumstreiten, sondern einfach nur klug sein, durchhalten, verstehst du?" Philine strich Bettina lächelnd über das Haar. „Aber noch ist es ja nicht zu spät. Du kannst ja zurück, nicht wahr?"

„Nein!" sagte Bettina. „Nein! Das kannst du nicht von mir verlangen."

Philine Steutenberg lächelte, aber ihre Augen blieben ernst, als sie sagte: „Bitte, reg dich nicht auf, Bettina, du brauchst dich ja nicht jetzt zu entscheiden. Warte ab, ich denke, in ein paar Tagen . . . du wirst sehen . . ." Sie sprach ihren Satz nicht zu Ende, stand auf.

Bettina war dankbar für das Verständnis, das die Stiefmutter ihr entgegenbrachte, froh über die Atempause, die das Schicksal ihr gewährte.

Am nächsten Morgen kam Philine Steutenberg nicht mehr auf das Thema zurück, und Bettina hütete sich, es von sich aus zu berühren. Auch Dr. Grotius, der sie nach der Visite begrüßte, stellte ihr keinerlei Fragen. Er tat, als wenn Bettinas unvermitteltes Auftauchen in seinem Sanatorium die selbstverständlichste Sache von der Welt wäre.

Bettina bekam ein Zimmer in der Schwesternabteilung zugewiesen.

In den nächsten Tagen durchforschte sie mit dem Auto die Umgebung Schliersees. Das Wetter war strahlend. Bettina badete jeden Tag. Sie wurde bronzebraun, ihre Wangen bekamen wieder Farbe, und in ihre schönen Augen stieg ein neuer Glanz. Mit Erfolg bemühte sie sich, alle Gedanken auszuschalten.

Bis sie eines Tages, als sie gerade wieder eine Benzinrechnung bezahlt hatte, feststellen mußte, daß sie nur noch fünf Mark und fünfundsiebzig Pfennig besaß. Sie hatte sich nie belogen, sie hatte immer gewußt, daß die Stunde der Entscheidung kommen würde — jetzt war sie da.

Bettina entschloß sich, Dr. Grotius um eine Unterredung zu bitten. Er empfing sie in seinem großen Arbeitszimmer, in dem er sich sonst mit den Patienten nach der Untersuchung zu unterhalten pflegte.

Dr. Grotius bemerkte ihre Nervosität, fragte lächelnd: „Na, wo brennt's?"

Bettina hatte sich alles, was sie sagen wollte, vorher sorgfältig zurechtgelegt, aber plötzlich war es vergessen. „Sie kennen meine Situation, Herr Doktor", sagte sie mühsam, „sicher hat Ihnen Philine alles erzählt . . ."

Er schüttelte den Kopf. „Sie irren sich. Philine ist sehr diskret. Ich weiß gar nichts."

„Ach so." Bettina versuchte einen klaren Gedanken zu fassen. „Dann muß ich wohl . . . aber es ist alles so furchtbar kompliziert."

„Sie haben sich mit Ihrem Vater zerstritten?"

Bettina holte tief Atem. „Ja", sagte sie, „es ist etwas passiert. Ich kann nicht mehr zurück."

„Aha", sagte Dr. Grotius nur.

„Ich kann meinen Vater auch nicht um Geld bitten", sagte Bettina heftig, „verstehen Sie, nach dem, was vorgefallen ist. Ich möchte mich selbständig machen."

„Und wie haben Sie sich das vorgestellt?"

„Könnte ich nicht . . . am liebsten würde ich Krankenschwester werden." Bettina atmete auf. Seit sie es ausgesprochen hatte, fühlte sie sich viel leichter.

Dr. Grotius nahm die Zigarre aus dem Mund, sah sie mit gerunzelter Stirn an. „Wie kommen Sie ausgerechnet darauf, Bettina?"

„Eigentlich wollte ich Medizin studieren", erzählte Bettina, „ich hatte auch schon die Erlaubnis von meinem Vater. Natürlich hätte ich erst das Abitur machen müssen. Aber jetzt habe ich mir gedacht, Krankenschwester wäre vielleicht eine Art Ersatz dafür. Man liest ja überall, daß Schwestern dringend gesucht werden. Oder würde die Ausbildung sehr teuer sein?"

„Sie haben recht, wenn Sie annehmen, daß ein gewisser Mangel an Pflegepersonal herrscht", sagte Dr. Grotius, „wahrscheinlich haben Sie auch aus diesem Grund erwartet, ich würde begeistert von Ihrer Idee sein. Aber ich bin der Meinung, es ist weder Ihnen noch sonst jemandem damit gedient, wenn Sie mit der Ausbildung beginnen und dann früher oder später die Flinte ins Korn werfen." Er hob die Hände, als Bettina ihn unterbrechen wollte. „Ja, ja, ich weiß, Sie werden mir jetzt sagen, Sie haben es sich gründlich überlegt, Sie werden bestimmt durchhalten, aber glauben Sie mir, Sie muten sich zuviel zu. Sie sind ein sehr verwöhntes, junges Mädchen. Ich sage keineswegs, daß das Ihre Schuld ist, Bettina, das spielt ja auch in diesem Fall gar keine Rolle. Im Grunde genommen haben Sie noch nie gearbeitet, außer in der Schule. Es wäre eine gewaltige Umstellung für Sie. Eine körperliche und seelische Umstellung. Sie werden mir erlauben, daß ich deshalb meine Bedenken anmelde."

Bettina rang unwillkürlich die Hände. „Aber ich muß etwas tun", sagte sie, „ich muß arbeiten, ich kann doch nicht Ihnen oder Philine einfach auf der Tasche liegen. Das geht doch nicht."

„Da haben Sie recht. Aber es gibt ja noch andere Möglichkeiten, sich nützlich zu machen. Erzählen Sie mir mal, was Sie können, dann werde ich Ihnen gern einen Rat geben."

Bettina sagte es ihm.

„Na großartig!" Dr. Grotius klopfte Bettina so kräftig auf die Schulter, daß sie zusammenzuckte. „Wenn Sie Stenografie und Maschinschreiben können, werden Sie jederzeit einen Posten finden. Falls es Ihnen bei uns hier gefällt, wenn nicht, tun Sie sich keinen Zwang an und sagen Sie es mir ganz ehrlich. Also, wenn Sie hierbleiben möchten, als Bürokraft kann ich Sie sofort einstellen. Wir haben eine Menge Bürokram, die neuen Patienten müssen aufgenommen werden, Rechnungen werden ausgeschrieben, Medikamente bestellt, ich würde mich sehr freuen, wenn Sie uns da helfen könnten. Natürlich nicht umsonst, ich würde Sie regelrecht anstellen, mit Gehalt und Versicherung. Einverstanden?"

Bettina zögerte, in seine ausgestreckte Hand einzuschlagen. „Aber verdränge ich da nicht jemanden?" fragte sie. „Wer hat denn diese Arbeit bisher gemacht?"

„Ihre Vorgängerin hat sich vor vierzehn Tagen beurlauben lassen, weil sie ein Baby erwartet. Zwei Monate wird es gewiß noch dauern, bis sie zurückkommt, wenn überhaupt. Höchstwahrscheinlich wird sie sich um ihr Kind kümmern wollen. Philine war so nett, einzuspringen, aber ich habe das von Anfang an nicht gern gesehen. Es ist eine zusätzliche Belastung für Ihre Stiefmutter, und gerade jetzt ..." Dr. Grotius ließ das Ende seines Satzes unausgesprochen, sondern sagte ein wenig barsch: „Also, wollen Sie, ja oder nein?"

Erst nach dem Abendessen hatte Bettina Gelegenheit, mit Philine Steutenberg allein zu sprechen. Sie schloß sich der Stiefmutter auf ihrem abendlichen Spaziergang durch den Park an.

Sobald sie außer Hörweite der anderen waren, platzte sie unvermittelt heraus: „Weißt du eigentlich schon das Neueste?"

Philine Steutenberg lachte. „Kindskopf! Was soll ich denn darauf antworten?"

„Ich meine doch nur ... hat Dr. Grotius dir erzählt ..."

„Nein, hat er nicht. Sag mir, was du auf dem Herzen hast. Um was handelt es sich?"

Bettina blieb stehen und sah ihre Stiefmutter aus strahlenden Augen an. „Ich kann hierbleiben, Philine. Hier bei euch! Ist das nicht wundervoll?"

Philine Steutenberg reagierte ganz anders, als Bettina erwartet hatte. Im Dämmerlicht des schwindenden Tages war ihr Gesicht nicht deutlich zu sehen, und doch schien es ein wenig blasser zu werden. „Ich verstehe nicht recht ...", war alles, was Philine sagte, und ihre Stimme klang durchaus nicht froh.

„Ach so, das paßt dir nicht!" rief Bettina tief verletzt. „Ich hatte gedacht, aber entschuldige bitte. Natürlich, dann ... ich werde dir nicht zur Last fallen." Sie drehte sich auf dem Absatz um und lief in den dunklen Park hinein.

„Bettina!" rief Philine. „Bettina! Warte doch!" Ihre Stimme klang so fordernd, daß Bettina unwillkürlich den Schritt verhielt.

Philine hatte sie eingeholt, faßte ihren Arm. „Bettina, bitte, laß dir doch erklären ..."

„Ich weiß nicht, was es da noch zu erklären gibt", sagte Bettina bitter. „Ich hatte geglaubt, aber anscheinend bin ich nur wieder der Störenfried."

„Eben das stimmt nicht", sagte Philine eindringlich. „Rede dir nicht so etwas ein, Bettina. Es ist nur, denkst du eigentlich gar nicht an deinen Vater?"

Bettina begriff nicht. „Wieso?"

„Er weiß nicht, wo du steckst. Er muß sich ja entsetzliche Sorgen um dich machen."

„Ach wo", sagte Bettina leichthin. „Vater hat sich in Wirklichkeit nie etwas aus mir gemacht."

„Auch darin irrst du dich, Bettina. Ich weiß genau, wie sehr er ... aber darum handelt es sich im Augenblick gar nicht. Er ist für dich verantwortlich. Du bist seine Tochter. Du mußt ihn benachrichtigen. Er hat ein Recht darauf zu wissen, wo du bist."

Bettina zuckte die Achseln. „Wenn du meinst, meinetwegen. Ich werde ihm schreiben, aber das ist doch kein Grund ..."

„Doch, Bettina!" In Philines Stimme klang ein neuer, seltsamer Ton, den Bettina noch nie bei ihrer Stiefmutter gehört hatte. „Dein Vater, ach mein Gott, warum ist nur alles so schwer. Dein Vater darf nicht wissen, wo ich bin. Bettina."

„Warum denn nicht?"

Philine atmete schwer. „Ich erwarte ein Baby."

Bettina war von dieser überraschenden Eröffnung so überwältigt, daß sie nicht wußte, was sie dazu sagen sollte. Sie begriff die Zusammenhänge weniger denn je, aber sie wagte es nicht, mit Fragen in Philine zu dringen. Sie spürte deutlich, daß es Philine schon schwer genug gefallen war, sie mit der Tatsache vertraut zu machen. So stammelte sie denn nur ein paar Glückwünsche, die lahm in ihren eigenen Ohren klangen. Philine nahm sie ohne jede Erwiderung entgegen.

In den nächsten Tagen war Bettina bemüht, sich in ihren neuen Aufgabenkreis als Krankenhaussekretärin einzuarbeiten. Philine half ihr dabei. Sie waren viel zusammen und dennoch kamen keine Privatgespräche zwischen ihnen auf. Manchmal schien es Bettina, als ob Philine es bereute, sie ins Vertrauen gezogen zu haben. Ihr selbst schwirrte der Kopf von all dem Neuen, das auf sie einstürzte, und dennoch vergaß sie das, was die

Stiefmutter ihr gesagt hatte, nicht für eine Sekunde. Aber je mehr sie darüber nachgrübelte, desto weniger verstand sie.

War das Baby, das Philine erwartete, nicht von ihrem Vater? Bildete sie sich die Schwangerschaft vielleicht nur ein? Oder hatte sie es noch gar nicht gewußt, als sie aus Hamburg geflohen war?

Am Sonntag blieb das Büro geschlossen, und Bettina benutzte die Gelegenheit, sich wieder einmal auszuschlafen.

Sie verzichtete auf das Frühstück, stand erst nach zehn Uhr auf, duschte sich, machte sich zurecht, zog sich an und ging die Treppe hinunter. Vor dem Zimmer ihrer Stiefmutter fiel ihr ein, einmal hineinzuschauen. Sie klopfte an, öffnete die Tür.

Philine hob nur kurz den Kopf, nickte Bettina zu. Sie saß an ihrem kleinen Schreibtisch aus hellem Holz und schrieb.

„Störe ich?“ fragte Bettina.

„Im Gegenteil. Gut, daß du kommst. Ich schreibe gerade an deinen Vater. Vielleicht möchtest du ein paar Zeilen dazulegen.“

„Muß das sein?“

„Ich denke, es würde sich gehören.“

Bettina zögerte, sagte: „Wenn du meinst, natürlich, warum eigentlich nicht? Aber was soll ich schreiben?“

„Sei nicht kindisch. Du wirst doch deinem Vater irgend etwas zu sagen haben. Früher hast du dich über jede Gelegenheit gefreut, wo du allein mit ihm reden konntest.“

„Ja, komisch“, sagte Bettina, „es liegt alles so weit zurück. Dabei ist es in Wirklichkeit noch gar nicht lange her. Glaubst du mir, daß ich nur noch höchst selten überhaupt an ihn denke?“

„Redest du dir das nicht nur ein?"

„Ganz bestimmt nicht. Ich bin nicht mal wütend auf ihn."

Philine lächelte. „Und wenn die Geschichte mit Dotty nun aus wäre und wenn er käme, um dich zurückzuholen, was würdest du tun?"

Bettina dachte nach. „Wahrscheinlich würde ich ihn begleiten", sagte sie, „aber es würde nicht mehr wie früher sein. Nie mehr." Sie beugte sich über den Schreibtisch und sah ihrer Stiefmutter in die Augen. „Warum fragst du mich das alles?"

Philine zuckte die Achseln. „Ich weiß selbst nicht. Vielleicht nur, um dich besser kennenzulernen."

„Ich kenne dich überhaupt nicht", sagte Bettina impulsiv.

„Wirklich nicht?" Philine wich Bettinas Blick aus.

„Erst war ich eifersüchtig auf dich! Ich glaube, da habe ich dich gehaßt", sagte Bettina ehrlich. „Und dann habe ich eingesehen, wie unrecht ich dir getan habe, und ich war dir dankbar für alles, für dein Verständnis und überhaupt. Aber jetzt ... jetzt begreife ich gar nichts mehr."

„Du denkst immer noch an das, was ich dir neulich abends gesagt habe?"

„Ja."

Da Philine schwieg, fügte Bettina hinzu: „Weiß Vater überhaupt davon? Wenn er es gewußt hätte, hätte er doch nicht ..."

„Nein, er weiß es nicht." Philine stand auf, sah Bettina mit einem seltsamen, prüfenden Blick an, sagte dann: „Deine Mutter ist kurz nach deiner Geburt gestorben. Und das hat auch mit meiner Geschichte zu tun. Es kommt nicht häufig vor, heutzutage nicht mehr, daß Frauen durch eine Geburt sterben."

„Schrecklich", sagte Bettina. „Das muß schrecklich für Vater gewesen sein."

„Ja. Das war es. Er hat deine Mutter sehr geliebt, und er hat es sich nie verziehen."

„Was denn? Was, um Himmels willen? Schließlich ... er konnte doch nichts dafür, oder?"

„Nein, natürlich nicht. Aber er hat es sich eingeredet, er hätte sie nicht in eine solche Situation bringen dürfen. Er bildete sich ein, es wäre egoistisch von ihm gewesen, sich ein Kind zu wünschen, da sie beide doch so glücklich miteinander waren. Das ist alles sehr kompliziert, du wirst es nicht verstehen. Du kannst es höchstens nachfühlen. Du mußt bedenken, was für ein Schock der Tod seiner Frau für ihn gewesen sein muß. Da liegt auch der wahre Grund, warum er dich fortgegeben hat. Er wollte dich nicht sehen, damals nicht, weil du ihn immer an das erinnern würdest, was geschehen ist."

„Ach so." Bettina schluchzte. „Ich verstehe."

„Ja. Es war eine schlimme Geschichte, aber du solltest deswegen nicht traurig sein, Bettina. Ich glaube, daß nichts auf dieser Welt ohne Sinn geschieht."

„Wo liegt sie begraben?" fragte Bettina.

„Ich weiß es nicht. Ich habe es nie erfahren. Vielleicht wäre alles anders gekommen, aber ich habe von dieser ganzen Geschichte nichts gewußt, als ich deinen Vater heiratete. Er hat mir nichts davon erzählt. Es geht ihm heute noch so nahe, daß er sich scheute, darüber zu sprechen. Ich habe mir immer Kinder gewünscht, und deshalb war es sehr schwer für mich, zu verstehen, daß er sich nicht freute, als ich ihm zum erstenmal sagen konnte, daß ich guter Hoffnung war. Er war geradezu entsetzt. Ich lachte ihn aus. Ich wußte genau, daß ich gesund war, und ich war sicher, daß nichts passieren würde. Ich verbrachte die Zeit damit, eine Babyausstattung herzurichten, aber dann geschah doch etwas.

Im Radio hörte ich eines Tages die Nachricht, daß die Maschine, mit der dein Vater von Buenos Aires nach Chile fliegen wollte, abgestürzt war. Zweiunddreißig Tote. Ich kann dir mein Entsetzen nicht beschreiben. Das Kind kam zu früh zur Welt, es war nicht lebensfähig. Als alles vorüber war, erfuhr ich, daß dein Vater die Maschine verpaßt hatte."

„Du solltest nicht darüber sprechen, Philine, wenn es dich aufregt", sagte Bettina.

Philine zwang sich zu einem Lächeln. „Ganz im Gegenteil, ich glaube fast, es hat mir gutgetan, einmal mit einem Menschen darüber zu reden."

„Dr. Grotius?"

„Er ahnt nur etwas ..."

Bettina legte ihren Arm um die Schultern der Stiefmutter. „Mach dir keine unnötigen Sorgen, Philine, diesmal wird's bestimmt klappen. Ganz bestimmt!"

„Ich hoffe es so sehr", sagte Philine, „so sehr, wie ich es dir gar nicht sagen kann."

Bettina hatte ihrer Stiefmutter nicht die ganze Wahrheit gesagt. Sie dachte noch oft an den Vater. Manchmal fuhr sie mitten in der Nacht aus dem Schlaf und wurde sich mit schmerzlicher Klarheit dessen bewußt, was geschehen war.

Sie gab sich jetzt selbst die Schuld. Bettina fühlte sich reifer, erwachsener, war überzeugt, hinzugelernt zu haben. Dazu kam, daß sie sehr rasch in ihren neuen Aufgabenkreis hineinwuchs. Dr. Grotius überließ ihr mehr und mehr Verantwortungen; das Gefühl, nützlich, ja unentbehrlich zu sein, steigerte Bettinas Selbstbewußtsein.

An einem Samstag im Oktober — die Bäume des

Parkes hatten sich schon bunt gefärbt — kam Philine Steutenberg in Bettinas kleines Büro.

Bettina hob den Kopf und sagte fröhlich: „Hallo, was kann ich für dich tun?"

Philine lächelte. „Diesmal habe ich was für dich getan, Bettina."

„So?"

„Wir haben einen Neuzugang bekommen. Auf der Privatabteilung."

Bettina sah auf ihre Armbanduhr. „Danke", sagte sie, „sobald ich mit der Abrechnung hier fertig bin, werde ich hinaufgehen ..."

„Gar nicht nötig. Ich hab's schon selbst gemacht." Philine legte einen mit Bleistift beschriebenen Zettel vor Bettina auf den Schreibtisch. „Du brauchst es bloß in deine Karteikarte zu übertragen."

Bettina runzelte die Stirn. „Aber warum ...?"

„Sei mir nicht böse, Liebes", sagte Philine rasch, „ich weiß, daß ich damit in deine Kompetenzen eingedrungen bin, aber so schlimm ist es ja doch auch wieder nicht, oder?"

„Natürlich nicht, nur ..." Bettina bemühte sich, den hingekritzelten Namen zu entziffern. Norbert Kuban, las sie und sah ihre Stiefmutter mit weit aufgerissenen Augen an.

Eine rote Welle stieg in Philines Gesicht, sie lächelte schuldbewußt; die kleine Verlegenheit ließ sie jünger und weicher erscheinen. Sie war jetzt im siebenten Monat, aber wer es nicht wußte, hätte es niemals bemerkt. „Ich gebe zu", sagte Philine, „ich war neugierig. Ist das denn ein Verbrechen? Ich habe seinen letzten Film gesehen: ‚Der Mann, der seine Zeit verkauft', darin war er fabelhaft. Ich wollte einfach wissen, ob er in natura auch so aufregend ist."

Bettina bemühte sich, ihre Verärgerung zu überwinden. „Und? Wie ist er?"

Philine lachte. „Sehr charmant, du wirst schon sehen."

„Ich habe nicht das geringste Interesse daran, diesen Heini kennenzulernen", sagte Bettina mit betonter Gleichgültigkeit, und in diesem Augenblick glaubte sie selbst, was sie sagte.

13

Eine gute Woche war seit der Ankunft Norbert Kubans vergangen, als Bettina ihn zum erstenmal sah.

Sie war von ihrem Schreibtisch aufgestanden, um das Fenster zu schließen, als er, die Hände in den Taschen eines goldbraunen Morgenmantels, über den gepflasterten Weg auf das Bürogebäude zukam.

Bettina erkannte ihn sofort. Er wirkte ein wenig hagerer und nicht ganz so jung wie auf der Leinwand, aber sein dunkles Haar stand in jener scheinbar unbeabsichtigten Zerzaustheit um die hohe Stirn, die für Norbert Kuban charakteristisch war.

Bettina errötete unwillkürlich, ärgerte sich gleichzeitig über ihre törichte Befangenheit.

Sie hatte sich viel zugute gehalten, daß sie sich nicht am „Kuban-Rummel", wie Dr. Grotius es ärgerlich nannte, beteiligt hatte.

Bettina schloß rasch das Fenster und setzte sich wieder auf ihren Platz hinter dem Schreibtisch. Um sich zu beruhigen, preßte sie die Lippen fest aufeinander und begann mechanisch eine Zahlenreihe zu addieren. Aber sie konnte es nicht verhindern, daß ihr Herz immer noch bis zum Hals klopfte, als die Tür nach kurzem Anklopfen geöffnet wurde.

Ohne den Blick zu heben, wußte sie, daß es der Schauspieler war.

„Bitte, eine Sekunde", sagte sie, „nehmen Sie Platz."

Erst als sie spürte, daß sie ihre Beherrschung wiedergewonnen hatte, richtete sie sich auf. Ihr Blick begegnete den dunklen, fast schwarzen Augen Norbert Kubans. Sie war froh, daß sie Zeit gehabt hatte, sich zu sammeln, dankbar, daß sie in diesem Augenblick nicht rot wurde.

„Kann ich etwas für Sie tun?" fragte sie, und ihre Stimme klang so gleichmütig, wie sie gewünscht hatte.

Er stand ihr gegenüber, den Arm auf die Barriere gestützt, die den eigentlichen Büroraum abschloß, betrachtete sie unverwandt, ein Lächeln in den Augen.

Bettina wußte nicht, ob es richtiger war, diesem Blick kühl zu begegnen oder beiseite zu schauen. Das Klingeln des Telefons rettete sie aus dieser Situation, die sie als peinlich zu empfinden begann. Sie nahm den Hörer ab, meldete sich. Dr. Grotius war am anderen Ende der Leitung.

Bettina machte sich Notizen, sagte: „Ich habe verstanden, Herr Doktor, gern, Herr Doktor. Ich mache es noch heute."

Als Dr. Grotius schon aufgelegt hatte, hielt sie den Hörer noch eine Sekunde zögernd in der Hand, fragte dann, ohne Norbert Kuban anzusehen: „Sie wünschen?"

„Komisch!" Seine Stimme klang tief und ein wenig rauh. „Wirklich sehr komisch."

Bettina zog die Karteikarte der Patientin, die entlassen werden sollte, aus einem der Kästchen, begann damit, die Tage ihres Aufenthaltes auszurechnen, die Sonderleistungen herauszuziehen.

„Interessiert es Sie gar nicht, was mich so wundert?" fragte Norbert Kuban.

Bettina hob den Kopf, sah ihm gerade in die Augen. „Ich bin im Dienst, Herr Kuban", sagte sie ruhig. „Sie sehen, ich habe im Augenblick keine Zeit für private Neugier."

„Wenigstens wissen Sie, wer ich bin."

Als Bettina in keiner Weise reagierte, beugte er sich noch weiter über die Barriere vor. „Sagen Sie mal, haben Sie eigentlich etwas gegen mich?"

„Nicht im geringsten."

„Warum behandeln Sie mich dann so merkwürdig?"

„Merkwürdig?" Bettina strich sich das helle, seidige Haar aus der Stirn.

„Ich behandle Sie wie jeden anderen Gast dieses Hauses." Sie mußte lächeln. „Anscheinend sind Sie es nicht mehr gewohnt, wie ein normaler Mensch behandelt zu werden."

„Anscheinend nicht", sagte er ernsthaft. „Sie haben recht. Sie sind ein außergewöhnlich intelligentes junges Mädchen. Darf ich fragen, wie Sie heißen?"

„Warum nicht. Bettina Steutenberg."

„Ach so! Sie sind die Tochter dieser zauberhaften Ärztin, die . . ."

Bettina wußte selbst nicht, warum ihr seine Bemerkung einen Stich ins Herz gab. „Die Stieftochter", sagte sie rasch.

„Interessant. Tatsächlich, um eine so reizende Stiefmutter könnte ich Sie direkt beneiden. Sagen Sie mal . . ."

„Herr Kuban!" unterbrach Bettina ihn kühl. „Ich nehme doch nicht an, daß Sie in mein Büro gekommen sind, um sich mit mir über meine Privatangelegenheiten zu unterhalten, wie?"

Er lachte. „Natürlich nicht. Ich hatte ja keine Ahnung. Erklären Sie mir mal, wie es kommt, daß ich Sie bisher noch nie gesehen habe?"

„Zufall."

„Sie sind mir doch nicht etwa absichtlich aus dem Weg gegangen, wie?"

„Warum sollte ich?"

Norbert Kuban lachte laut. „Sie sind zauberhaft, wirklich, Bettina, Sie sind das zauberhafteste junge Ding, das mir seit langem begegnet ist."

„Danke", sagte Bettina kühl, „darf ich Sie trotzdem noch einmal bitten, mir zu sagen, was Sie zu mir geführt hat?"

„Ach so." Norbert Kuban strich sich mit der Hand — einer langfingrigen schmalen, sehr gepflegten Hand — über die hohe Stirn. „Ich wollte nur fragen, wie kommt man eigentlich ins Dorf hinunter?"

„Mit dem Auto. Übrigens ist Schliersee kein Dorf, sondern ein Kurort."

„Wenn schon. Mit welchem Auto?"

„Mit meinem eigenen, wenn Sie es unbedingt wissen wollen."

„Sie haben ein ... Donnerwetter! Allerhand!" Norbert Kuban setzte ein gewinnendes Lächeln auf. „Vielleicht könnten wir beide einen kleinen Vertrag miteinander machen. Wie wär's, hätten Sie Lust, mich in den Kurort hinunterzufahren? Natürlich würde ich mich dafür erkenntlich zeigen."

„Ich glaube kaum, daß Dr. Grotius das erlauben würde."

„Wozu brauchen wir denn seine Erlaubnis?"

„Er ist mein Chef."

„Ei, sieh an, das brave Kind!" spottete der Filmschauspieler. „Sie waren wohl immer eine Musterschülerin?" Dann, als er Bettinas Gesicht sah, fügte er rasch hinzu: „Um Himmels willen, seien Sie doch nicht so empfindlich, es war ja nur ein Witz. Ich halte es zwar für übertrieben, aber wenn Sie so großen Wert darauf legen, gut, dann werde ich den Onkel Doktor fragen. Sind Sie jetzt beruhigt?"

Bettina war fest überzeugt, daß Dr. Grotius die Erlaubnis zu einer Fahrt nach Schliersee nicht geben würde, ja, sie zweifelte sogar daran, ob Norbert Kuban ihn wirklich darum fragen würde. Aber sie hatte sich geirrt.

Gleich nach dem Abendessen fing Dr. Grotius sie im Speisesaal ab. „Auf ein Wort, Bettina", und zu Philine Steutenberg gewandt: „Ich habe etwas mit Bettina zu besprechen. Es wäre mir schon sehr recht, wenn du auch dabei wärst, Philine."

Zu dritt gingen sie die Treppe hinunter, durchquerten die Praxis des Arztes und traten in seinen schön eingerichteten Arztraum.

Bettina wartete gespannt darauf, was der Chefarzt sagen würde. Aber er ließ sich Zeit, trat erst zu dem großen Wandschrank, holte eine Flasche Kognak heraus, fragte die Damen, ob sie auch trinken möchten, schenkte sich, als diese Frage verneint wurde, selbst einen Schluck in ein großes, bauchiges Glas.

„Worum handelt es sich, Gerhard?" fragte Philine. „Spann uns nicht auf die Folter."

„Hat dir Bettina nichts erzählt?"

„Mir?" Philine legte sich unwillkürlich die Hand auf die Brust. „Nein. Was soll sie mir denn erzählt haben? Ist etwas geschehen?"

„Nein, durchaus nicht, kein Grund zur Aufregung. Ich dachte nur ..." Er schwenkte den goldgelben Kognak in seinem Glas, roch genüßlich daran. „Norbert Kuban hat mit mir gesprochen."

„Über was?" fragte Philine verständnislos.

„Er möchte gern etwas mehr Bewegungsfreiheit haben, zum Beispiel mal nach Schliersee hinunterfahren."

„Aber was hat das mit Bettina zu tun?“

„Er hat sich gedacht, sie könnte ihn hinabbringen.“

„Ja, aber ...“, sagte Philine, „hältst du das wirklich für richtig, Gerhard? Erstens mal für Bettina und dann, auch der junge Mann ist doch ...“

„Ich weiß, ich weiß! Du hast mit allem recht, was du sagen willst, völlig recht ... aber was hat es für einen Sinn, wenn ich versuche, etwas zu verhindern, was unweigerlich doch geschehen muß? Auch wenn ich es ausdrücklich verbiete, Norbert Kuban wird Mittel und Wege finden, das Sanatorium zu verlassen, und wenn es heimlich sein muß! Mach mal was dran! Außerdem, er ist ja hier nicht als Gefangener, nicht mal als Patient, sondern als Gast. Der Fehler liegt woanders, ich hätte ihn gar nicht aufnehmen dürfen.“

„Warum hast du's getan?“

„Warum? Warum? Aus Dummheit! Was er in seinen Briefen schrieb, klang immer ausgesprochen vernünftig. Ich hatte ja keine Ahnung, daß es sich um einen so extravaganten jungen Mann handelt. Da er nun einmal hier ist, müssen wir uns damit abfinden. Schließlich kann ich ihn nicht rausschmeißen, oder?“

„Was glaubst du wohl, was er in Schliersee will?“ fragte Philine Steutenberg. „Essen und — was noch schlimmer ist — trinken. Dabei sind wir uns doch wohl beide darüber klar, daß das, was dieser Junge braucht, strikte Diät und eine, wenn auch kurzfristige Enthaltsamkeit von alkoholischen Getränken ist. Wenn er nur einmal sündigt, sind die acht Tage, die wir ihn hier bei der Stange gehalten haben, nutzlos vertan.“

„Wem sagst du das? Um ihn vor diesen Gefahren zu bewahren, gebe ich ihm ja gerade Bettina mit.“

„Lächerlich. Wie kannst du erwarten, daß Bettina einem so ausgekochten Burschen gewachsen sein könnte.“

„Du hast ihn noch vor nicht allzu langer Zeit für sehr charmant gehalten, Philine“, sagte Bettina.

„Charmant! Natürlich ist er das. Gerade deshalb ist er ja so gefährlich. Mit seinem Charme hat er alle hier im Haus verwirrt, die mit ihm zu tun haben.“

„Dich etwa auch, Philine?“ warf Bettina ein.

„Sei nicht albern“, sagte ihre Stiefmutter ärgerlich. „Ich bin schließlich eine erwachsene Frau. Aber du, wirklich, Bettina, ich sehe keinen Grund, weshalb du mit ihm fahren solltest.“

Philine Steutenberg wandte sich an den Chefarzt. „Warum schickst du nicht eine von den Schwestern mit? Schwester Hilde zum Beispiel, sie hat den Führerschein. Schwester Agnes auch. Warum soll ausgerechnet Bettina ...“

„Hilde und Agnes! Wenn ich das höre. Die beiden werden doch schon rot, wenn nur der Name Kuban fällt. Nein, wirklich, Philine, ich glaube, du unterschätzt deine Stieftochter. Wenn es jemand gibt, der auf ihn aufpassen kann, dann ist sie es.“ Er nahm einen Schluck Kognak. „Außerdem ist es eine glänzende Gelegenheit für Sie, Bettina, einmal auszuprobieren, ob Sie wirklich Talent zur Krankenschwester haben. Darin besteht nämlich eine der schwersten Aufgaben, den Patienten von dem abzuhalten, was er gern tun möchte, aber nicht tun darf, weil es schädlich für ihn ist. Also, wie ist es? Wollen Sie?“

„Ich habe Herrn Kuban ja schon zugesagt. Wenn Sie es erlauben ... warum nicht?“

Bettina versuchte sich einzureden, daß es wirklich die reinste Gefälligkeit von ihr war, Norbert Kuban nach Schliersee zu fahren. Tatsächlich aber konnte sie nicht verhindern, daß ihr Herz vor freudiger Erregung klopfte, als der junge Schauspieler am nächsten Nachmittag zu ihr in ihr elegantes weißes Sportcoupé stieg. Sie mußte daran denken, was Dotty und auch Helga Schmitt für Augen machen würden, wenn sie sie jetzt sehen könnten — Seite an Seite mit einem so beliebten und umschwärmten Star.

Er zog die Tür mit einem Knall hinter sich zu, bohrte dann, wie es seine Art war, die Fäuste in die Manteltaschen und streckte die langen Beine weit von sich.

„Toller Wagen!" sagte er anerkennend. „Für eine Krankenhaussekretärin eigentlich allerhand."

Bettina fühlte sich wider Willen in seiner Gegenwart befangen, wußte nichts zu sagen und tat so, als wenn sie alle Aufmerksamkeit auf die Straße richten müßte.

„Wie heißt denn der edle Spender?" fragte Norbert Kuban.

„Sie sind unverschämt!" Bettina trat so hart auf die Bremse, daß der Wagen leicht ins Schleudern geriet, bevor er stehenblieb. Sie legte den Rückwärtsgang ein.

„Was ist los? Was soll das?" fragte Norbert Kuban.

„Ich bringe Sie jetzt ins Sanatorium zurück!" Bettinas Stimme klang sehr ruhig. „Bestimmt wird es Ihnen mit Ihrem berühmten Charme nicht schwerfallen, eine andere Chauffeuse zu finden."

Er legte beschwörend seine Hand auf ihren Arm. „Nein, wirklich, tun Sie mir das nicht an. Ich weiß, ich sage manchmal Sachen, die man lieber für sich behalten sollte . . . aber ich hab's gewiß nicht böse gemeint."

Bettina sah ihn von der Seite an. „Es handelt sich nicht darum, was Sie gesagt haben . . . ich begreife nicht, wie Sie überhaupt nur denken können, ich hätte diesen Wagen von einem . . . einem Mann geschenkt bekommen."

„Also gut, wenn Sie darauf bestehen, bitte ich Sie

auch feierlich um Vergebung für das, was ich gesagt habe, und schwöre Ihnen, daß ich mich von nun an jedes Gedankens enthalten will. Aber ich bitte Sie, liebes Mädchen, ich bitte Sie von Herzen, fahren Sie weiter."

Als sie in die Ortschaft einbogen, war es schon dunkel geworden, die Straßenlaternen brannten, auch aus den Lokalen und Schaufenstern drang Lichtschein.

„Wohin wollen Sie?" fragte Bettina kurz.

Sie spürte, wie er neben ihr zusammenschrak. Offensichtlich war er in Gedanken weit weg gewesen.

„Zu einem Kiosk", sagte er dann, „oder besser noch zu einer Buchhandlung, die auch Zeitungen und Zeitschriften führt."

Bettina fuhr Norbert Kuban bis zu einem Eckgeschäft auf der Hauptstraße, ließ ihn aussteigen, fuhr weiter, suchte einen Parkplatz und folgte ihm dann zu Fuß. Er hatte schon einen großen Stoß Zeitungen und Zeitschriften vor sich liegen, war jetzt dabei, die Taschenbuchausgaben durchzustöbern.

Als sie eintrat, schenkte er ihr ein rasches, gewinnendes Lächeln, sagte: „Sie sehen, Bettina, ich habe nicht geschwindelt ... Bücher sucht man sich am besten selbst und an Ort und Stelle aus."

Als sie den Laden verließen, schob er seinen Arm unter ihren Ellbogen, sah sie aus seinen dunklen Augen von der Seite her an, fragte: „Und nun, schönes Mädchen? Was machen wir mit dem angebrochenen Abend?"

„Wenn Sie keine weiteren Besorgungen mehr vorhaben", sagte Bettina, „dann werde ich Sie wieder zurückbringen."

„Einverstanden", sagte er nur und ließ ihren Arm los.

Bettina war überrascht. Sie hatte fest damit gerechnet, daß er sich nach Schliersee hatte bringen lassen, um den ärztlichen Anordnungen entgegen ein Restaurant aufzusuchen. Aber sie hatte ihm offensichtlich unrecht getan. Sie fühlte sich beschämt, hatte das Gefühl, ihn schlecht behandelt zu haben. Wie albern von ihr, die Verdächtigungen Philine Steutenbergs und Dr. Grotius' kritiklos für bare Münze zu nehmen.

Sie schloß ihren Wagen auf, setzte sich ans Steuer, öffnete die gegenüberliegende Tür von innen. Er verstaute das Bücherpaket und die Zeitschriften hinten im Wagen, ließ sich dann auf seinen Sitz fallen.

Sie hatte schon den Motor angelassen, als sie sich ihm zuwandte. „Den Wagen", sagte sie, „hat mein Vater mir geschenkt. Zum achtzehnten Geburtstag."

„Können Sie mir verzeihen?" Er lächelte sie an, aber seine Augen blieben ganz ernst.

„Sie konnten es ja nicht wissen", sagte sie rasch, „weil ... ich habe mich sehr albern benommen."

„Sie sind ein merkwürdiges Mädchen." Er nahm ihre Hand, hielt sie fest, ohne den Versuch zu machen, sie zu streicheln. „Was hat Sie plötzlich so verändert? Sie sind verändert, ich merke es genau. Viel weicher auf einmal, viel mädchenhafter."

Sie biß sich auf die Lippen, kämpfte mit sich, spürte den unbezähmbaren Drang, die Wahrheit zu sagen. „Ich hatte geglaubt, Sie würden etwas trinken wollen."

Er lachte. „Wirklich? Wer hat Ihnen das erzählt?"

Sie schwieg.

„Ich kann's mir schon denken", sagte er, „Sie brauchen es mir nicht zu verraten. Was für ein Unsinn. Wissen Sie denn nicht, daß ich meinen eigenen Wagen oben in der Garage stehen habe?"

„Nein!"

„Aber Dr. Grotius hat's gewußt. Ich hätte jederzeit mit meinem Wagen hierherfahren können, ohne Aufsicht, verstehen Sie. Aber schließlich bin ich kein kleiner

Junge mehr. Glauben Sie wirklich, ich faste und kasteie mich zehn Tage lang, schone meine Leber und päpple sie mit Vitaminen auf, um dann den ganzen Erfolg durch einen einzigen Sündenfall wieder in Frage zu stellen? Ich bin kein Trottel, mein liebes Mädchen, bestellen Sie das bitte dem Onkel Doktor."

Als sie die Uferstraße entlangfuhren, stieg der Mond wie eine blanke glatte Scheibe über den Bergen hoch, tauchte den See in silbrig schimmerndes Licht, schien wie ein silberner Taler durch dunkle Wolkenschwaden zu rollen.

„Warum", fragte Bettina, „wenn Sie Ihren Wagen in der Garage haben, warum haben Sie sich von mir fahren lassen, Herr Kuban?"

„Wollen Sie das wirklich wissen?"

Der Ton seiner Stimme machte sie unsicher. „Nein, natürlich nicht ... wenn Sie ..."

„Bitte, halten Sie."

Sie fuhr an den Straßenrand, nahm das Gas weg, bremste, sah ihn mit großen Augen an. „Warum?"

„Weil dies ein wunderschöner Abend ist, mein Mädchen. Steigen Sie mit mir aus, schauen wir uns den See an, den Mond und den Himmel. Vielleicht werden Sie nie mehr eine solche Nacht wie diese erleben."

Sie folgte ihm ein wenig befangen. Es war herbstlich kalt, ein leichter Wind trieb die Wolken über den Himmel, die Berge standen schwarz und drohend gegen den Himmel, das kalte, diffuse Licht des Mondes, die tiefschwarzen Schatten, das Rascheln der welken Blätter — all das verbreitete eine Atmosphäre, die geisterhaft und ganz und gar unwirklich war.

Eine Weile standen sie schweigend nebeneinander.

„Sie haben mich vorhin etwas gefragt", sagte er dann.

Sie wußte sofort, was er meinte, wollte es aber nicht

zugeben. „Ich . . . was denn? Ich weiß nicht mehr . . .“

„Doch, Sie wissen es, Bettina. Sie haben mich gefragt, warum ich mich von Ihnen habe fahren lassen. Ich will es Ihnen sagen. Weil ich mit Ihnen zusammen sein wollte.“

Ihr Herz tat ein paar rasche Sprünge. Sie ballte die Fäuste, grub die Nägel in die Handflächen. Um keinen Preis wollte sie verraten, was sie bei diesen Worten empfand.

Jetzt wandte er ihr sein Gesicht zu, sein vom Mondlicht verzaubertes Gesicht, sagte: „Bettina!“ Dabei streckte er mit einer fast flehenden Gebärde die Arme nach ihr aus, ohne sich jedoch von der Stelle zu rühren.

Ohne es zu wollen, ohne es auch nur zu wissen, trat sie einen Schritt auf ihn zu — und dann lag sie in seinen Armen, sie spürte seine warmen Lippen auf ihrem Mund — und vergaß alles um sich her. Ihr war, als wenn sie nach einer langen Reise endlich ans Ziel gekommen wäre.

Erst später, viel, viel später, als sie wieder nebeneinander im Auto saßen und in der Ferne die Lichter des Sanatoriums vor ihnen auftauchten, fragte sie: „Bitte, sei ehrlich, du hattest mich doch noch nie gesehen, bevor du in mein Büro kamst. Wie kannst du dann sagen, daß du nur, um mich näher kennenzulernen —“

„Ich bin in dein Büro gekommen, um mir ein paar Briefmarken zu besorgen. Begreifst du jetzt endlich? Erst als ich dich sah, kam mir die Idee . . .“

„Aber du konntest doch nicht wissen, daß ich ein Auto habe.“

„Wenn du keins gehabt hättest, würde ich es eben so eingerichtet haben, daß wir in meinem gefahren wären. Glaubst du mir etwa immer noch nicht? Eines muß ich dir sagen, du bist das mißtrauischste Frauenzimmer, das mir je begegnet ist."

„Verzeih mir", sagte Bettina und lächelte ihm zu, „ich glaube, auch Vertrauen muß erst gelernt werden..."

Von nun an sah Bettina Norbert Kuban täglich.

Sie unternahmen lange Spaziergänge durch den Park und die nähere Umgebung des Sanatoriums, manchmal fuhren sie auch nach Schliersee hinunter — verbrachten lange Abende im Wohnzimmer von Norbert Kubans schönem Appartement.

Bettina war so glücklich wie noch nie in ihrem Leben. Sie fühlte sich wie in einem Rausch, weit über sich selbst hinausgehoben in einem seltsam schwerelosen, glückseligen Zustand.

Sie war erstaunt, als sie eines Abends die Tür zu ihrem Zimmer öffnete und Philine Steutenberg auf ihrem Bettrand sitzen sah.

„Ich habe auf dich gewartet, Bettina", sagte die Stiefmutter, „ich muß mit dir sprechen. So kann es nicht weitergehen..."

Obwohl Bettina ein gutes Gewissen hatte, war ihr an einem nächtlichen Gespräch mit ihrer Stiefmutter nichts gelegen. So sagte sie ausweichend: „Muß das ausgerechnet jetzt sein? Ich bin wahnsinnig müde."

Philine Steutenberg erhob sich sofort. „Selbstverständlich. Es hat Zeit bis morgen. Nur", sie sah Bettina an, „ich bin immer der Meinung gewesen, daß es besser ist, unangenehme Dinge so rasch wie möglich hinter sich zu bringen."

Bettina zögerte noch einen Augenblick, dann sagte sie: „Na schön, wie du willst. Also, um was handelt es sich?"

„Fragst du das im Ernst?" Aus Philine Steutenbergs Stimme klang Unglauben.

„Ja“, sagte Bettina ruhig. „Ich bin mir keiner Schuld bewußt, und du machst ganz den Eindruck, als wenn du mir Vorhaltungen machen wolltest. Ich weiß nicht, wie ich mir einen Reim daraus machen soll.“

Philine Steutenberg seufzte. „Ich habe es kommen sehen, von Anfang an. Du hast dich in diesen Kuban verliebt, nicht wahr?“

„Nein“, erklärte Bettina mit fester Stimme, „ich liebe ihn.“

„Liebe“, sagte Philine Steutenberg, „was weißt du schon von Liebe?“

„Genausoviel wie du!“ Bettina wurde zornig. „Ich bin kein kleines Mädchen mehr, ich lasse mich nicht mehr wie ein Kind behandeln. Gerade du hast nicht das geringste Recht, die Überlegene zu spielen. Vater und du ...“

Philine unterbrach sie. „Findest du das wirklich fair, Bettina?“

Bettina errötete. „Nein, natürlich nicht“, sagte sie. „Aber ...“ Sie hob den Kopf und sah ihrer Stiefmutter in die Augen. „Warum mußt du dich in meine Angelegenheiten mischen? Ich habe dir doch auch nichts hineingeredet.“

„Bitte, Bettina, sprich nicht in diesem Ton mit mir. Eines solltest du doch wissen, daß ich es gut mit dir meine. Also, sei so nett und hör mich in aller Ruhe an. Setz dich.“ Sie zog Bettina an der Hand neben sich auf das Bett. „Wir wollen unsere Verwandtschaft einmal ganz aus dem Spiel lassen, aber du wirst doch zugeben, daß du nur durch mich hierhergekommen bist, in das Sanatorium, meine ich. Ich habe dich seinerzeit, ohne lange zu fragen, bei uns aufgenommen — ohne mich hättest du niemals eine Stellung als Sekretärin hier bekommen.“

„Doch“, sagte Bettina trotzig, „Dr. Grotius hätte sich auch so um mich gekümmert.“

„Gut, unterstellen wir das. Dann muß ich dir aber sagen, daß du ihm das sehr schlecht dankst, mein Kind. Du weißt sehr gut, daß es den Angestellten nicht gestattet ist, mit den Gästen des Hauses zu flirten, um es einmal zart auszudrücken. Stell dir mal vor, wenn alle sich so benehmen würden.“

„Meine Vorgängerin hat ja auch einen ehemaligen Patienten geheiratet“, sagte Bettina, „dagegen hat niemand was einzuwenden gehabt.“

„Ach so! Er will dich also heiraten!“

Bettina sprang auf. „Bitte, verdreh mir nicht die Worte im Mund! Davon habe ich nichts gesagt!“

„Entschuldige schon, dann habe ich es eben falsch verstanden.“ Auch Philine Steutenberg stand auf. „Bettina“, sagte sie eindringlich, „du liebst Norbert Kuban, ich will es dir glauben. Und er? Bist du sicher, daß er es ehrlich mit dir meint?“

„Er liebt mich genausosehr wie ich ihn.“

„Wie ist es möglich, daß du so vollkommen den Kopf verloren hast? Norbert Kuban ist ein reizender und charmanter junger Mann, zugegeben, aber gerade deshalb solltest du dein Herz in beide Hände nehmen und dich nicht von ihm zu einem Erholungsflirt ausnützen lassen. Er macht sich einen Spaß aus dir, weiter nichts! Bettina, bist du denn nicht imstande . . .“

„Genug!“ Bettinas Stimme klang kalt und seltsam fremd. Sie war totenblaß geworden. „Genug damit. Ich lasse meine Liebe nicht in den Schmutz ziehen. Von dir nicht und von niemandem. Sobald es mir möglich ist, werde ich das Sanatorium verlassen.“

Am nächsten Tag kam Norbert Kuban gegen fünf

Uhr, kurz bevor Bettina Schluß machen wollte, in ihr Büro.

„Hallo, Tina-Honey“, grüßte er vergnügt, „könntest du mir wohl einen winzigen Gefallen tun? Ich muß einen wichtigen Brief an meine Managerin schreiben, und du weißt, meine Klaue ist so unleserlich. Würdest du wohl . . .“

„Selbstverständlich“, sagte sie, ohne ihn anzusehen, und nahm den Stenogrammblock zur Hand.

„Hoppla!“ Er sah sie prüfend an. „Was ist los mit dir?“

„Ich muß mit dir reden“, sagte sie.

„Kannst du ja. Ich denke, wir machen nachher wieder mal einen tüchtigen Spaziergang, ja? Das Wetter ist einmalig.“

„Ich möchte jetzt mit dir reden. Jetzt gleich.“ Ehe er noch etwas sagen konnte, fügte sie hinzu: „Ich habe es dir eigentlich nicht erzählen wollen. Aber es ist etwas passiert.“

„Aha, ich weiß schon.“ Er tippte sich mit der Hand gegen die Stirn. „Jemand hat dich gegen mich aufgehetzt, darf ich raten, wer? Deine charmante Stiefmama! Stimmt's?“

Bettina konnte es nicht verhindern, daß sich ihre Augen mit Tränen füllten. Ihre Stimme bebte, als sie sagte: „Norbert, du kannst dir nicht vorstellen, wie gemein sie war: Sie hat gesagt . . .“ Sie sprach den Satz nicht zu Ende, weil sie spürte, daß sie im Begriff stand, in Tränen auszubrechen.

„Was hat sie gesagt? Nun red' schon!“

„Daß du dir nur einen Spaß mit mir machst.“

„Und das hast du geglaubt?“ Er hob die Augenbrauen, sah sie an mit einem Blick, in dem sich Belustigung und etwas wie Verachtung mischte.

„Nein, natürlich nicht“, entgegnete sie rasch. „Gerade deshalb will ich ja auch fort. Weil ich mich nicht beleidigen lasse. Mich nicht und dich nicht. Deshalb . . .“

Er unterbrach sie. „Du hast es doch geglaubt, Bettina. Mach mir nichts vor. Sonst hättest du mich nicht so merkwürdig behandelt.“

„Ich habe das getan? Verzeih mir, ich war nur so verwirrt.“

„Bist du jetzt beruhigt?“

„Wenn du mich nicht gefragt hättest, würde ich dir von der ganzen Sache nichts erzählt haben.“

„Ich bin froh, daß ich es weiß. Aber vielleicht, wenn du dir jetzt mal tüchtig die Nase putzt und die Tränen abgewischt hast, können wir doch noch den Brief an meine Managerin schreiben.“

Eine Stunde später machten sie, wie gewöhnlich, ihre abendliche Fußwanderung durch den Wald. Die gelben und roten Blätter der Bäume bildeten leuchtende Flecken in der hereinbrechenden Dunkelheit. In der Luft lag ein seltsamer Geruch nach Tannen, Moos und Moder. Unter ihren Füßen raschelte dürres Laub.

Norbert Kuban trug einen elegant geschnittenen Kamelhaarmantel, Bettina hatte eine Hand in seine Tasche gesteckt und fühlte die wohltuende Berührung seiner warmen Finger. Es war ziemlich kalt für die Jahreszeit, aber sie trug immer noch ihren Regenmantel. Als sie das Haus ihres Vaters verließ, war es Sommer gewesen, und sie hatte nur das Notwendigste mitgenommen.

Sie gingen in gleichem Schritt eng nebeneinander, Bettina nahm mit allen Poren das berauschende Gefühl der Zweisamkeit in sich auf.

Wie so oft war er schweigsam, wahrscheinlich tief in Gedanken versunken, und Bettina wagte nicht, ihn zu stören, obwohl sie viel darum gegeben hätte, zu erfahren, was in seinem Kopf und in seinem Herzen vorging.

Aber er schwieg lange.

Erst als sie wieder auf dem Heimweg waren, öffnete er die Lippen, aber nicht, um mit ihr zu reden, sondern um ein Gedicht zu rezitieren. Seine Stimme klang tief und ein wenig rauh.

„Jetzt reifen schon die roten Berberitzen, alternde Astern atmen schwach im Beet, wer jetzt nicht reich ist, da der Sommer geht . . ."

Plötzlich unterbrach er sich, blieb stehen und sah sie an.

„Weiter . . .", sagte sie, „bitte weiter! Es war sehr schön."

„Ich habe übrigens nachgedacht", sagte er.

„Über mich?" Sie lachte unsicher.

„Ich halte es für Unsinn, daß du einfach aus dem Sanatorium fortlaufen willst", er schob seinen Arm unter ihren Ellbogen, ging weiter. „Ich verstehe, daß die Bemerkungen deiner Stiefmutter dich gekränkt haben, aber im Grunde genommen, so was hättest du doch erwarten müssen. Übrigens bin ich überzeugt, daß sie es nur gut mit dir gemeint hat."

Als sie schwieg, sah er sie von der Seite an. „Was ist los mit dir? Warum sagst du kein Wort?"

Die Enttäuschung hatte sich wie eine Zentnerlast auf ihre Brust gelegt. Dabei wußte sie nicht einmal genau, was sie eigentlich erwartet hatte. „Du hast sicher recht", sagte sie mühsam.

Er überhörte, wie gequält ihre Stimme klang.

„Siehst du", sagte er fast fröhlich, „ich wußte doch, du würdest vernünftig sein. Merk dir eines für dein ganzes Leben: Es hat nie Sinn, etwas aus einem Impuls heraus zu tun. Meiner Meinung nach war es schon falsch, daß du aus Hamburg weggelaufen bist."

„Bitte, müssen wir jetzt darüber reden? Das ist doch wirklich vorbei."

„Du hast recht. Ich wollte dich nicht verletzen. Ich möchte nur eines, daß du mir in die Hand versprichst, hierzubleiben und keine Dummheiten zu machen." Er streckte ihr seine Hand entgegen, und als sie zögerte, einzuschlagen, sagte er: „Du mußt doch auch an mich denken, Bettina!"

„Dir kann es doch gleichgültig sein, was ich tue, wenn du erst fort bist."

„Tina! Du glaubst ja selbst nicht, was du redest. Du kannst es nicht glauben. Fühlst du denn nicht, wie sehr ich . . . wie sehr ich dich liebe. Ich brauche dich doch, Tina!"

Ihr Herz flammte auf. Sie spürte, daß sie kurz davor war, wieder seinem Zauber zu verfallen.

Er nahm sie in seine Arme, zog ihren Kopf an seine Brust, streichelte sie mit zärtlicher Heftigkeit. „Glaubst du denn, ich würde dich nicht gern heiraten? Glaubst du denn, mir wird nicht ganz elend bei dem Gedanken, daß wir uns bald trennen müssen? Aber es geht nicht anders, noch nicht! Hab' ein bißchen Geduld mit mir! Du weißt doch, daß ich ohne dich nicht mehr leben kann, du weißt es doch!"

Während er sie küßte, versank die Welt um sie herum.

Bettina kam zu spät zum Abendessen. Der unausgesprochene Vorwurf ihrer Stiefmutter prallte an ihr ab. Sie war viel zu glücklich, als daß irgend etwas sie gestört hätte.

Wie im Traum kam sie in den nächsten Tagen ihren Pflichten nach, wurde erst richtig wach, wenn sie Norbert Kuban gegenüberstand. Sie stritten sich noch öfter bis zu seiner Abreise, sie stritten sich und versöhnten sich wieder. Aber selbst wenn sie um ihn weinte, spürte sie das Glück, ihn lieben zu dürfen.

Dann kam der Tag, an dem er das Sanatorium verließ.

Alle waren sie zum Abschied erschienen, die Ärzte, die Schwestern, und die meisten der Gäste und Patienten. Norbert Kuban schüttelte Hände, fand liebenswürdige Dankesworte, machte Witze, Bettina spürte, wie sehr er diesen großen Abgang genoß.

Sie wäre gern mit ihm allein gewesen, sehnte sich danach, ihn noch einmal zu küssen, aber sie wußte, daß es unmöglich war. So reichte sie ihm nur die Hand, lächelte wie die anderen — in der Sekunde, in der sich ihre Augen begegneten, spürte sie, daß er ihr etwas sagen wollte.

Sie standen und winkten ihm nach, bis er durch das große Tor auf die Straße hinausgekurvt und wirklich nichts mehr von ihm zu sehen war. Dann löste man sich in Gruppen und Grüppchen auf. Die Schwestern stoben als erste davon, um ihre versäumten Pflichten nachzuholen.

Bettina ging weder schnell noch langsam. Sie hatte Zeit genug für ihre Arbeit, viel Zeit. Sie fühlte sich plötzlich innerlich leer, wie ausgebrannt.

Ein Arm legte sich um ihre Schultern. Ohne aufzusehen, wußte Bettina, daß es nur Philine Steutenberg sein konnte. „Du warst sehr tapfer, mein Liebes“, sagte die Ärztin.

Bettina schwieg. Sie hätte gerne Philines Arm abgeschüttelt, wagte aber nicht, die Stiefmutter zu kränken.

„Du wirst ihn schneller vergessen, als du jetzt glaubst“, sagte Philine.

Bettina fuhr herum. „Vergessen? Warum sollte ich das?“

Philines Leib war schwer geworden in den letzten Wochen, auch ihr Gesicht schien verändert, breitflächiger, stumpfer. „Ich wollte dich nicht verletzen", sagte sie ruhig.

„Das kannst du nicht." Bettinas Stimme klang so heftig, daß sie rasch hinzufügte: „Entschuldige bitte, aber tatsächlich, Philine, du hast ja keine Ahnung."

Bettina spürte genau, daß es richtig gewesen wäre, das Gespräch damit zu beenden, aber das mütterliche Mitleid in den Augen Philines machte sie wütend. Der Wunsch, Norbert Kuban und ihre Liebe zu verteidigen, wurde unbezwinglich. „Aber vielleicht ist es ganz gut, daß wir darüber sprechen", sagte sie hochmütig, „ich möchte nämlich kündigen."

Philine Steutenberg erschrak sichtlich. „Bettina, bitte . . ."

„Es hat gar keinen Zweck, daß du versuchst, mich umzustimmen", sagte Bettina, „ich weiß sehr genau, was ich tue."

Philine Steutenberg packte Bettina beim Arm und führte sie in das sogenannte Gartenzimmer, das ganz verlassen war. „Was hast du vor?" fragte sie.

„Ich gehe nach München."

„Willst du ihm etwa nachfahren? Bettina, bitte, hör dieses eine Mal auf mich. Tu es nicht! Du wirst eine schreckliche Enttäuschung erleben. Glaub mir doch, du wirst . . ."

„Du siehst die Dinge ganz falsch, Philine", sagte Bettina, „ich werde ihm nicht nachfahren, er wird mich holen. Ich habe auch nicht die geringste Absicht, mich an ihn zu hängen, sondern ich werde mir selbst mein Brot verdienen. Norbert wird mich bei seiner Managerin unterbringen, vielleicht auch als Skriptgirl, das kommt ganz darauf an."

„Ach, das hat er dir also erzählt. Na ja, so etwas Ähnliches hätte ich mir denken können. Ein Wunder, daß er dir nicht versprochen hat, eine Schauspielerin aus dir zu machen!"

„Was willst du damit sagen?"

„Bettina, bitte, sei mir nicht böse. Es war mein Fehler. Ich bin augenblicklich in der Verfassung, um . . . Es ist außerdem noch zu früh, mit dir zu sprechen." Philine Steutenberg nickte Bettina zu und wollte das Gartenzimmer verlassen.

Bettina verstellte ihr den Weg. „O nein, so einfach geht das nicht. Erst machst du Andeutungen, stößt Verdächtigungen aus, dann . . ."

„Bettina, bitte. Weißt du wirklich nicht, daß ich es immer gut mit dir gemeint habe?"

„Hast du das wirklich? Ich habe keine Ahnung. Jedenfalls steht fest, meine Liebe zu Norbert Kuban hast du mir von Anfang an nicht gegönnt."

„Ich habe dich beschützen wollen!" Philine drehte sich um und trat ins Zimmer zurück. „Ich will es jetzt noch, Bettina. Das ist alles."

„Danke. Ich bin durchaus imstande, mich selbst zu schützen."

„Das bildest du dir ein, Bettina. Gerade das macht es ja so gefährlich für dich. Ich habe nichts gegen Norbert Kuban, nicht das Geringste, glaub mir doch. Er ist charmant und liebenswert, sicher ist er auch sehr begabt. Nur . . ."

„. . . ich passe nicht zu ihm, das willst du doch wohl sagen, wie, Philine? Ich bin zu unbedeutend, zu dumm, zu einfältig für ihn!" Bettina trat nahe an ihre Stiefmutter heran. „Aber er liebt mich, daß du's nur weißt, er liebt mich. Vielleicht kannst du es nicht verstehen, wie jemand etwas an mir finden kann, aber es ist eine Tatsache. Er liebt mich."

„Machen wir Schluß damit, Bettina", sagte Philine Steutenberg friedlich, „es hat keinen Zweck. Du weißt, was ich von der ganzen Geschichte halte. Ich habe dich gewarnt, mehr kann ich nicht tun."

Als Bettina etwas sagen wollte, hob Philine beschwörend die Hand. „Ja, ich gebe zu, es kann auch sein, daß ich die Dinge falsch sehe. Ich bilde mir nicht ein, allwissend zu sein. Du hast mir einmal vorgeworfen, daß ich selbst eine Menge falsch gemacht habe, und damit hattest du sogar recht. Also, warten wir es ab."

„Was?" fragte Bettina. „Was willst du jetzt wieder andeuten?"

„Gar nichts. Weshalb regst du dich so auf? Warten wir also ab, wann er sich wieder melden wird, was er schreibt und ob er überhaupt schreibt. Dann haben wir immer noch Zeit, uns gründlich zu unterhalten."

„Philine!" rief Bettina empört. „Wie kannst du nur so gemein sein! Jetzt weiß ich, was du willst? Mich quälen! Mich irre machen. Aber das wird dir nicht gelingen. Ich weiß, daß er mich liebt, und ich weiß, daß er mich holen wird. Vielleicht eher, als euch allen lieb ist."

14

Bettina war so sicher gewesen, schon sehr bald einen Brief von Norbert Kuban zu bekommen, vielleicht sogar ein Telegramm, das sie nach München rief. Jedesmal, wenn das Telefon auf ihrem Schreibtisch klingelte, hoffte sie, seine Stimme zu hören.

Aber die Tage und Wochen vergingen, ohne daß eine Nachricht von ihm kam.

Weder Philine Steutenberg noch Dr. Grotius verloren ein Wort darüber. Aber selbst wenn sie etwas gesagt hätten, würde es an Bettina abgeprallt sein. Die Menschen, unter denen sie lebte, waren ihr ganz uninteressant geworden. Ihr Denken und Sehnen galt nur einem einzigen Mann — Norbert Kuban.

Sie konnte nicht begreifen, was geschehen war. Wenn ich es nur begreifen könnte, dachte sie, wenn ich nur wüßte, was wirklich passiert ist — ich würde damit fertig werden. Aber so! Ich verstehe es einfach nicht. Er hat mir doch gesagt, daß er mich liebt — nicht nur einmal, oft. Es ist doch nicht möglich, daß ein Mensch von heute auf morgen seine Meinung ändert. Daß Gefühle so schnell verschwinden können. Das ist doch nicht möglich. Selbst wenn er nichts mehr von mir wissen will, müßte er mir doch wenigstens ein paar Zeilen schreiben, es mich wissen lassen. Ich verstehe das nicht.

Sie hatte es sich angewöhnt, jede Woche nach Schliersee hinunterzufahren. Sie kaufte sämtliche Zeitschriften auf, durchblätterte sie hastig, suchte nach Bildern und Notizen über Norbert Kuban. So erfuhr sie endlich, daß Norbert Kuban zu Aufnahmen eines großen Reise- und Abenteuerfilms mit einem großen Stab nach Ägypten gereist war. Sie atmete auf, als sie es las. Einen Augenblick glaubte sie, die Lösung des Rätsels gefunden zu haben. Wenn er in Ägypten war, konnte er ihr natürlich nicht schreiben.

Sie hätte gern die Zeitschriften mit nach Hause genommen, die Bilder Norbert Kubans, die ihn auf dem Rücken eines Kamels, am Fuße der Pyramiden, vor dem Zelt eines Scheichs zeigten, ausgeschnitten. Aber sie tat es nicht, es schien ihr demütigend.

Zum erstenmal kam ihr der Gedanke, daß Philine vielleicht doch recht gehabt hatte. Es gab keine andere Erklärung für Norbert Kubans rätselvolles Schweigen.

Es war alles aus. Es blieb ihr nichts anderes übrig, als sich abzufinden. Aber sie wußte nicht, woher sie die Kraft dazu nehmen sollte —

Einige Tage später sah sie ganz zufällig, wie Philine Steutenberg vor dem Hauptportal den Briefträger empfing.

Der Briefträger zog einen Stapel Post aus der Tasche, blätterte ihn durch, reichte Philine zwei, drei Briefe, ließ sich einen Zettel unterschreiben. Dann hob er grüßend die Hand an die Mütze. Philine nickte ihm lächelnd zu, wandte sich ab und begann, noch im Gehen, einen der Umschläge aufzureißen.

Ein schrecklicher Verdacht stieg in Bettina auf.

Am liebsten hätte sie die Stiefmutter sofort und auf der Stelle zur Rede gestellt, aber sie fürchtete, daß sie nicht die Nerven dazu haben würde.

So wartete sie, bis Philine im Arbeitszimmer des Chefs verschwunden war, dann drehte sie sich auf dem Absatz um und rannte über den gepflasterten Weg in ihr eigenes Büro hinüber.

Der Briefträger war schon da. Er hatte begonnen, seine Tasche aufzuräumen. „So, das wär's", sagte er freundlich, nach dem er ein paar Zeitungen und Illustrierte ausgepackt hatte.

„Sind Sie sicher, Herr Wachtl?" fragte Bettina atemlos.

Der Briefträger begriff nicht. „Hö?" fragte er.

„Ich meine, sind das alle Postsachen für das Sanatorium?"

Herr Wachtl verstand sie immer noch nicht richtig,

begann noch einmal in seiner Tasche zu wühlen, schüttelte dann den Kopf.

„Tut mir leid, Fräulein, das ist alles!"

„Aber vorhin haben Sie doch Dr. Steutenberg ein paar Briefe gegeben."

„Ja, das habe ich," sagte der Briefträger, immer noch ohne recht zu verstehen, worauf Bettina hinauswollte.

„Machen Sie das öfter so?"

„Daß ich der Frau Doktor ihre Briefe gleich gebe? Ja, das schon. Sie erwartet mich jeden Tag."

Bettina war nahe daran, ihn zu fragen, ob er ihrer Stiefmutter auch schon mal einen Brief, der für sie bestimmt gewesen war, gegeben hatte. Aber sie schreckte davor zurück, ihre Stiefmutter so offen zu verdächtigen.

„Ist was falsch dabei?" fragte Herr Wachtl.

„Nein, nein." Bettina zwang sich zu einem Lächeln. „Es ist alles in Ordnung. Ich wollte es nur mal wissen."

Dann, als er gegangen war, ließ sie sich auf ihren Stuhl hinter den Schreibtisch sinken, stützte den Kopf in beide Hände. Ihre Erleichterung war größer als ihr Zorn. Jetzt war alles klar. Norbert Kuban hatte sie nicht vergessen. Er hatte ihr doch geschrieben, vielleicht sogar oft. Philine hatte die Post unterschlagen.

Es dauerte eine ganze Weile, bis Bettina begriff, daß die Entdeckung, die sie gemacht hatte, ihre Gefühle, nicht aber die Wirklichkeit veränderte. Norbert Kuban war ihr so unerreichbar wie nie zuvor.

Er hatte ihr geschrieben, das stand für sie fest. Was aber mochte er gedacht haben, als keine Antwort von ihr kam? Er mußte glauben, daß sie sich von ihm abgewandt hatte.

Bettina war überzeugt von seiner Liebe gewesen, aber sie hatte auch nie die Versuchungen unterschätzt, denen er ausgesetzt war, als er in seine eigene Welt — die Welt des Films — zurückkehrte. Sie wußte, daß er launisch war, reizbar. Sie hatte erfahren, wie schnell seine Stimmungen wechselten — bestimmt hatte er, als er nichts mehr von ihr hörte, versucht, sie aus seinem Gedächtnis zu streichen.

Bettinas Zorn auf Philine wuchs. Dennoch gestand sie sich ein, daß sie selbst nicht ohne Schuld war. Warum hatte sie gewartet und gewartet, ohne auch nur zu versuchen, sich mit ihm in Verbindung zu setzen? Warum war sie zu stolz gewesen, ihm zu schreiben? Hätte er eine Nachricht von ihr bekommen, würde er wissen, wie die Dinge standen.

Mit bebenden Händen suchte sie eine Karteikarte aus einem der Kästen. Seine Adresse war eingetragen, hinter der Telefonnummer stand in Klammern: Geheim.

Bettina entschloß sich, sofort anzurufen. Bettina rechnete damit, daß irgend jemand da war, der seine Wohnung hütete — eine Sekretärin oder eine Haushälterin. Sie mußte erreichen, daß man ihr seine augenblickliche Adresse mitteilte oder wenigstens versprach, einen Brief an ihn weiterzuleiten.

Bevor Bettina telefonierte, stand sie auf, warf einen Blick zum Fenster hinaus auf den gepflasterten Weg, der jetzt auf beiden Seiten von Schneewällen abgegrenzt war. Dann, als sie sicher war, daß sich niemand dem Wirtschaftstrakt näherte, ging sie zur Tür, drehte den Schlüssel im Schloß. Sie trat zum Schreibtisch, nahm, noch im Stehen, den Hörer ab, wählte die Vornummer, und dann drehte sie weiter — Norbert Kubans Geheimnummer.

Sie wartete. Der Anschluß war frei, aber niemand meldete sich. Sie wartete, aber ihre Hoffnung sank.

Dann, ganz unvermittelt, war ein Geräusch in der

Leitung. Eine atemlose und eher ärgerliche als erwartungsvolle Stimme sagte: „Hallo!"

Bettina stand, den Hörer ans Ohr gepreßt, unfähig, ein Wort hervorzubringen.

„Hallo, wer ist denn da?" fragte die Stimme noch einmal. „Sprechen Sie doch! Warum melden Sie sich nicht?"

Es war Norbert Kubans geliebte Stimme.

Bettina war so überrumpelt, daß ihr beim besten Willen nicht einfiel, was sie jetzt sagen sollte.

„Soll das etwa ein Witz sein?" fragte Norbert Kuban am anderen Ende der Leitung. „Dann ist es aber ein verdammt schlechter!"

Bettina hörte, wie er den Hörer auf die Gabel warf.

Langsam sank auch ihre Hand herab.

Norbert Kuban war nicht in Ägypten, er war in München, kaum fünfzig Kilometer von ihr entfernt. Die Erklärung war ganz einfach. Der Bericht von Ägypten war wahrscheinlich erst in die Zeitschriften gelangt, als der Stab schon auf der Rückreise war.

Norbert Kuban war da, sie konnte mit ihm sprechen, jetzt, in diesem Augenblick, sie brauchte nur noch einmal die Verbindung mit ihm herzustellen.

Aber Bettina tat es nicht. Es war alles zu kompliziert. Wie wollte sie ihm am Telefon erklären, warum sie nicht geschrieben hatte? Wie wollte sie ihm glaubhaft machen, daß sie seine Briefe nicht bekam?

Nein, so ging das nicht. Sie mußte zu ihm. Wenn sie einander gegenüberstanden, würden sich viele Worte erübrigen.

Am liebsten wäre Bettina noch in diesem Augenblick aus dem Haus gelaufen, hätte sich hinter das Steuer ihres Wagens gesetzt und wäre in Richtung München losgebraust.

Aber ihr Pflichtgefühl siegte; sie war nicht mehr das unreife Mädchen, das damals ohne ein Wort des Abschieds aus dem Haus ihres Vaters geflohen war.

Mit fieberhaftem Eifer machte sie sich daran, alle laufenden Arbeiten so weit abzuschließen, daß sie von ihrer Nachfolgerin ohne Schwierigkeiten übernommen werden konnten.

Dr. Grotius empfing Bettina nach dem Mittagessen in seinem großen, geschmackvoll eingerichteten Arbeitsraum. Eine junge Schwester servierte Kaffee. Es war alles wie damals, als er ihr die Stellung als Sekretärin an seinem Sanatorium anvertraut hatte.

„Sie hätten eher zu mir kommen sollen", sagte der Chefarzt und sah sie prüfend aus seinen klugen Augen an. „Sie gefallen mir schon seit langem nicht mehr . . ."

Bettina fuhr hoch. „Ich . . . ? Was habe ich Ihnen denn getan?"

Dr. Grotius lächelte. „Noch immer der gleiche kleine Hitzkopf", sagte er. „Ich wollte Ihnen keine Vorwürfe machen, Bettina . . . ich bin einfach besorgt um Sie. Sie sind mager geworden und nervös. Vielleicht halten Sie das für interessant, aber es steht Ihnen gar nicht. Haben Sie öfter Kopfschmerzen?"

Bettina verneinte.

„Sonst irgendwelche Beschwerden? Schwindelanfälle? Übelkeit?"

„Nein", sagte Bettina, „ich . . . ich bin nicht als Patientin zu Ihnen gekommen."

„Schade. Ich hätte sie gern mal auf Herz und Nieren untersucht. Aber wenn Sie nicht wollen . . ."

„Nein, ich will wirklich nicht."

„Na schön. Da kann man nichts machen. Aber einen Rat werden Sie doch wenigstens von mir annehmen ...“

„Ich bin aus einem ganz anderen Grund zu Ihnen gekommen ...“, unterbrach Bettina zögernd. Plötzlich kam sie sich sehr undankbar vor gegenüber dem Arzt, von dem sie immer nur Gutes empfangen hatte.

Er sah sie an, lächelte unmerklich. „Sie wollen uns verlassen, nehme ich an?“

Bettina errötete. „Ja, woher wissen Sie ...“

„Ich habe es kommen sehen, schon seit einiger Zeit. Wann wollen Sie fort?“

„Noch heute.“

„Und was haben Sie für Pläne? Falls Sie es nicht für aufdringlich halten, daß ich mich danach erkundige, versteht sich.“

Bettina schwieg.

„Sie haben recht“, sagte Dr. Grotius und stand auf. „Es hat keinen Sinn, wenn Sie mir etwas erzählen. Es würde mich nur belasten, da ich mich zu meinem Leidwesen außerstande sehe, Ihnen zu helfen.“ Er lächelte. „Wenn ich ein weltbekannter Mann wäre, fünfzehn Jahre jünger und Norbert Kuban hieße, könnte ich es vielleicht, wie?“

Er sah ihre Verlegenheit, setzte hinzu: „Ich habe das jetzt nur gesagt, um Ihnen zu zeigen, daß man mich nicht so leicht beschwindeln kann — also aus Eitelkeit. Ja, ich gebe es zu, daß ich das bin. Nur die Heiligen sind ohne Eitelkeit.“ Er blieb vor ihr stehen, sah sie an. „Schade. Na, da kann man nichts machen. Ich nehme an, es hat keinen Sinn, wenn ich Ihnen jetzt gute Ratschläge gebe. Jeder Mensch muß seine eigenen Fehler machen. Anders geht es nicht.“

Bettina stand auf. „Ich hätte gern noch ein Zeugnis, Herr Doktor.“

„Ja, richtig. Was soll ich schreiben?"

„Ich habe es schon aufgesetzt", sagte Bettina und holte ein zusammengefaltetes Stück Papier aus ihrer Handtasche. „Sie brauchen es nur noch zu unterschreiben, das heißt ... natürlich, wenn Sie nichts dagegen haben."

Dr. Grotius faltete das Blatt auseinander, warf Bettina einen merkwürdigen Blick zu, las laut:

„Fräulein Bettina Steutenberg war vom ersten September bis siebzehnten Dezember als Sekretärin in meinem Sanatorium tätig. Sie war pflichtbewußt, zuverlässig und arbeitsam, zeigte sich vertraut mit allen Büroarbeiten. Sie verläßt mich auf Ihren eigenen Wunsch."

Dr. Grotius nahm das Blatt, legte es auf seinen Schreibtisch, schraubte seinen Füllhalter auf und unterschrieb. „Sie scheinen keine schlechte Meinung von sich zu haben, Bettina", sagte er. „Na, immerhin, so übertrieben ist es ja gar nicht."

„Ich muß Geld verdienen", sagte Bettina. „So viel wie möglich."

„Ich wünsche, daß es Ihnen gelingt", sagte Dr. Grotius herzlich, „und alles andere auch." Er gab ihr das unterschriebene Zeugnis zurück und schüttelte ihr die Hand.

Bettina war erleichtert, daß alles so glatt gegangen war. Dennoch blieb ein Rest von Beschämung.

Während ihres Aufenthaltes im Sanatorium hatte Bettina nur wenige Anschaffungen gemacht. Sie hatte sich ein Paar bequeme Schuhe gekauft, später auch moderne Stiefel, bunte Strumpfhosen und warme Handschuhe, ein Wollkleid, einen fröhlich karierten Schottenrock und zwei Pullover — alles Sachen, die sie dringend gebraucht hatte.

Da sie im Haus wohnte und verpflegt wurde, hatte sie ihr ganzes Gehalt für Einkäufe aufwenden können. Sie besaß hundertachtzig Mark in bar — das Geld hatte eigentlich zum Kauf eines Wintermantels dienen sollen, jetzt war sie froh, daß sie es noch nicht ausgegeben hatte. Der Gedanke war ihr entsetzlich, Norbert Kuban um Geld bitten zu müssen.

Sehr eilig und dennoch methodisch begann Bettina zu packen. Sie entschied sich, nur Wäsche, Pullover und Kleinigkeiten einzupacken, die Kleider über den Arm zu nehmen und hinten ins Auto zu hängen.

Sie war gerade dabei, den Koffer zu schließen, sah sich noch einmal prüfend im Zimmer um, ob sie auch nichts vergessen hatte, als, ohne anzuklopfen, die Tür geöffnet wurde.

Philine trat ein. Einen Augenblick sahen die beiden Frauen sich schweigend an.

„Du willst fort?“ fragte Philine.

„Ja!“ Bettina wandte sich wieder ihrem Koffer zu, drückte das rechte Knie darauf. Es gelang ihr, die Schlösser zum Zuschnappen zu bringen.

Philine Steutenberg holte tief Atem. „Bettina“, sagte sie eindringlich. „Bitte, erklär mir doch, was vorgefallen ist. Ich weiß von nichts, das mußt du mir glauben. Du willst doch nicht etwa behaupten, daß du meinetwegen das Sanatorium verläßt?“

„Nein, das ganz bestimmt nicht“, sagte Bettina bitter, „im Gegenteil.“

„Jetzt verstehe ich überhaupt nichts mehr. Willst du mir nicht wenigstens erklären . . .“

„Nein!“ sagte Bettina. „Dazu sehe ich keinen Anlaß.

Du hast dich jetzt lang genug in meine Angelegenheiten eingemischt. Jetzt ist es damit aus!"

„Bettina, wie soll ich deinem Vater gegenüber verantworten ..."

„Tu doch nicht so!" sagte Bettina außer sich vor Zorn. „Hör endlich auf mit dem Theater. Ich habe längst heraus, daß Vater dir herzlich gleichgültig ist, sonst wärst du doch nicht hier, ach was, wozu soll ich mich mit dir zanken. Laß mich gehen!"

Bettina riß ihren Regenmantel vom Haken, schlüpfte hinein, sie legte ihre Kleider über den linken Arm, faßte mit der anderen Hand den Griff ihres Koffers.

Philine blieb reglos in der Tür stehen, versperrte ihr den Weg.

„Ich weiß nicht, was dich so zornig gemacht hat, Bettina", sagte sie, „es muß sich um ein schreckliches Mißverständnis handeln. Ich kenne dich gar nicht wieder. Sag mir, was du gegen mich hast, und ich werde dir erklären ..."

„Ach, Philine", sagte Bettina erschöpft, „spar dir deine Worte. Merkst du denn wirklich nicht, daß es aus ist?"

„Du fährst zu Norbert Kuban."

„Ja."

„Ich hoffe, du hast überlegt, was du tust."

„Auch das."

Philine zögerte noch immer, Bettina die Tür freizugeben. „Willst du mir etwas versprechen, Bettina, eine winzige Kleinigkeit ..."

„Nein. Das tu ich nicht."

„Hör mich doch erst mal an. Ich verlange ja nur von dir ... was heißt verlangen ... ich bitte dich von ganzem Herzen, wenn du eine Enttäuschung erleben solltest, wenn nicht alles so wird, wie du es dir vorgestellt hast, bitte setz dich mit mir in Verbindung. Komm zurück. Ich werde immer für dich da sein, Bettina, das ist es, was ich dir sagen wollte.“

15

Als Bettina endlich das Sanatorium verlassen konnte, war schon die frühe Dämmerung des Wintertages hereingebrochen. Der verhangene Himmel hob sich bläulich gegen den weißen Schnee ab.

Obwohl die Garage geheizt war, brauchte es einige Zeit, bis der Motor sich warmgelaufen hatte. Als er endlich ansprang, als der schnittige Wagen sich fast geräuschlos und voller Kraft in Bewegung setzte, spürte Bettina, daß sie mit diesem Aufbruch ein weiteres Kapitel in ihrem Leben beendet hatte. Es tat ihr nicht leid darum.

Es war kurz vor neun, als sie München erreichte. Hier in der Stadt gab es Schnee nur auf den Dächern. Straßenlaternen, Schaufenster und Neonreklamen warfen ihr Licht auf die nasse Fahrbahn.

Bettina kannte Norbert Kubans Wohnung in der Brienner Straße aus seinen Erzählungen. Sie lag im obersten Stockwerk eines Hochhauses, mit einer kleinen Dachterrasse, von der aus man über die ganze Stadt sehen konnte. Hier pflegte der Schauspieler seine berühmten Junggesellenpartys zu feiern.

Bettina kam es keinen Augenblick in den Sinn, sich erst ein Hotelzimmer zu beschaffen, sich frisch zu machen und telefonisch anzumelden.

Sie fand das Haus, parkte ihr Auto, ging die wenigen Schritte zurück, stieß die hohe Glastür auf und trat in eine Diele von imponierendem Ausmaß. Die meisten der Hochhauswohnungen waren als Büros an bekannte Firmen vermietet.

Ohne den Portier zu fragen, durchquerte sie die Diele. Der Lift war unten, sie ließ sich zum obersten Stockwerk fahren.

Obwohl die Tür durch kein Schild gekennzeichnet war, fand sie Norbert Kubans Wohnung sofort.

Sie klingelte.

Kaum zwei Sekunden später wurde geöffnet.

Norbert Kuban stand auf der Schwelle. Als er Bettina sah, veränderte sich sein Gesichtsausdruck.

Er wirkte fast töricht vor Überraschung. „Tina", sagte er benommen, „nein, aber das ist doch nicht möglich."

Bettina hatte sich alles, was sie ihm sagen wollte, genau zurechtgelegt. Jetzt, als er ihr gegenüberstand, war alles vergessen.

„Norbert", sagte sie unsicher, „ich bin gekommen, um ... ich muß dir erklären ..."

Der Mann hatte sich schon wieder gefaßt. „Komm herein", sagte er und machte die Tür ganz auf.

Bettina trat an ihm vorbei in eine sehr exzentrisch eingerichtete, mit ostasiatischen Kunstgegenständen überladene Diele.

„Norbert, ich bin so froh ...", begann sie.

Er schnitt ihr das Wort ab. „Später, Honey, später!"

Erst jetzt begriff Bettina, daß er nicht allein war. Vor einem kostbar gerahmten Spiegel stand eine Frau, von der nur fast blauschwarzes Haar, ein schimmernder Nerzmantel, schöngeformte Waden, schlanke Fesseln und sehr hohe, bleistiftdünne Absätze zu sehen waren.

„Darf ich bekannt machen, Ada", sagte Norbert Kuban, „Bettina Steutenberg. Bettina, das ist Ada Berger!"

„Wenn ich störe!“ Bettinas Lippen zitterten. „Bitte, entschuldige, ich wußte ja nicht . . .“

„Unsinn!“ sagte er barsch. „Natürlich freue ich mich, dich mal wiederzusehen. Die Frage ist bloß, was ich jetzt im Augenblick mit dir anfange. Jedenfalls denke ich, du wirst doch ein paar Tage in München bleiben, wie?“

Sie nickte, unfähig, ein Wort hervorzubringen.

„Na, dann ist ja alles in bester Ordnung. Wir machen einen Termin für ein Treffen aus. Sag mir ganz rasch, wo du wohnst . . .“

„Ich habe noch kein Zimmer.“

„Hör mal, Norbert“, sagte Ada Berger herablassend, „wenn es noch lange dauert, bis du dieses Waisenkind verarztest hast, dann nehme ich mir wohl doch lieber ein Taxi!“ Sie wandte sich um, und Bettina sah, daß sie in Wirklichkeit genauso schön wirkte wie auf der Leinwand. Ihre glatte bräunliche Haut war ungepudert, ihre großen, fast schwarzen Augen durch geschickte Striche und grünliche Schatten noch vergrößert, ihr voller Mund so zart geschminkt, daß er fast natürlich wirkte.

Bettina konnte nicht anders, als sie fasziniert anstarren.

„Ada, hör mal . . .“, begann Norbert Kuban unsicher.

„Warum machst du so ein Theater?“ sagte Ada Berger, der Bettinas offenkundige Bewunderung anscheinend gefiel. „Nimm sie doch einfach mit!“

„Zu Kai?“

„Warum nicht? Du wirst mir doch hoffentlich nicht erzählen wollen, daß dort nur die Creme der Gesellschaft versammelt ist!“

„Eigentlich hast du recht“, sagte Norbert Kuban, „nur . . .“

Es klingelte an der Wohnungstür. „Verdammt!" sagte er ärgerlich.

„Na, mach schon auf!" drängte Ada.

Norbert Kuban öffnete die Tür, und herein stürzte ein wild geschminktes Mädchen, dessen weißblonde Locken genauso zerzaust waren wie ihr heller minikurzer Pelzmantel. „Hei!" rief sie vergnügt. „Da bin ich ja gerade noch zurechtgekommen!"

„Tag, Bunny", sagte Norbert Kuban gelassen.

„Auch das noch!" Ada Berger hob die Augenbrauen.

„Du hast hoffentlich nicht vergessen, daß du versprochen hast, mich mitzunehmen, Honey?" fragte Bunny.

Bettina zuckte zusammen, als sie den Kosenamen, den Norbert Kuban ihr gegeben hatte, aus einem anderen Mund hörte.

„Natürlich nicht, bloß . . ." Norbert Kuban wandte sich an Bettina. „Sag mal, Mädchen, bist du mit dem Wagen da?"

Sie nickte.

„Fein. Dann wäre das auch geritzt. Ich fahre mit Ada, und ihr beide kommt hinterher. Du brauchst bloß meinem Wagen zu folgen, Tina, und falls du uns aus den Augen verlieren solltest, Bunny wird dir den Weg schon zeigen."

„Ja, aber ich weiß gar nicht . . .", sagte Bettina überrumpelt.

Niemand nahm von ihrem schwachen Protest Notiz. Norbert Kuban hatte die Wohnungstür geöffnet, Ada Berger rauschte an ihm vorbei, Bunny stieß Bettina hinterher, Norbert Kuban, der als letzter kam, schloß die Tür ab.

Während sie draußen im Treppenhaus auf den Lift warteten, unterhielten sich Norbert Kuban und Ada

Berger leise miteinander, in einer Art, die Bettina und Bunny bewußt ausschloß.

Der Lift hielt, Ada Berger stieg zuerst ein, die beiden Mädchen folgten ihr, Norbert Kuban kam als letzter. Die Schauspielerin nahm sofort den Faden ihrer Unterhaltung wieder auf. „Ich glaube, du hast das Buch gar nicht gelesen, Norbert!"

„Doch, doch."

„Na, dann ..."

„Sieh mal, Ada", sagte Norbert, „ich gebe ja zu, der Stoff ist prima. Die Elena auch. Ganz groß. Aber ..."

Der Lift hielt unten, Ada Berger und Norbert Kuban stiegen aus und traten ohne sich nur einmal nach Tina und Bunny umzusehen, auf die Straße hinaus.

Bunny krauste ihre freche Nase. „Die Ada ist bescheuert", sagte sie mit Überzeugung.

„Sie ist sehr schön."

„Na, wenn schon! Temperament muß man haben." Dann wechselte Bunny den Ton. „Zugegeben, sie steht hoch im Kurs, jedenfalls augenblicklich. Bescheuert ist bloß, daß sie jetzt versucht ... na, Sie haben's ja selbst gehört."

„Ich habe kein Wort begriffen", sagte Bettina ehrlich.

„Nicht?" Eine Sekunde lang sah Bunny Bettina mißtrauisch an, dann klärte sich ihr Gesicht sofort wieder auf. „Um so besser. Dann gibt's wenigstens noch jemanden, dem man was erzählen kann." Vertraulich schob sie ihren Arm unter den Bettinas. „Also passen Sie auf. Ada dreht jetzt einen neuen Film ... so eine Generationsgeschichte, verstehen Sie, sie spielt alle Rollen, Großmutter, Mutter und Kind. Beim Kind fängt's natürlich an. Und da hat sie sich gedacht, sie kann den Norbert kriegen, der soll den jungen Mann übernehmen, der sie verführt und dann mit ihrem unehelichen Kind sitzenläßt.“ Sie holte Atem. „So ein Quatsch. Das tut der doch nie.“

„Wieso?“

„Ganz klar. Erstens ist die Ada sowieso schwierig im Atelier, nach dem Motto: Alle Scheinwerfer auf mich! Sie verstehen schon. Zweitens spielt Norbert keine Episoden, das hat er nicht mehr nötig, und drittens, ein Mann, der ein Mädchen verführt, das würden eine Menge Leute ihm verdammt übelnehmen.“

Sie waren während ihres Gesprächs die nächtliche Brienner Straße entlanggeschlendert. Jetzt blieb Bettina bei ihrem Auto stehen, holte den Zündschlüssel aus ihrer Handtasche.

Bunny pfiff durch die Zähne. „Hei!“ sagte sie beeindruckt. „Ist das etwa Ihrer?“

Bettina nickte. „Eine Sekunde ... Sie können gleich einsteigen!“

„Potzblitz!“ Bunnys Staunen über den schneeweißen Sportwagen mit den karminroten Lederpolstern war ungekünstelt. „So eine sind Sie also! Ich glaub’, von Ihnen kann ich noch was dazulernen.“

Bettina spürte, daß Bunny es nicht böse meinte. Sie stieg ein, öffnete die gegenüberliegende Wagentür von innen. Bunny schlüpfte auf ihren Sitz. Bettina steckte den Zündschlüssel ein, ließ den Motor an.

„Hat Norbert Ihnen den geschenkt?“ fragte Bunny sie interessiert.

„Warum sollte er?“ Bettina manövrierte den Wagen vorsichtig auf die Fahrbahn hinaus.

„Na ja, man kann nie wissen. Übrigens, ganz ehrlich, soviel Großzügigkeit hätte ich ihm auch gar nicht zugetraut.“

„Nicht?“ fragte Bettina, die Augen auf die nasse glänzende Straße gerichtet.

„Warum sollte er auch was schenken", sagte Bunny nachdenklich. „Wenn es einer nicht nötig hat, dann ist er's."

„Er hat viel Erfolg, wie?" fragte Bettina mechanisch.

Bunny steckte sich eine Zigarette zwischen die stark geschminkten, mit dem Konturenstift vergrößerten Lippen, ließ ihr Feuerzeug aufklicken, sagte, die Zigarette im Mund: „Erfolg hat er jede Menge, bloß nicht da, wo es ihm darauf ankommt."

„Verstehe ich nicht."

„Kennen Sie ihn lange?"

„Seit dem Sommer."

„Ah, als er so geheimnisvoll verschwunden war, in einem Sanatorium oder wo . . ."

„Ja", sagte Bettina, die keinen Anlaß sah zu lügen.

„Na dann. Kein Wunder, daß Sie auf ihn reingefallen sind. Das wäre jeder an Ihrer Stelle passiert."

„Wie kommen Sie darauf, daß ich auf ihn hereingefallen bin?"

„Du lieber Himmel!" Bunny stieß den Rauch ihrer Zigarette durch die Nase. „Habe ich Sie etwas gekränkt? War nicht meine Absicht. Ehrenwort."

„Ich möchte wissen, warum Sie das gesagt haben!"

„Weil ich den Eindruck hatte. Gleich als ich reinkam. Sie standen da so herum . . . alle drei . . . Ada, wie immer, die Arroganz in Person, Norbert ein bißchen in die Enge getrieben, und Sie . . . na eben, wie das fünfte Rad am Wagen. So was kennt man doch. Entschuldigen Sie, wenn ich mich geirrt habe."

Bettina hatte bisher eine starre, fast unnatürliche Ruhe gezeigt. Ganz plötzlich war es mit ihrer Fassung vorbei. Tränen stiegen ihr hoch, bittere Tränen, die nicht aufzuhalten waren. Sie füllten ihre Augen, liefen ihr in dicken Tropfen die Wangen hinunter, in die Mundwinkel, schmeckten nach Salz und Verzweiflung.

„Fahren Sie rechts ran!“ sagte Bunny munter. „Fahren Sie rechts ran und bleiben Sie stehen.“

Bettina gehorchte.

Bunny neben ihr atmete auf. „Ich habe nämlich nicht vor, jung zu sterben, müssen Sie wissen“, sagte sie.

Bettina wischte sich die Tränen ab, putzte sich energisch die Nase. „Entschudigen Sie bitte!“

„Keine Ursache. Es ist Ihr Wagen. Sie können drin heulen, soviel Sie wollen. Wie heißen Sie eigentlich?“

„Bettina . . . Bettina Steutenberg.“

„Klingt nicht übel. Sie wollen zum Film?“

Bettina schüttelte energisch den Kopf. Sie schluckte, denn sie fühlte wieder die Tränen aufsteigen.

„Nicht mal das? Weshalb jammern Sie dann?“

„Ich kann es Ihnen nicht erklären“, sagte Bettina mühsam. „Bitte fragen Sie mich nicht.“

„Na schön. Es geht mich ja auch nichts an. Wäre es nicht besser, wenn ich Sie ablösen würde am Steuer, meine ich. Sie scheinen nicht ganz . . .“

„Ich will nicht zu dieser Party“, sagte Bettina heftig, „und ich will ihn nicht wiedersehen!“

„Hören Sie mal. Ich habe eine Idee!“ Bunny sagte das ganz impulsiv, aber plötzlich hatte Bettina das Gefühl, als wenn Sie diesen Satz seit langem vorbereitet hatte.

„Ja?“ fragte sie.

„Sie können bei mir pennen, nur wenn Sie wollen, natürlich. Wir können jetzt gleich hinfahren, und dann könnten Sie mir Ihren Wagen leihen? Nur für heute abend?“

Bettina war in diesem Augenblick alles gleichgültig geworden. „Natürlich“, sagte sie.

„Hei!“ rief Bunny vergnügt. „Ich wußte ja, daß ich

heute einen Glückstag habe. Eine Sekunde, ich steige aus, wir wechseln gleich die Plätze! Dann können Sie mir einige Finessen erklären ..."

Als Bettina erwachte, fiel das frühe Licht eines klaren Wintertages durch ein hochgelegenes Fenster. Sie sah um sich, wußte nicht gleich, wo sie sich befand. An den Wänden hingen sehr bunte und sehr abstrakte Bilder. Kleidungsstücke, die ihr nicht gehörten, lagen achtlos auf einen Stuhl geworfen. Als sie nach ihrer Armbanduhr greifen wollte, die sie auf ein Tischchen neben der Couch gelegt hatte, faßte sie mit der Hand in eine offene Cremedose.

In diesem Augenblick begriff sie. Mit erschreckender Klarheit überfiel sie die entsetzliche Enttäuschung, die ihr der gestrige Tag gebracht hatte.

Am Abend zuvor war sie müde gewesen, überrumpelt, betäubt. Jetzt am Morgen, nach dem langen tiefen Schlaf, fühlte sie sich hellwach und begriff erst ganz, was geschehen war.

Norbert Kuban hatte sie behandelt wie eine Fremde.

Was hätte er anders tun sollen? Sie in die Arme nehmen, küssen? Überschwenglichkeit lag nicht in seiner Art. Wenn er sich wirklich nichts aus ihr machte, hätte er sie auch verleugnen, sie einfach fortschicken können. Statt dessen war er bereit gewesen, sie mit auf diese Party zu nehmen, zu der wahrscheinlich nur interessante Persönlichkeiten geladen waren.

Mit beiden Beinen sprang Bettina aus dem Bett. Es kam ihr plötzlich vor, als wenn sie sich wie eine Närrin benommen hätte. Gestern noch hatte sie geglaubt, daß Bunny ihr die Augen geöffnet hätte. Woher konnte sie wissen, daß sie die Wahrheit sprach? Viel wahrscheinlicher war, daß sie selbst Norbert Kuban liebte und ihn für sich haben wollte.

Bettina stand in ihrem Pyjama am Fenster, atmete tief durch und begann, Freiübungen zu machen.

Sie fuhr herum, als sie sich angerufen hörte.

Bunny, noch im Pelzmantel, das weißblonde Haar zerzaust, der grelle Lippenstift verschmiert, war ins Zimmer getreten. „Hei!“ sagte sie, aber ihre Stimme klang nicht eben munter. „Mir scheint, Sie sind der sportliche Typ, aber bitte nicht bei mir. Es ist saukalt draußen.“

Rasch schloß Bettina das Fenster.

Bunny gähnte ungeniert, ohne die Hand vor den Mund zu halten. „Das war eine tolle Nacht!“ sagte sie. „Da haben Sie wahrhaftig was versäumt. Das war die Party des Jahres!“ Sie schlüpfte aus ihrem weißen Pelzmantel, hängte ihn über einen Bügel und in den Kleiderschrank. „Sie erlauben wohl, daß ich mich hinhaue, ich bin geschafft.“

„Hat Norbert etwas darüber gesagt, daß ich nicht mitgekommen bin?“ fragte Bettina und wußte im selben Augenblick, daß diese Frage völlig unsinnig war. Wie konnte sie glauben, daß Bunny ihr die Wahrheit sagen würde.

„Der? Ich glaube, der hat's nicht mal bemerkt.“ Bunny gähnte wieder.

„Bunny“, sagte Bettina, „wie stehen Sie eigentlich zu Norbert Kuban?“

„Überhaupt nicht“, sagte Bunny.

„Wieso sind Sie denn dann von Schwabing bis in die Mitte der Stadt gefahren, um sich von Norbert Kuban mit nach Grünwald hinausnehmen zu lassen? Das verstehe ich nicht.“

„Weil Sie keine Ahnung haben. Sonst wüßten Sie, wie wichtig es ist, mit wem zusammen man gesehen wird.

Es kommt doch alles in die Presse. Dann heißt es: Norbert Kuban erschien in Begleitung von Ada Berger und Bunny Müller. Das macht doch gleich was daher."

„Aber Sie sind ja gar nicht in seiner Begleitung gekommen", sagte Bettina hartnäckig.

„Das steht auf einem anderen Blatt. Darüber muß ich gleich noch mit Ihnen reden. Es ist mir zwar ..."

Bettina schnitt ihr das Wort ab. „Jetzt bin ich dran, Bunny. Ich habe mir das, was Sie gestern abend gesagt haben, nämlich durch den Kopf gehen lassen. Sie werden mir das nicht übelnehmen. Woher können Sie wissen ..."

Bunny ließ sie nicht aussprechen. „Mein liebes armes Schäfchen", sagte sie und verdrehte mitleidsvoll die Augen, „ich muß Ihnen leider sagen, daß Sie auf dem falschen Dampfer sind. Sie versuchen mir jetzt sicher einzureden, daß ich auf Norbert Kuban scharf bin und Sie ausschalten möchte. Dem ist nicht so. Mir ist dieser Zauberjunge völlig schnuppe. Ich brauche ihn bloß für die Publicity. Ansonsten ..."

„Ich glaube einfach nicht, daß er so ein Casanova ist, wie Sie mir gestern abend erzählt haben. Ich nehme Ihnen das nicht ab."

„Recht haben Sie, folgen Sie ruhig der Stimme Ihres Herzens. Sie werden sehen, wie weit Sie damit kommen."

„Was soll ich jetzt bloß tun?" fragte Bettina verzweifelt.

„Da Sie auf mich nicht hören wollen, womit Sie übrigens absolut recht haben, denn erzählen kann man vieles, überzeugen Sie sich selbst. Dort steht ein Telefon. Rufen Sie ihn an. Sie werden es ja erleben."

Bettina zögerte. „Es ist für mich sehr wichtig."

„Habe ich bereits kapiert", sagte Bunny unbeeindruckt. „Also los. Telefonieren Sie! Meinetwegen brauchen Sie sich nicht zu genieren." Sie stopfte sich die Bettdecke in die Ohren. „Auf Neuigkeiten, die nichts einbringen, bin ich nicht gespannt."

„Ich möchte doch lieber nicht ..."

„Ganz wie Sie wollen." Bunny nahm einen großen Schluck, stellte die Tasse beiseite. „Ich werde jetzt auf alle Fälle ein Schlümmerchen tun. Haben Sie Geld?"

„Wieso? Natürlich habe ich", sagte Bettina verblüfft.

„Um so besser. Dann hätte ich eine große Bitte an Sie. Ziehen Sie sich in aller Ruhe an, und dann machen Sie sich auf die Strümpfe. Kaufen Sie was Hübsches, was wir heute zu Mittag kochen können. Wieviel Uhr ist es jetzt? Augenblick, punkt ein Uhr dürfen Sie mich wecken. Dann bin ich wieder fit."

Bunny legte sich ins Bett und schlief ein, noch bevor Bettina fertig angezogen war.

Bettina rief Norbert Kuban nicht an.

Zwar war sie überzeugt, daß sich an ihren Gefühlen nichts geändert hatte, dennoch konnte sie sich der Einsicht nicht verschließen, daß es nun an ihm war, sich mit ihr in Verbindung zu setzen.

Sie blieb in München, denn nach Schliersee konnte sie nicht zurück. Durch den Streit mit ihrer Stiefmutter hatte sie alle Brücken hinter sich abgebrochen.

Bettina wußte, daß es leicht war, Arbeit zu finden. Schwerer war es, an ein möbliertes Zimmer zu kommen, das ihren Ansprüchen genügte und dennoch nicht teuer war.

Bunnys unsentimentale Hilfsbereitschaft erwies sich als sehr nützlich. Sie schlug Bettina vor, einstweilen mit ihrer Wohnung vorlieb zu nehmen. Bunny selbst wollte die Weihnachtsfeiertage und Silvester in ihrem Elternhaus verbringen.

Bettina nahm mit Freuden an. Sie beobachtete mit Staunen, wie sich Bunny, die kleine Sexbombe, in ein artiges, junges Mädchen verwandelte, und brachte sie mit dem Auto zum Hauptbahnhof.

Sie hatte sich oft über Bunny geärgert, aber als sie allein durch die weihnachtlich geschmückten Straßen nach Schwabing zurückfuhr, als sie die leere kleine Wohnung betrat, merkte sie plötzlich, daß ihr die burschikose Art des abenteuerlustigen jungen Mädchens fehlte.

Der Heilige Abend kam heran, aber Bettina war nicht in der Stimmung zu feiern. Das trostlose Gefühl, nicht nur vieles, sondern geradezu alles in ihrem Leben falsch gemacht zu haben, überkam sie. Tatsächlich war sie allein wie nie zuvor. Es gab niemand, der an diesem Abend auch nur an sie dachte.

Den ganzen vierundzwanzigsten Dezember verbrachte sie damit, einen gründlichen Hausputz in Bunnys Wohnung zu veranstalten, nur um müde zu werden, nicht denken zu müssen. Sie weinte nicht, sie war vor lauter Schmerz und Elend wie betäubt.

Als am späten Nachmittag des zweiten Weihnachtstages das Telefon klingelte — Bettina war gerade von einem ausgedehnten Bummel durch Schwabing nach Hause gekommen —, schlug ihr Herz nicht höher. Sie war überzeugt, daß dieser Anruf nur Bunny gelten konnte.

Aber sie hatte sich geirrt.

„Hallo, Tina“, sagte eine männliche, ein wenig rauhe Stimme, als sie sich gemeldet hatte. „Gut, daß ich dich erwischt habe. Ich hoffe, du hast Lust, heute abend mit mir zu ‚Humpelmayr‘ essen zu gehen. Ich habe den Tisch schon reserviert.“

Bettinas Herz schlug einen Trommelwirbel.

Sie fühlte sich am Ziel all ihrer Sehnsüchte und Träume. Nur einen winzigen Augenblick stand sie, den Hörer in der Hand, genoß das überwältigende Gefühl, geliebt zu werden. Dann entwickelte sie einen Wirbel von Geschäftigkeit.

Es war jetzt sechs Uhr; in zwei Stunden würde Norbert Kuban sie abholen.

Bettina sah in den Spiegel. Mit Beschämung wurde es Bettina bewußt, daß sie sich hatte gehen lassen. Es war ihr sinnlos erschienen, sich schön zu machen, da es doch niemanden gab, für den es sich lohnte. Aber ihr fiel ein, daß Bunny einen Fön besaß; sie konnte sich die Haare waschen.

Nur zwei Stunden hatte sie Zeit, und nicht einmal die Nägel waren in Ordnung.

Was sollte sie anziehen? Bettina war schon einmal mit ihrem Vater im ‚Humpelmayr' gewesen. Es war sicher, daß heute, am zweiten Weihnachtstag, nur festlich gekleidete Menschen dort speisten.

Bei ihrer überstürzten Flucht aus Hamburg hatte sie kein Kleid mitgenommen, das für einen solchen Zweck geeignet gewesen wäre. Was nun? Zur Not konnte sie natürlich immer noch ihr neues Wollkleid anziehen, aber — sie spürte deutlich, daß es für sie noch nie so wichtig gewesen war, schön zu sein, wie heute abend.

Sie entschloß sich, zuallererst ein heißes Bad zu nehmen und ihre Haare zu waschen. Shampoo und Fön lieh sie sich von Bunny aus. Ihr Haar war jetzt schimmernd und duftig.

Wenn sie sich nur ein Kleid hätte von Bunny ausleihen können. Bettina war sicher, daß Bunny es ihr gern gegeben hätte. Der Kleiderschrank war bis auf den letzten Winkel gefüllt. Aber leider war Bunny um einiges molliger als Bettina, die in den letzten Wochen und Monaten sehr abgenommen hatte. Hoffnungslos durchwühlte sie Bunnys Kleider, die sehr säuberlich, eines neben dem anderen, in dem langen eingebauten Schrank hingen. Sie wollte die Tür schon wieder zuschieben, als sie feststellte, daß unter einem rosa- und weißgestreiften Morgenrock ein schwarzer Samtanzug hing, den sie bisher übersehen hatte. Sie nahm den Bügel heraus und schlüpfte sofort hinein, er paßte wie angegossen.

Bald darauf klingelte es.

Jetzt erst fiel ihr mit Schrecken ein, daß sie das Wichtigste vergessen hatte — sie besaß ja immer noch keinen Wintermantel. Unmöglich konnte sie ihren Regenmantel anziehen, unmöglich konnte sie sich einen Mantel von Bunny ausleihen — das würde Norbert Kuban sofort bemerkt haben. Ihr blieb nichts anderes übrig, als sich ohne Mantel, nur mit einer Stola, in die Kälte hinauszuwagen.

Bettina nahm ihre kleine schwarze Krokodillledertasche, schloß die Wohnung ab und hastete die Treppen hinunter.

Norbert Kuban kam ihr nicht entgegen. Er stand unter einer Laterne, nahe seinem Auto. Die Hände in den Taschen seines dunkelblauen Ulsters, die Augenbrauen leicht hochgezogen, wie es seine Art war, sah er ihr entgegen.

Atemlos eilte sie auf ihn zu, spürte vor Aufregung nichts von der feuchten Kälte. Ihre Absätze klapperten auf dem Pflaster.

Er wartete nicht, bis sie bei ihm war, sondern ging um den Kühler herum, setzte sich ans Steuer, öffnete die andere Wagentür von innen.

Eine Sekunde lang fühlte sie sich gekränkt, dann aber

überwog die Freude, ihm so nahe sein zu dürfen, jedes andere Gefühl.

Er fuhr schweigend, und obwohl sie vieles auf dem Herzen hatte, was sie ihm gern gesagt hätte, wagte sie nicht zu reden. Er hatte wieder seine seltsame, gedankenabwesende Art, in der er es haßte, gestört zu werden.

Er tat erst den Mund auf, als er vor dem Portal des „Humpelmayr" stoppte. „Steig schon aus", sagte er, „ich komme gleich nach."

„Aber ... wieso denn?" fragte sie in plötzlicher Angst, ihn schon wieder zu verlieren.

„Ich muß noch einen Parkplatz suchen."

Sie begriff, daß er ihr einen Gang durch die Kälte der Nacht ersparen wollte, war gerührt vor Dankbarkeit, wollte etwas sagen, brachte kein Wort heraus, sah ihn nur aus großen Augen an.

Plötzlich lachte er. „Nicht so melodramatisch, Honey. Steig aus."

Verwirrt folgte sie seiner Aufforderung. Sie fühlte, wie fremd er ihr im Grunde geworden war, begriff nicht, wie sie je hatte glauben können, ihm etwas zu bedeuten. Aber wenn sie ihm gleichgültig war, so gleichgültig, wie er sie behandelte — weshalb hatte er sie dann eingeladen?

Als sie in den Vorraum des Restaurants trat, kam ihr der Manager entgegen, sagte fragend: „Gnädiges Fräulein ..."

„Ich warte noch auf Herrn Kuban", sagte sie ein wenig verlegen, „er wird jeden Moment kommen."

Aber in diesem Augenblick schob er sich auch schon durch die schwingende Drehtür, ließ sich von dem Manager aus seinem Ulster helfen, zog sich die blütenweißen Manschetten so weit aus den Ärmeln seines Smokings, daß man die kunstvoll geschmiedeten goldenen

Knöpfe sehen konnte. Er sah glänzend aus, männlich und interessant, auf geheimnisvoll unzugängliche Art.

Die Gäste des „Humpelmayr“ waren guterzogen genug, sich das Interesse an Norbert Kuban und seiner Begleiterin nicht allzu deutlich anmerken zu lassen, dennoch spürte Bettina deutlich, welches Aufsehen sie erregten; jeder kannte Norbert Kuban, und niemand wußte, wer sie, seine Begleiterin, war.

Die kleine Bar war leer. Norbert Kuban schwang sich auf einen der Hocker, bestellte einen Whisky-Soda, er schien für eine Sekunde Bettinas Anwesenheit völlig vergessen zu haben. Dann, als sie sich neben ihn gesetzt hatte, fragte er: „Was möchtest du?“

„Einen Gin-Fizz.“

Der Mixer stellte Oliven und Salzmandeln vor sie auf die Bar. Norbert Kuban zündete sich eine Zigarette an.

In diesem Augenblick sah Bettina plötzlich Norbert Kuban mit ganz anderen Augen. Sie begriff, daß er ein überaus blasierter, vom Schicksal und den Frauen verwöhnter und unzuverlässiger junger Mann war, ganz außerstande, ein ernsthaftes Gefühl zu erwidern. Es tat sehr weh, aber sie erkannte, daß Philine recht gehabt hatte. Nur um die Langeweile seines Sanatoriumsaufenthaltes zu überwinden, hatte er die Rolle des Liebenden gespielt, innerlich nicht tiefer beteiligt, als wenn sie ihm durch ein Drehbuch vorgeschrieben gewesen wäre. Er hatte sie zur Närrin gemacht, aber das, gerade das, sollte er nie erfahren.

Der Mixer stellte die Gläser vor sie hin. Norbert leerte seines mit einem Zug. Bettina nahm nur einen Schluck.

„Nett, daß du mich eingeladen hast, Norbert“, sagte

sie, und ihre Stimme klang genauso heiter und gleichmütig, wie sie es sich gewünscht hatte.

Dieser Ton irritierte ihn sofort; er wandte ihr sein schmales, verschlossenes Gesicht zu.

„Weihnachten ist für mich immer das langweiligste, was drin ist", sagte sie. „Hast du wenigstens Spaß gehabt?"

Er nahm sich Zeit, noch einen weiteren Whisky zu bestellen, bevor er sagte: „Du hast dich sehr verändert, Tina."

„Findest du?" Ihre Stimme klang erstaunt. Dann lachte sie. „Ich finde eher, ich habe wieder zu meinem Ich zurückgefunden."

„Jedenfalls hatte ich dich anders in Erinnerung."

„Schon möglich. Ich habe mir ja auch alle Mühe gegeben, das brave kleine Mädchen zu spielen. Aber anscheinend liegt mir die Rolle nicht. Schade. Jedenfalls wirst du zugeben, daß ich guten Willen gezeigt habe." Sie nahm einen Schluck Gin-Fizz.

„Tina", sagte er und packte ihr Handgelenk mit hartem Griff. „Sieh mich an. Was du jetzt redest, das ist doch nicht dein Ernst?"

Sie versuchte sich loszureißen, aber sein Griff wurde nur noch schmerzlicher.

„Warum nicht?" sagte sie. „Laß los, du tust mir weh!"

„Weshalb bist du nach München gekommen?"

„Ich sagte es doch schon. Weil ich es satt hatte. Weder das Landleben noch die Arbeit liegen auf meiner Linie."

„Ist das der einzige Grund?"

„Ja", sagte sie halb erstaunt, halb gelangweilt. „Was hast du denn gedacht?"

Er drückte seine Zigarette mit einer heftigen Bewegung aus. „Weißt du, warum ich dich heute eingeladen habe?“

„Keine Ahnung. Wahrscheinlich, weil dir nichts Besseres eingefallen ist.“

„Nein, Tina. Deine Stiefmutter hat mich angerufen.“

Dies kam so unerwartet, daß Bettina nicht verhindern konnte zu erröten. Aber sie wollte nicht weich werden, sie wollte ihm das Vergnügen nicht gönnen, sie klein zu sehen. „Wie peinlich“, sagte sie deshalb rasch, „hör mal, Norbert, das ist mir aber wirklich unangenehm.“

„Dr. Steutenberg hat mir gesagt, du wärst zu mir gefahren ...“, sagte er, ohne den Blick auch nur eine Sekunde von ihr zu lassen.

„Keine schlechte Kombination.“ Sie sprach wieder ganz gleichgültig. „Schließlich stimmt’s sogar. Ich war auch bei dir, wenn du dich erinnerst.“

„Übrigens habe ich deiner Stiefmutter versprochen, sie anzurufen, sobald ich dich gesprochen habe ...“

„Tu das“, sagte sie heiter. „Versuch die Gute zu beruhigen. Sie hat sich immer eingebildet, es nutzt was, auf mich aufzupassen.“

Er wollte noch etwas sagen, aber sie legte ihm lächelnd den Finger auf den Mund. „Bitte, Norbert, hör auf damit! Genug der weisen Reden! Führe mich lieber zu Tisch, ich hab’ Hunger!“

Bettina konnte sich später nie mehr erinnern, was sie an jenem Abend noch alles gesagt und getan hatte. Sie begriff auch nachträglich nicht, wie sie es durchgestanden hatte. Tatsächlich aber hatte sie ihre Rolle zu Ende gespielt, und Norbert Kuban war von einer Verwirrung in die andere gestürzt.

Als er sich lange nach Mitternacht vor der Haustür von ihr verabschiedete und fragte, ob er sie gelegentlich wieder anrufen dürfte, spürte sie, daß es ihr aufs neue gelungen war, Norbert Kuban für sich zu interessieren. Aber sie legte keinen Wert mehr darauf. Sie wußte, daß die Bettina, die sie einen langen Abend lang dargestellt hatte, in Wirklichkeit gar nicht existierte, mehr noch, sie war überzeugt, daß er auch dieser anderen Bettina bald genug überdrüssig werden würde. Ihr Herz schmerzte ein wenig, als sie seine warmen trockenen Lippen auf ihrem Handrücken fühlte. Aber die Genugtuung, sich nicht vor ihm gedemütigt zu haben, war ein guter Trost.

Sie schlief in dieser Nacht ohne Schlafmittel so tief und traumlos wie seit langem nicht mehr, wachte auf, als das Telefon klingelte. Sie dachte nicht daran, den Hörer abzunehmen, mochte es sein, wer wollte — Norbert Kuban, Philine oder auch nur ein Bekannter von Bunny. Sie konnte es nicht mehr interessieren.

Sie zog sich ihre lange graue Hose, einen dunkelgrünen Pullover und Sportschuhe an, hinterließ einen Zettel mit ein paar Dankesworten für Bunny, räumte die Wohnung noch gründlich auf. Dann nahm sie ihren Koffer und ihre Kleider, schloß die Tür ab und übergab den Schlüssel der Nachbarin.

Als sie am Steuer ihres Wagens saß, fühlte sie sich wie befreit, obwohl sie doch nicht einmal wußte, wohin die Fahrt gehen sollte. Nur eines stand fest: Sie mußte fort aus München, wenn sie nicht Gefahr laufen wollte, daß Philine Steutenberg sie fand.

Bevor sie München verließ, hielt sie an einer Tankstelle. Sie nahm Benzin, ließ Luftdruck und Öl prüfen, die Scheiben waschen. Gegenüber der Kasse hing eine gerahmte Fotografie, die eine breite, von blühenden Kastanien umsäumte Straße darstellte, im Hintergrund ein Hochhaus. „Düsseldorf — die Tochter Europas“ stand darunter.

Bettina nahm es als einen Wink des Himmels. In Düsseldorf, dieser lebhaften, reichen Stadt am Rande des Ruhrgebietes, würde sie ihr Brot verdienen können. Von Düsseldorf aus war es nicht mehr weit bis zur Heimat ihrer Kindheit. So hoffte sie, würde sie vergessen und einen neuen Anfang finden können.

16

Es wurde alles so, wie Bettina es sich vorgestellt hatte. Das Glück schien auf ihrer Seite zu sein.

Sie fand sehr rasch ein möbliertes Zimmer in der Goethestraße, ganz in der Nähe der Pension, in der sie zunächst abgestiegen war. Das Zimmer war sehr klein, aber es hatte Zentralheizung und lag in einer guten Wohngegend. Die Miete war nicht zu hoch.

Die Zahl der Stellenangebote war groß. Bettina studierte sie gründlich, bis sie sich entschloß, als Stenotypistin in die Verwaltung einer großen Maschinenfabrik einzutreten. Das Essen in der Kantine war nicht eben abwechslungsreich, aber reichhaltig und kräftig. Sie konnte bei einiger Selbstbeherrschung auf eine Abendmahlzeit verzichten. Sie mußte das Geld, das sie verdiente, genau einteilen; sie war zu jedem Opfer bereit, nur eines wollte sie um keinen Preis — sich von ihrem Wagen trennen. Da der Vater Versicherung und Steuer für ein ganzes Jahr bezahlt hatte, war die Haltung des Autos nicht allzu teuer. Aber Bettina bemühte sich jetzt schon, das Geld zurückzulegen, das sie im August für eine Erneuerung der Versicherung und Steuer brauchen würde.

Sie arbeitete anfangs in einem großen Saal mit zwanzig fast gleichaltrigen jungen Mädchen zusammen. Sie bekam rasch Kontakt, der sich aber nicht vertiefte. Die meisten ihrer Kolleginnen lebten in der Geborgenheit ihrer Familie; keine war so wie Bettina vom Schicksal herumgeschleudert worden. Das teure und elegante Auto, das sie besaß, zeichnete sie vor den anderen aus und trennte sie gleichzeitig von ihnen.

Noch etwas anderes kam dazu, um die Kluft zwischen Bettina und den anderen Angestellten zu vertiefen. Die meisten Mädchen waren froh, wenn sie endlich Feierabend machen konnten; sie betrachteten Überstunden als eine Belästigung. Bettina war mit Freuden bereit, jede Extraarbeit, jede Sonderaufgabe zu übernehmen.

So blieb es nicht lange aus, daß sie dem Vorsteher des Schreibsaales auffiel, und als die Sekretärin von Direktor Malberger, der der Abteilung Verkauf vorstand, durch einen schweren Unfall plötzlich ausfiel, wurde Bettina als Ersatz vorgeschlagen. Sie arbeitete sich rasch ein, machte ihre Sache so gut, daß sie, als die Chefsekretärin wieder ihre Arbeit aufnahm, zu deren Unterstützung im Vorzimmer bleiben durfte. Bettinas Gehalt wurde erhöht, gleichzeitig aber wuchs auch ihr Aufgabenbereich, die Arbeit häufte sich. Selten kam sie abends vor acht, halb neun aus dem Betrieb.

Bettina war nicht glücklich, aber sie gestand es sich nicht ein. Sobald eine trübe Stimmung sie überfallen wollte, hielt sie sich vor Augen, was sie in der kurzen Zeit alles geschafft hatte, versuchte sich einzureden, daß sie zufrieden mit sich sein konnte. Im tiefsten Herzen aber war sie es nicht.

An einem warmen Frühlingsabend, Anfang Mai, als sie mit ihrem Wagen vom Betrieb durch die Innenstadt nach Hause fuhr, stellte sie plötzlich mit Erstaunen fest, daß auf der Königsallee die Kastanien blühten.

Bettina wurde plötzlich klar, wie wenig sie die Stadt, in der sie lebte, genossen hatte, wie wenig sie sie kannte. Sie hatte sich ganz in ihre Arbeit vergraben, hatte sich nichts gegönnt.

Einem Impuls folgend, suchte sie eine Parklücke in der langen Reihe der Autos, die sich die Allee entlang erstreckten. Sie warf noch einen kurzen Blick in den Spiegel, bevor sie ausstieg, war mit sich zufrieden — ihr Gesicht war reifer geworden, beherrschter, nur in den großen, weit auseinanderstehenden Augen war ein Rest von verträumter Kindlichkeit geblieben. Das blonde Haar hatte sie etwas schneiden lassen, sie war gepflegt bis in die Fingerspitzen.

Bettina stieg aus, schloß ab, streifte die braunen Lederhandschuhe über.

„Ist es die Möglichkeit!" sagte jemand ganz in ihrer Nähe, und Bettina wußte sofort, daß sich diese Bemerkung auf sie bezog. Sie glaubte, daß es sich um einen Annäherungsversuch handelte, warf keinen Blick auf den Sprecher, sondern wollte sich in den abendlichen Bummel der Passanten einreihen.

„Bettina, bist du's nun oder nicht?"

Jetzt erst fuhr sie herum. Der Mann, der sie ansprach, kannte ihren Namen. „Ja?" sagte sie zögernd.

„Bettina Bürger!" Zwei kräftige Männerhände packten sie bei den Schultern, sie sah in fröhliche dunkle Augen. „Mädchen, erkennst du mich denn nicht mehr. Wirklich nicht?"

„Jürgen Holbach! Es ist so lange her, seit wir uns zuletzt gesehen haben."

„Kann man wohl sagen."

Die Art, wie er sie unter dem Ellbogen faßte, war sehr selbstverständlich und sehr besitzergreifend. Für eine Sekunde mußte sie an Norbert Kuban denken.

„Trinken wir irgendwo einen Schluck zusammen, ja?" sagte Jürgen, ohne ihre Verwirrung zu bemerken. „Oder hast du etwa noch nicht zu Abend gegessen? Dann können wir auch . . ."

„Nein, danke. Ich bin nicht hungrig."

„Um so besser!" Er lachte unbekümmert. „Meine Finanzlage ist nämlich nicht gerade rosig, weißt du. Immer, wenn es auf den Ersten zugeht. Aber solche Sorgen kennst du natürlich nicht."

Sie mußte lächeln.

„Ich brauche dich wohl auch gar nicht zu fragen, wie es dir geht, das sieht ja ein Blinder. Wunderbar siehst du aus, einfach wunderbar! Du warst ja immer schon die Schönste, auf der Schule und in der Tanzstunde, das weißt du selbst. Nein, sag nichts, mir kannst du nichts erzählen, ich kenne dich viel zu lange, aber wie du dich jetzt herausgemausert hast! Einfach toll! Fast hätte ich nicht gewagt, dich anzusprechen."

„Schüchtern warst du eigentlich nie", sagte Bettina

„Doch, sehr. Gerade weil ich schüchtern bin, gebe ich mir Mühe, frech zu sein!"

„Was dir auch vollständig gelingt."

Sie waren am Bordstein stehengeblieben, warteten, bis die Schlange der sehr langsam vorbeifahrenden Autos abriß, gingen dann nebeneinanderher über die Fahrbahn auf die Geschäftsstraße hinüber.

„Bist du mit deinem Vater hier?" fragte Jürgen Holbach. „Ich meine . . . mit Stefan Steutenberg?"

„Stefan Steutenberg ist mein Vater."

„Na klar. Habe ich ja gesagt. Bloß, ich denke mir, um ein richtiger Vater zu sein, muß man sein Kind wachsen sehen. Verstehst du, was ich meine? Der Vater ist doch eigentlich der, vor dem man sich fürchtet, wenn man als Kind mal was ausgefressen hat, und bei dem man sich sicher fühlt, weil er einen beschützt, und mit dem man angibt vor den anderen Kindern. Ich meine einfach, wenn man schon fast erwachsen ist und dann erst seinen Vater kennenlernt ...“ Er blieb plötzlich stehen und sah Bettina bittend an. „Verzeih mir, Bettina, ich bin ein Dummkopf, ich weiß es. Ich rede da Dinge, von denen ich gar nichts verstehe. Ich mache mir immer über alles so meine Theorien. Du liebst deinen Vater wohl sehr.“

„Ja“, sagte sie; sie fühlte plötzlich sehr stark, daß es wirklich so war.

„Na also. Das ist die Hauptsache. Und Bürgers, hast du inzwischen was von ihnen gehört?“

„Es geht ihnen gut.“ Bettina hatte plötzlich das Gefühl, als wenn ihr Mund trocken würde. „Ursel hat in Indien geheiratet.“

„Glückwunsch! Und Bernd, der Kleine, haben sie sich alle gut eingewöhnt?“

„Jürgen“, sagte Bettina, „ich werde dir das alles nach und nach erzählen. Aber wollen wir nicht sehen, daß wir uns erst mal setzen können? Ich komme fast um vor Durst.“

„Das sieht mir ähnlich“, sagte er reuevoll. „Keine Manieren, würde meine Mutter sagen. Ich glaube, da vorn ist ein Tisch frei, oder möchtest du lieber drinnen sitzen? Es wird langsam kühl, finde ich.“

Aber Bettina wollte lieber den Frühlingsabend genießen. Sie sah mit Bezauberung, wie der helle Himmel immer dunkler wurde. Eine geheimnisvolle Stimmung lag über allem.

Auch Jürgen Holbach schien sie zu empfinden. Sein Gesicht verlor plötzlich seine fröhliche Unbekümmertheit. Es wurde ganz ernst.

Sie saßen einander an einem der kleinen, weißgestrichenen Tische gegenüber. „Weißt du eigentlich, warum ich eine solche Wut auf deinen Vater habe?“ fragte er, und seine Stimme klang anders, viel dunkler als sonst.

„Hast du das?“

„Ja. Er konnte es ja nicht wissen, aber er hat mir alles kaputtgemacht. Ich hatte es mir so schön ausgemalt, wie es hätte werden können mit uns beiden, aber dann kam er!“

Nach jener ersten Begegnung auf der Königsallee trafen Bettina und Jürgen Holbach sich noch oft und in immer kürzeren Abständen. Jürgen Holbach war ein Mensch, der sich für alles interessierte, und er riß Bettina mit sanfter Unerbittlichkeit aus ihrer Isolation heraus.

Sie besuchten zusammen Kunstausstellungen und gingen ins Theater und ins Konzert. Jürgen Holbach hatte viel Verständnis für klassische Musik, für Jazz jedoch konnte er sich richtig begeistern. Er war es, der Bettina zu den Ausscheidungen der Amateurbands in die Rheinhalle schleppte.

Ohne daß es Bettina ganz bewußt wurde, öffnete sich ihr eine neue Welt.

Bettina war glücklich, den Freund aus vergangenen Tagen wiedergefunden zu haben. Sie freute sich auf jede Begegnung mit ihm, spürte, daß ihr Leben einen neuen Inhalt bekommen hatte. Verliebt jedoch war sie nicht. Wenn sie an Norbert Kuban gedacht hatte, hatte ihr Herz ein paar schnelle heftige Sprünge getan; wenn sie an seiner Seite ging, hatte sie sich seltsam beschwingt und der Wirklichkeit enthoben gefühlt.

Bei Jürgen Holbach war das ganz anders. Er war, so dachte Bettina, eben nur ein Freund, ein guter Kamerad.

Jürgen Holbach erzählte gern und ohne Vorbehalt über seine persönlichen Dinge, von seiner Arbeit, seinen Plänen, seinen Hoffnungen. Daß Bettina nichts, aber auch gar nichts über sich selbst sagte, schien ihn nicht zu stören. Anfangs hatte er noch gefragt, aber da er keine oder doch nur ausweichende Antworten bekommen hatte, gab er es auf, in sie zu dringen.

Bettina wußte nicht, warum sie sich nicht überwinden konnte, ihm Vertrauen zu schenken. Tatsächlich hatte sie das Erlebnis mit Norbert Kuban immer noch nicht ganz überwunden. Sie scheute davor zurück, sich einem anderen Menschen preiszugeben.

Manchmal ertappte sie sich sogar dabei, daß sie das, was Jürgen Holbach tat und sagte, mißtrauisch beobachtete. Sie hatte ihm nicht gesagt, daß sie in einem Büro arbeitete.

Sie trafen sich unregelmäßig, und sie drängte niemals auf ein Wiedersehen.

Eines Abends, als sie vom Büro nach Hause fuhr — sie hatte die beiden letzten Abende zusammen mit Jürgen Holbach verbracht und freute sich auf die Stille ihres Zimmers und ein gutes Buch, das Jürgen ihr geliehen hatte —, sah sie ihn unvermutet vor sich.

Es war am Corneliusplatz. Er schlenderte in einer ganzen Gruppe von jungen Leuten — es waren auch Mädchen darunter, die, wie es Bettina schien, hübsch und attraktiv waren, alle waren gutgelaunt und lachten.

Nur für einen kurzen Augenblick hatte Bettina Jürgen und die anderen gesehen; sie konnte nicht stoppen, mußte im Strom der Fahrzeuge bleiben. Aber das Bild hatte sich tief in ihre Seele gebrannt. Sie versuchte es abzuschütteln, aber noch abends, als sie das Licht zum Einschlafen löschte, sah sie es fast mit fotografischer Deutlichkeit vor sich: Jürgen Holbach, Arm in Arm mit einem zierlichen Mädchen, dessen rötlicher Pferdeschwanz bei jeder Bewegung wippte.

Sie waren am nächsten Sonntag miteinander verabredet.

Noch am Morgen, als Bettina aufstand, war sie entschlossen, die Verabredung nicht einzuhalten. Sie wollte Jürgen Holbach nicht wiedersehen. Je näher der Mittag kam, desto schwankender wurde sie, und endlich war sie doch, kaum fünf Minuten nach der verabredeten Zeit, bei ihrem Treffpunkt am Ulanendenkmal.

Sie hätte ihn liebend gern gefragt, hätte sich beruhigen, die Dinge erklären lassen sollen, aber sie war klug genug zu wissen, daß sie kein Recht hatte, ihm Vorwürfe zu machen. Sie bemühte sich, unbefangen zu erscheinen, konnte aber nicht verhindern, daß sie ihm kühler begegnete als sonst.

Sie fuhren langsam am Rhein entlang zur „Schnellenburg". Sie hatten Glück und ergatterten einen schönen Fensterplatz, von dem aus sich ihnen der Blick auf den Rhein und die vorbeifahrenden Schiffe bot.

Es war Anfang August. Jürgen Holbach, der vor wenigen Tagen sein Gehalt bekommen hatte, entschloß sich, eine Flasche Wein zu spendieren.

„Übrigens", sagte er, „nächstes Wochenende fahre ich nach Hause!"

„So?" Ihre Stimme klang gleichgültig.

„Wenn du Lust hast, mitzukommen ..."

Diese Aufforderung hatte nicht eben überzeugend geklungen.

„Nein", sagte sie rasch, „ausgeschlossen. Nächstes Wochenende hab' ich etwas anderes vor."

„Hätte ich mir denken können", sagte Jürgen Holbach.

„Wieso?"

„Ein Mädchen wie du, ist doch klar, daß du eine Menge Verehrer hast!“

„Willst du mir etwa Vorwürfe machen?“

„Das steht mir nicht zu!“

„Sehr richtig“, sagte sie böse, und dann platzte sie heraus: „Ich mache ja auch keine Bemerkung darüber, daß du dich gestern mit einem rothaarigen Gift herumgetrieben hast.“

Er sah sie an, lachte. „Hast du mir etwa nachspioniert?“

„Lächerlich. So wichtig bist du mir wirklich nicht. Zufällig habe ich euch am Corneliusplatz gesehen.“

„Na, vielleicht interessiert es dich dann auch zufällig, daß alles Kollegen aus unserem Betrieb waren.“

„Ich habe nicht danach gefragt, und ich will es auch nicht wissen. Von mir aus kannst du tun und lassen, was du willst, aber bitte, mach mir dann auch keine Vorhaltungen.“

„Es ist dir also gleichgültig, ob ich mit anderen Mädchen zusammen bin?“

„Vollkommen.“

„Nun, dann muß ich dir leider sagen, daß ich keineswegs so großzügig bin. Mir paßt es nicht, daß du dich mit anderen Männern triffst.“

„Und warum nicht, wenn ich fragen darf?“

„Weil ich mir zu schade bin, mich an der Nase herumführen zu lassen.“

Sie war von seiner heftigen Reaktion überrascht. „Jürgen“, sagte sie, „davon kann doch gar keine Rede sein! Es ist doch nichts dabei, daß ich etwas anderes vorhabe, wenn du sowieso wegfährst.“

„Woher soll ich wissen, was du tust, wenn du nicht mit mir zusammen bist?“

„Möchtest du's denn?“ fragte sie erstaunt.

Er schüttelte über sie den Kopf. „Was für ein merkwürdiges Mädchen du bist! Du hältst mich wohl für ein Stück Holz, für ein völlig gefühlloses Wesen! Aber das bin ich nicht, Bettina, ich bin ein Mensch aus Fleisch und Blut, und ich liebe dich."

Sie war so verwirrt, daß sie töricht sagte: „Aber das hast du mir nie gesagt!"

„Ich hatte gedacht, du müßtest es wissen. Schließlich kennen wir uns von klein auf, und deshalb ..."

„Gerade deshalb wäre ich nie auf so eine Idee gekommen!"

„Du findest mich wohl lächerlich", sagte er bitter, „lächerlich oder unverschämt. Ich weiß, daß ein Mädchen wie du ganz andere Männer finden kann als mich. Wahrscheinlich hast du großartige Verehrer, Männer, die dir wirklich etwas bieten können. Es war sehr dumm von mir, dir etwas von meinen Gefühlen zu sagen."

„Nein, nein gar nicht", sagte sie rasch, „es ist gut, daß ich es jetzt weiß!"

„Wirklich?" Er ergriff über den Tisch ihre Hand.

„Ja, Jürgen", sagte sie, ohne seinem ernsten Blick auszuweichen, „nur fürchte ich, daß du dir ein ganz falsches Bild von mir machst!"

„Bestimmt nicht, Bettina, ich kenne dich besser als du selbst!"

Dieses Gespräch änderte merkwürdigerweise nichts an ihren Beziehungen. Jürgen Holbach drängte Bettina zu keiner Entscheidung, er versuchte nicht einmal, sie zu küssen. Ihm schien es völlig zu genügen, daß sie jetzt Bescheid wußte.

Nur Bettina begann ihn von nun an mit anderen Augen zu sehen.

Sie hatte Jürgen Holbach immer gern gehabt, mehr als einmal hatte er sie gegen ihren Pflegebruder Bernd verteidigt. Er war es gewesen, von dem sie sich als kleines Mädchen ihr beschädigtes Spielzeug hatte wieder herrichten lassen. Wenn sie von ihren Kindertagen sprachen, lag nichts Fremdes zwischen ihnen; ihre Erinnerungen stimmten überein oder ergänzten sich.

Selbst als sie Jürgen Holbach nach den Jahren der Trennung unvermutet begegnete, hatte sie in ihm nicht den Mann gesehen, sondern den Jungen, mit dem sie als Kind zusammen gespielt, mit dem zusammen sie die Berufsschule und die Tanzstunde besucht hatte. Sosehr sie ihren Kopf auch zermarterte, ihr fiel nichts ein, keine Gelegenheit, bei der er gezeigt hatte, daß sie ihm mehr bedeutete als irgendein anderes Mädchen. Glaubte er vielleicht nur deshalb, sie zu lieben, weil sie geheimnisvoll war? Weil er sich nicht vorstellen konnte, wie sie lebte? Weil er sie für reich und sorglos hielt?

Bettina spürte, daß sie ihm nicht länger die Wahrheit vorenthalten durfte. Aber sie fand keine Gelegenheit, sie auszusprechen.

Jürgen Holbach fuhr das nächste Wochenende, wie er angekündigt hatte, nach Hause. Sie trafen sich am Montag danach.

Er hatte schon an der Normaluhr gestanden, als Bettina kam. Sie stieg nicht aus ihrem Wagen aus, öffnete nur die rechte Tür und ließ ihn einsteigen.

„Wohin?“ fragte sie kurz, als sie sich begrüßt hatten.

„Ich möchte in Ruhe mit dir sprechen ...“

„Gut“, sagte sie mit plötzlichem Entschluß, „dann fahren wir zu mir nach Hause!“

Wenn er überrascht war, so zeigte er es nicht. Ohne ein Wort zu äußern, zündete er sich eine Zigarette an.

Sie fuhren eine Weile schweigend. Bettina mußte ihre ganze Aufmerksamkeit auf den lebhaften Verkehr konzentrieren.

Dann sagte er unvermittelt: „Ich habe mit meinen Eltern gesprochen!"

„Worüber?" fragte sie, ohne den Blick auch nur eine Sekunde von der Fahrbahn zu lassen.

„Über uns natürlich!"

Als sie nichts sagte, fügte er rasch hinzu: „Ich hoffe, du verstehst das nicht falsch, Bettina. Natürlich hätte ich dich auch geheiratet, wenn sie nicht einverstanden gewesen wären. Aber gerade deinetwegen war es mir wichtig, mit meinen Eltern zu reden. Das erleichtert doch manches, gerade für dich. Sie sind ... meine Mutter übrigens fast noch mehr als mein Vater ... sie sind beide sehr glücklich, das heißt, sie würden sehr glücklich sein, wenn du einverstanden wärst. Sie haben dich immer schon liebgehabt, Bettina!"

Ihr beharrliches Schweigen machte ihn stutzig. „Warum sagst du nichts?"

„Etwas spät, sich für meine Meinung zu interessieren, meinst du nicht auch?"

„Habe ich dich etwa beleidigt?"

„Durchaus nicht. Aber ich finde, daß du ein wenig voreilig gehandelt hast. Du hast mich niemals gefragt, ob ich dich auch heiraten möchte!"

„Nein. Aber das konnte ich doch auch nicht. Nimm doch mal Vernunft an, Bettina. Wer bin ich denn, und was habe ich? Ich kann dir nichts bieten. Auch wenn ich mit der Lehre fertig bin, natürlich verdiene ich dann ganz schön, aber noch nicht so viel, wie du es gewohnt bist. Nur deshalb habe ich mit meinen Eltern gesprochen. Vater wird mich gleich nach der Lehre in seinen Betrieb nehmen, natürlich werde ich dort wesentlich mehr bekommen. Außerdem kriegen wir auch gleich eine Wohnung. Zwar werde ich dir keinen Luxus bieten können, aber immerhin, ich kann doch für dich sorgen!"

Er legte seine Hand auf ihren Arm. „Bettina, sag doch ein Wort!"

„Bitte, stör mich jetzt nicht. Es ist augenblicklich schwierig genug", sagte sie, und sofort zog er seine Hand zurück.

„Warum willst du mich heiraten?" fragte sie.

„Aber das weißt du doch! Weil ich dich liebe!"

„Bin ich deshalb auch deinen Eltern willkommen? Nur deshalb? Oder weil ich die Tochter meines Vaters bin?"

„Beides, Bettina", sagte er verständnislos. „Wenn du nicht die Tochter deines Vaters wärst, gäbe es dich ja gar nicht." Er lachte ein wenig unsicher.

Sie waren gerade die Grafenberger Allee hinuntergefahren; Bettina bog zur Goethestraße ein, bremste, als sie das Haus erreicht hatte, in dem sie ihr möbliertes Zimmer hatte.

„Jürgen", sagte sie und wandte ihm ihr schmales Gesicht mit den klaren Augen zu, „ich verspreche dir, alles, was du mir jetzt gesagt hast, zu vergessen. Du brauchst dich in keiner Weise gebunden zu fühlen. Es kann nichts gelten, weil du nicht die Wahrheit wußtest."

Es war das erstemal, daß Bettina Herrenbesuch oder, besser gesagt, überhaupt einen Besuch mit nach Hause brachte. Ihre Wirtin, Frau Gerda Schmitz, eine nette Frau, die sich seit ihrer Scheidung etwas mit Zimmervermieten dazuverdiente, empfing sie mit freundlicher Neugier. Sie erbot sich, Tee zu kochen und belegte Brote zu machen. Bettina nahm dankbar an.

In ihrem Zimmer gab es nur einen einzigen Sessel, den sie Jürgen Holbach anbot; sie selbst setzte sich auf die überbreite Couch, die ihr nachts auch zum Schlafen diente.

„Wie gefällt's dir?" fragte sie herausfordernd.

„Hübsch", sagte er gleichgültig.

„Wunderst du dich gar nicht? Ich dachte, du hättest dir mein Zuhause entschieden anders vorgestellt.“

„Stimmt. Aber schließlich ist es völlig egal . . .“

„Jürgen, bitte, mach dir doch nichts vor! Du hast mich doch für ein reiches und verwöhntes junges Mädchen gehalten.“

„Tu ich nach wie vor. Ich kann es gut verstehen, daß du dieses Zimmer hier für gemütlicher hältst als . . .“

„Ich bitte dich, Jürgen! Ich wohne nicht hier, weil ich es besonders gemütlich finde, sondern weil es nicht teuer ist. Begreif doch endlich. Ich habe nicht viel Geld, nur das, was ich als Sekretärin verdiene. Ich weiß, ich hätte dir von Anfang an die Wahrheit sagen sollen, aber im Grunde genommen bist du genauso schuld daran wie ich. Du hast mir keine Gelegenheit gegeben!“

„Ich mache dir ja gar keinen Vorwurf, Bettina“, sagte er, „aber du wirst mir doch wohl wenigstens gestatten, daß ich . . . Wieso habe ich nie bemerkt, was mit dir los war?“

„Das konntest du auch nicht, Jürgen“, sagte sie. „Als wir uns das letztemal sahen, wußtest du, daß ich einen reichen Vater hatte, der mich in ein vornehmes Schweizer Internat stecken wollte. Wie konntest du wissen, daß das alles längst vorbei ist?“

„Und warum hast du es mir nicht gesagt?“ Er beugte sich vor, faßte sie bei den Schultern, zwang sie, ihn anzusehen. „Warum nicht? Um dich über mich lustig machen zu können?“

„Nein“, sagte Bettina leise, „ich glaube, weil ich Angst hatte, dich zu verlieren!“ — Und als sie es gesagt hatte, fühlte sie plötzlich, daß es die Wahrheit war.

„Na, wie wär’s, wenn du mir jetzt deine ganze Geschichte von Anfang an erzählen würdest, Bettina?“ fragte Jürgen. „Übrigens, zu meiner Ehrenrettung, mir ist natürlich aufgefallen, daß du mir dauernd ausgewichen bist. Allerdings habe ich mir ganz andere Gründe dafür vorgestellt ..."

„Was für Gründe?"

„Lach nicht. Ich dachte ... na etwa, daß du mit irgendeinem reichen Mann verlobt wärst oder so etwas, verstehst du? Es war ziemlich lausig für mich, mußt du wissen. Ich glaube, was du mir jetzt auch immer erzählst ... nichts kann so schlimm sein als das, was ich mir vorgestellt habe!"

Dankbar spürte sie, daß er ihr helfen wollte.

„Also, du bist damals doch in dieses Schweizer Pensionat geflogen, nicht wahr?" fragte er. „Oder stimmt auch das nicht? Warst du gar nicht in Genf?"

„Doch", sagte sie, „damals war noch alles in Ordnung. Erst nachher ..." Sie begann die Erlebnisse ihrer letzten Jahre zu erzählen. Jürgen Holbach hörte ihr aufmerksam zu, stellte hie und da eine Zwischenfrage, woran sie erkannte, wie sehr er versuchte, sie zu verstehen.

Dann hatte sie sich alles von der Seele geredet. Sie schwieg, starrte ihn an, voll banger Erwartung. Ihr war es in diesem Augenblick, als wenn er ein Recht hätte, ein Urteil über sie zu fällen.

„Arme Bettina", war das einzige, was er sagte, „arme Bettina!"

„Bestimmt bin ich selbst an vielem schuld", sagte sie ehrlich, „jedenfalls zu einem großen Teil. Glaub mir, ich habe es mir nicht leichtgemacht, auch jetzt denke ich oft noch immer über alles nach. Aber ich weiß nicht, wie ich es hätte besser machen sollen. Wenn ich nur wüßte ..."

Es wurde leise, aber unverkennbar energisch an die Tür geklopft.

„Ja?" rief Bettina. „Herein!"

Frau Schmitz steckte ihren Kopf ins Zimmer. „Ich störe Sie nur ungern", sagte sie freundlich, „aber immerhin ... es ist jetzt schon elf Uhr vorbei. Ich glaube, es wird Zeit ..."

Jürgen Holbach erhob sich sofort. „Ja, natürlich. Entschuldigen Sie bitte, Frau Schmitz! Aber wir haben wirklich nicht bemerkt, wie schnell die Zeit vergangen ist!"

„Kein Wunder", sagte die Wirtin mit einem verständnisinnigen Lächeln, „als ich so jung war ..."

Am nächsten Abend holte Jürgen Holbach Bettina von ihrem Betrieb ab. Es war das erstemal, daß er das tat, und Bettina nahm es als ein gutes Zeichen.

„Ich bin sehr glücklich, Jürgen", sagte sie, als sie nebeneinander im Auto saßen, „ich ... noch nie ist ein Mensch so gut zu mir gewesen wie du!" Aus einem Impuls heraus schlang sie die Arme um seinen Hals, bot ihm den Mund.

Er küßte sie und ließ sie erst los, als einige Passanten sehr nahe an ihrem Auto vorbeikamen.

Sie holte Kamm und Spiegel aus ihrer Tasche, brachte ihr Haar in Ordnung.

„Ich denke, wir haben noch einiges zu besprechen."

„Ja?" fragte sie und konnte nicht verhindern, daß ihre Stimme erschrocken klang. „Ich dachte, jetzt, wo du alles weißt ..."

„... müssen wir uns überlegen, was zu tun ist. Vielleicht fährst du in die Altstadt, und wir suchen uns ein kleines ruhiges Lokal."

Sie fanden eine Lücke auf dem Parkplatz in der Nähe der „Kupferkanne". Jürgen Holbach führte sie zu einem der kleinen Tische im Hintergrund des großen Raumes. Er bestellte eine Flasche Wein und für sich selbst eine Kleinigkeit zu essen. Bettina hatte keinen Hunger.

„Wenn du glaubst, daß ich mich bei meinem Vater entschuldigen muß“, sagte sie, kaum daß der Kellner gegangen war, „ich denke nicht daran! Ich will nicht, daß Dotty triumphiert!“

„Sei nicht so ein Dickkopf“, sagte er, „niemand verlangt von dir, daß du dich entschuldigst, nur melden solltest du dich wieder. Das gehört sich einfach. Außerdem bin ich überzeugt, nach allem, was du mir erzählt hast, daß diese Dotty längst bei ihm abgemeldet ist.“

„Das glaubst du. Du unterschätzt Dotty, sie ist unerhört frech und zäh dazu.“

„Von mir aus. Darüber möchte ich mich nicht mit dir zanken. Ob dein Vater mit Dotty zusammenlebt oder mit seiner Frau oder allein, das spielt überhaupt keine Rolle. Er ist und bleibt dein Vater, nur darauf kommt es an. Und weil er dein Vater ist, hat er ein Recht zu wissen, wo du bist und was du treibst.“

„Ich will nicht“, sagte Bettina.

„Du mußt. Die Sache muß in Ordnung sein, bevor wir heiraten, sonst ...“

„Sonst kriege ich keine Mitgift, meinst du wohl?“ fragte sie böse.

„Dieser Gedanke wäre gar nicht so unnatürlich“, sagte er kühl, „obwohl du dich irrst. Ich habe niemals auf eine Mitgift spekuliert.“

„Dann hör auch auf, mir Dinge zu unterstellen!“ sagte sie wild. „Ich habe dir alles erzählt, ich habe jetzt kein Geheimnis mehr vor dir, wirklich nicht. Warum kannst du es nicht dabei bewenden lassen? Warum mußt du mich so quälen?“

„Ich will dir ja nur helfen, deine Angelegenheiten in Ordnung zu bringen“, sagte er begütigend. „Du mußt jetzt den Mut aufbringen, dich wieder mit deinem Vater in Verbindung zu setzen, sonst ...“

„Sprich es nur aus! Sonst willst du nichts mit mir zu tun haben!“ sagte sie verzweifelt.

Er schüttelte den Kopf, sagte ernsthaft: „Nein, sonst müßte ich immer Angst haben, daß du mich nach dem kleinsten Streit auch eines Tages sang- und klanglos sitzenläßt, Bettina. Flucht ist nie eine Lösung der Probleme.“

„Aber Vater und Philine und Dotty und Norbert Kuban, sie alle sind mir doch inzwischen ganz und gar gleichgültig geworden! Warum soll ich ihnen dann noch schreiben? Warum . . .“

„Du hör mal, das ist überhaupt gar keine schlechte Idee“, sagte er gelassen. „Wahrhaftig! Schreib allen! Das ist das beste!“

„Nein“, sagte sie, aber ihr Protest klang nicht mehr so überzeugend wie zuvor.

Nachdem sie noch eine Weile hin und her geredet hatten, war sie soweit zu fragen: „Aber was soll ich denn überhaupt schreiben, Jürgen?“

„Ganz einfach. Deshalb brauchst du dir keine Sorgen zu machen. Wir setzen zusammen etwas auf.“

„Aber was?“

Jürgen Holbach holte sein Notizbuch aus der Jackentasche und begann zu kritzeln. *„Lieber Vater“*, sagte er, hob den Kopf: „Oder hattest du irgendeine bestimmte Anrede für ihn?“

Bettina schüttelte stumm den Kopf.

„Also dann: *‚Lieber Vater, Du hast lange nichts mehr von mir gehört. Ich fürchte, Du hast Dir Sorgen um mich gemacht.‘*“

Bettina wollte etwas dazwischenreden, aber Jürgen Holbach schnitt ihr das Wort ab. „Doch, doch, so etwas mußt du schon schreiben, das ist das mindeste.“ Er kritzelte wieder in sein Notizbuch. *„Ich lebe seit einigen Mo-*

naten in Düsseldorf, wohne Goethestraße soundsoviel und arbeite in der Firma soundso. Ich fühle mich sehr wohl hier und habe auch schon feste Zukunftspläne. Ich würde mich sehr freuen, bald wieder einmal etwas von Dir zu hören. Herzlichst ... in Liebe ...‘ oder was du willst ... *‚Deine ...‘*“

Jürgen riß die Seite aus seinem Notizbuch, reichte sie Bettina über den Tisch. „Sieh es dir an, es ist ganz einfach.“

„Aber warum ...“, begann Bettina noch einmal.

„Weil ich möchte, daß meine Kinder einen Großvater haben, Bettina“, sagte Jürgen Holbach, „und weil ich wünsche, daß meine Frau keine gähnende Lücke in ihrer Vergangenheit hat, daß sie in Kontakt mit all den Menschen steht, die es gut mit ihr gemeint haben.“

„Aber ...“

Wieder gelang es ihr nicht, ihren Satz zu beenden. „Natürlich war es nur ein Vorschlag“, sagte er ein wenig steif. „Die Entscheidung liegt immer bei dir. Überleg dir die Sache in aller Ruhe. Wir haben ja Zeit. Du hast die Dinge so laufen lassen, daß es jetzt wirklich nicht auf einen Tag früher oder später ankommt.“

17

Bettina hatte Jürgen Holbachs Forderung am Anfang für ganz und gar abwegig gehalten. Sie hatte nicht daran gedacht, seinen Rat zu befolgen. Sie schob den Gedanken daran weit von sich.

Einige Tage später erwachte Bettina mitten in der Nacht.

Sie wußte nicht, was sie geweckt hatte, aber irgend

etwas schien sie geradezu erschreckt zu haben. Ihr Herz flatterte, sie war hellwach. Trotz aller Anstrengungen fand sie nicht wieder in den Schlaf zurück.

Bettina wußte selbst nicht, wie es kam; plötzlich fühlte sie ein Bedürfnis, sich mit ihrem Vater in Verbindung zu setzen. Jürgen Holbach hatte ja ganz recht. Wenn er nicht auf ihren Brief antwortete, hatte sie nichts verloren, wenn er sich aber um sie kümmerte, dann — das wußte sie plötzlich — würde sie sich viel glücklicher fühlen.

Bettina sprang aus dem Bett, lief zu ihrem kleinen Schreibtisch und begann in fliegender Eile zu schreiben. Sie brauchte dabei nicht auf den Zettel des Notizbuches zu sehen, den Jürgen Holbach ihr mitgegeben hatte, sie fand die Worte ganz allein.

Auch Philine schrieb sie. *„Ich fürchte, ich habe mich sehr undankbar benommen“*, schrieb sie. *„Ich muß einfach verrückt gewesen sein, ganz und gar durcheinander. Natürlich hattest Du mit allem, was Du über Norbert Kuban sagtest, vollkommen recht. Ich habe mich wie eine Närrin benommen.“*

Nach kurzem Überlegen fügte sie hinzu: *„Aber wahrscheinlich muß jeder Mensch seine eigenen Fehler durchstehen.“*

Da sie nun einmal so gut im Schreiben war, setzte sie auch noch einen Brief an ihre Stiefschwester Ursula Bürger auf, in dem sie flüchtig ihr langes Schweigen erklärte. Sie schrieb einen Brief an Mademoiselle Legrand und dann auch noch an Bunny, weil ihr plötzlich schien, daß sie sich auch ihr gegenüber rücksichtslos und undankbar benommen hatte.

Als sie alle Umschläge verschlossen hatte, schlich sie auf nackten Füßen in die Küche. Sie wußte, daß Frau Schmitz in der mittleren Schublade des Schrankes Briefmarken hatte, fand genügend für alle Briefe. Dann kam ihr der Gedanke, daß es gut sein würde, sie jetzt noch, in der Nacht, in den Kasten zu werfen.

Rasch zog sie Schuhe an, einen Regenmantel über ihren Schlafanzug, steckte die Schlüssel in die Tasche und huschte aus dem Haus.

Als sie wenige Minuten später mit leeren Händen zurückkehrte, fühlte sie sich auf einmal unsagbar müde. Sie schlief ein, kaum daß sie in ihrem Bett lag, und als sie am nächsten Morgen erwachte, wußte sie nicht mehr genau, ob sie die Briefe wirklich geschrieben oder ob sie nur geträumt hatte.

Dann erst fiel ihr alles wieder ein. Sie fühlte sich erleichtert, stolz, daß sie sich selbst überwunden hatte.

Bettina hatte, ohne es sich selbst zuzugeben, fest damit gerechnet, bald eine Antwort auf ihre Briefe zu erhalten. Aber sie wurde enttäuscht. Die Tage vergingen, ohne daß eine Nachricht sie erreichte.

Jürgen Holbach versuchte, sie zu trösten. „Du bist mir die Rechte, Bettina", sagte er lächelnd, „hast dich bei Nacht und Nebel verdrückt und nie wieder etwas von dir hören lassen, und nun glaubst du, du müßtest sofort Nachricht erhalten. Wart es doch ab. Du weißt ja gar nicht, in was für einer Situation sie stecken: ob sie überhaupt zu Hause sind und das alles."

Bettina sah ein, daß alles, was Jürgen Holbach sagte, richtig war. Trotzdem wuchs ihr Unbehagen von Tag zu Tag. Wenn niemand mehr etwas von ihr wissen wollte, so schien es ihr, dann hätte sie sich ihre Briefe sparen können. Das Schweigen, mit dem man ihr antwortete, war schlimmer und schmerzhafter als offen ausgesprochene Vorwürfe.

„Ich hätte nicht schreiben sollen", sagte sie zu Jürgen

Holbach, „ich weiß, du hast es gut gemeint, aber ich hätte es nicht tun sollen. Es war ganz falsch. Ich habe schon gewußt, warum ich einen dicken Strich unter die Vergangenheit machen wollte, aber du ...“

Er lächelte ungerührt. „Sprich dich nur aus, Bettina. Ich bin an allem schuld. Das kann ich mit Fassung tragen. Wenn ich weiter nichts verschulden sollte in meinem ganzen Leben, habe ich wirklich Glück gehabt.“

Als Bettina eines Abends, wie gewöhnlich, wenn sie nach Hause kam, ihren Kopf in die Küche steckte, bevor sie sich auf ihr Zimmer zurückzog, sagte Frau Schmitz statt einer Begrüßung ziemlich atemlos: „Es ist ein Telegramm für Sie gekommen, Fräulein Bettina. Aus München. Entschuldigen Sie bitte, daß ich es aufgemacht habe, aber ich dachte, es wäre wichtig. Ich habe schon versucht, Sie in Ihrem Büro zu erreichen, aber da waren Sie schon fort.“ Sie reichte Bettina den gelben Telegrammbogen.

Bettina las: *„eintreffe freitag mit lufthansa vierzehn uhr fünfzig lohausen stop hoffe sehr dich zu sehen stop alles liebe norbert kuban.“*

Bettina ließ das Blatt sinken und starrte Frau Schmitz gedankenabwesend an. Sie war blaß geworden.

„Daß Sie den kennen, Fräulein Bettina“, sagte die Wirtin halb bewundernd, halb vorwurfsvoll, „und davon haben Sie mir nie was erzählt. Sieht er in Wirklichkeit so gut aus wie im Film? Kann er tatsächlich so fabelhaft reiten? Ich habe mal gelesen ...“

Bettina zwang sich zu einem Lächeln. „Fragen Sie mich nicht, Frau Schmitz, ich habe keine Ahnung.“

„Und das Telegramm? Sie kennen ihn doch?“

Bettina schüttelte den Kopf. „Nein. Leider nicht. Das Ganze ist ein Scherz, nichts weiter.“

Als sie das betroffene und enttäuschte Gesicht ihrer

Wirtin sah, fügte sie hinzu: „Jedenfalls danke ich Ihnen sehr, daß Sie versucht haben, mich zu verständigen ... aber Sie sehen, es war wirklich nicht wichtig."

In dieser Nacht fand Bettina keinen Schlaf. Sie war überzeugt gewesen, ihr Erlebnis mit Norbert Kuban überwunden zu haben, jetzt, da sie ihn morgen sehen und sprechen sollte, fühlte sie plötzlich, daß die alten Wunden noch längst nicht vernarbt waren.

Bettina war verzweifelt vor Unsicherheit. War es möglich, daß sie Norbert Kuban immer noch liebte? Hatte sie sich vielleicht nur an Jürgen Holbach geklammert, um ihrer Einsamkeit zu entfliehen?

Sie weinte vor Zorn. Sie haßte Norbert Kuban, der so rücksichtslos wieder in ihr Leben einbrach, da sie gerade im Begriff war, Ordnung zu schaffen. Sie haßte sich selbst, weil er ihr nicht gleichgültig war.

Warum nur, warum kam er nach Düsseldorf? Warum wollte er sie sprechen. *„Alles Liebe"*, hatte er telegrafiert. War es ihm ernst damit oder war es nur eine Floskel?

Bettina wußte nichts. Gar nichts. Ihre Adresse hatte er natürlich durch Bunny erfahren. Aber warum wollte er sie sehen? War es möglich, daß er sich inzwischen doch besonnen hatte, würde er versuchen, sie zurückzuholen?

Unruhig warf sich Bettina in ihrem Bett hin und her.

Als Bettina am Morgen nach dieser zerquälten Nacht geweckt wurde, glaubte sie, kaum ein Auge zugetan zu haben. Übermüdet und völlig zerschlagen fuhr sie ins Büro.

Die Sekretärin von Direktor Maiberger, Fräulein Holshausen, fragte besorgt: „Was ist los mit Ihnen, Bettina? Sind Sie krank?"

Einen Augenblick war die Versuchung nahe zu bejahen, aber Bettina zwang sich, bei der Wahrheit zu bleiben. „Ich habe nur schlecht geschlafen", sagte sie.

„Ja, so etwas kenne ich", sagte Fräulein Holshausen, „ein Glück, daß der Chef heute mittag verreist ... da können wir es uns etwas leichter machen."

Fräulein Holshausen war von Anfang an ausgesprochen nett zu Bettina gewesen. Obwohl sie zehn Jahre älter und beruflich sehr viel erfahrener war, hatte sie nie die Vorgesetzte gespielt. Sie war seit langem verlobt, wollte im nächsten Frühjahr heiraten. Sie sah in Bettina nicht die Konkurrenz, sondern war froh, eine geeignete Nachfolgerin gefunden zu haben.

Bettina wartete ab, bis Direktor Maiberger Fräulein Holshausen zu einer Besprechung in sein Zimmer beorderte. Da benutzte sie die Gelegenheit, Jürgen Holbach anzurufen. Sie hatte es noch nie gewagt, ihn während der Arbeit zu stören, denn sie glaubte, daß ihm das unangenehm sein würde.

Tatsächlich klang seine Stimme fremd und ziemlich kalt, als er sagte: „Ach so, du bist es. Was gibt's?"

„Jürgen", sagte sie zögernd, „ich habe ein Telegramm bekommen ..."

„Von deinem Vater?"

„Nein, von einem Bekannten aus München. Er kommt heute mittag mit dem Flugzeug in Lohausen an ..."

Es dauerte eine Sekunde, bis Jürgen Holbach sagte: „Ja ... ?"

„Ich weiß nun nicht", sagte Bettina schnell, „soll ich hinfahren, oder soll ich nicht?"

„Da du mir diese Frage stellst, ist sie auch schon beantwortet!"

„Ich verstehe nicht."

„Dann denk mal gut nach. Wenn du ihn nicht wiedersehen möchtest, würdest du mich nie gefragt haben, ob du hinfahren sollst.“

„Aber du verstehst das ganz falsch, Jürgen!“ sagte sie hastig. „Mir liegt wirklich nichts dran. Gar nichts!“

„Vielleicht im Augenblick nicht“, sagte er ruhig, „aber wenn du ihn jetzt nicht triffst, wirst du später sicher glauben, eine Gelegenheit verpaßt zu haben.“

„Jürgen . . . aber . . .“, stammelte sie.

Er unterbrach sie. „Wir sehen uns dann morgen. Ich hole dich vom Büro ab.“

Er hatte schon aufgelegt, ehe Bettina noch etwas äußern konnte.

Fräulein Holshausen war ohne Umstände bereit, Bettina den Nachmittag freizugeben. „Sie haben so viele Überstunden gemacht, Kindchen“, sagte sie, „daß es nicht mehr als recht und billig ist, wenn ich Ihnen in einem Sonderfall auch mal freigebe.“

Bettina hatte als Begründung angegeben, daß eine Freundin von ihr mit dem Flugzeug aus München käme.

Damit das Büro zu keiner Zeit vereinsamt war, pflegten Bettina und Fräulein Holshausen getrennt essen zu gehen. Heute ging Fräulein Holshausen als erste in die Kantine. Sie kam zurück, die Tageszeitung unter dem Arm. „Sagen Sie, mit welchem Flugzeug kommt Ihre Freundin aus München?“

„Mit der Lufthansa“, sagte Bettina, ohne zu verstehen, wo Fräulein Holshausen hinauswollte, „es landet um vierzehn Uhr fünfzig.“

„Beneidenswert!“ Fräulein Holshausen schlug die Zeitung auf. „Stimmt haargenau. Mit derselben Maschine trifft Norbert Kuban in Düsseldorf ein.“ Sie tippte auf eine bestimmte Notiz. „Da . . . lesen Sie selbst!“

Bettina war rot und blaß geworden. Fräulein Holshausen bemerkte es wohl, deutete es aber falsch. „Schwärmen Sie auch für ihn, Kindchen? Dafür brauchen Sie sich nicht zu schämen. Norbert Kuban ist der einzige Schauspieler, für den ich eine Schwäche habe. Georg ist manchmal direkt eifersüchtig auf ihn."

Bettina las den Artikel, auf den Fräulein Holshausen deutete. Es hieß darin, daß Außenaufnahmen zu dem neuen Film „Affekt" am Niederrhein gedreht werden sollten, daß heute die Hauptdarsteller des Films — sie waren namentlich aufgeführt — und der technische Stab gegen drei Uhr mit einer Sondermaschine der Lufthansa in Düsseldorf einträfen. Da man mit dem lebhaften Interesse aller Filmfans rechnete, war für polizeiliche Absperrmaßnahmen bestens gesorgt.

„Passen Sie nur gut auf", sagte Fräulein Holshausen, „und erzählen Sie mir morgen, was Sie erlebt haben. Bestimmt werden Sie ihn sehen, wenigstens von weitem."

„Das glaube ich nicht", sagte Bettina mit starrem Gesicht. „Es handelt sich ja um eine Sondermaschine. Sie wird ganz sicher auf einer weit entfernten Rollbahn landen." Sie packte ihre Sachen zusammen und verabschiedete sich rasch.

Aber sie ging weder in die Kantine zum Essen, noch fuhr sie zum Flughafen hinaus. Sie fühlte sich elend und wieder einmal tief gedemütigt.

Warum war sie nicht stark geblieben? Warum hatte sie das Telegramm Norbert Kubans nicht sofort zerrissen? Warum hatte sie sich mit Hoffnungen, Träumen und Sehnsüchten herumgeplagt? Er hatte sie zur Närrin gemacht, und Jürgen Holbach hatte sie durchschaut. Wie sehr mußte er sie jetzt verachten.

Bettina fuhr nach Hause zurück. Mit Erleichterung stellte sie fest, daß die Wohnung leer war. Wahrscheinlich war Frau Schmitz bei einer ihrer vielen Freundinnen. Sie legte einen Zettel auf den Küchentisch, daß sie nicht gestört zu werden wünschte, nahm zwei Schlaftabletten.

Bevor sie einschlief, galt ihr letzter Gedanke Jürgen Holbach. Morgen würde er sie vom Büro abholen, sie würden sich aussprechen. Sicher wird er alles verstehen und verzeihen.

Es war schwierig, am nächsten Tag Fräulein Holshausens neugierigen Fragen auszuweichen. Bettina war froh, als Direktor Maiberger anrief und ihr durchs Telefon eine Menge wichtiger Anweisungen gab, mit deren Ausführung sie fast den ganzen Tag beschäftigt war.

Sie konnte nicht pünktlich Schluß machen, aber das war nicht weiter schlimm. Jürgen Holbach wußte, daß sie meist erst später ihr Büro verließ.

Bettina beeilte sich, sosehr sie konnte, und kurz vor acht lief sie die breite Treppe hinunter und auf die Straße. Überzeugt, Jürgen Holbach in der nächsten Sekunde vor sich zu sehen, hatte sie schon die Begrüßungsworte auf der Zunge.

Aber er war nicht da. Es dauerte eine ganze Weile, bis sie es begriff. Jürgen Holbach war nicht gekommen.

Bettina überlegte, was nun zu tun war. War er schon dagewesen und wieder gegangen? Vorsichtshalber lief sie zum Pförtner und erkundigte sich, ob nach ihr gefragt worden war.

Aber der Pförtner schüttelte den Kopf. „Tut mir leid, Fräulein Steutenberg, es war niemand da. Jedenfalls ... bei mir hat sich niemand gemeldet. Es kann ja auch sein, daß ..."

Bettina hatte keine Geduld, den alten Mann bis zu Ende anzuhören. Sie bedankte sich rasch und trat wieder auf die Straße hinaus. Vielleicht hatte Jürgen Holbach sich verspätet, vielleicht hatte er auch geglaubt, daß sie sich nicht vor halb neun freimachen könnte. Bettina brachte es nicht fertig, ohne ihn gesprochen zu haben, nach Hause zu fahren. Sie wartete ungeduldig, lief die Straße auf und ab und ab und auf, ging um die Ecke, um auf dem Parkplatz des Betriebes nach ihrem Wagen zu sehen, in der zaghaften Hoffnung, daß Jürgen Holbach vielleicht schon dort war. Er war nirgends zu sehen. Eine volle Stunde wartete Bettina. Erst als die Uhr auf dem nahen Kirchturm neun schlug, gab sie es auf. Es hatte keinen Sinn mehr. Jürgen Holbach war nicht gekommen, und er würde nicht kommen. Bettina glaubte zu wissen, was das bedeutete. Er konnte ihr nicht verzeihen, wie sie auf Norbert Kubans Telegramm reagiert hatte.

Bettina war nicht böse auf Jürgen Holbach, sie gab ihm in ihrem Innern recht. Sie hatte versagt, und sie mußte dafür bezahlen. Sie hatte Jürgen Holbach, der ihr all sein Vertrauen geschenkt hatte, für immer verloren.

Erst jetzt spürte Bettina mit schmerzhafter Deutlichkeit, wieviel er ihr bedeutete.

Als sie die Tür zu ihrem Zimmer öffnete, sah sie den Brief sofort. Er lag mitten auf dem Kacheltisch, ein länglicher grauer Umschlag. Ihr erster Gedanke war, Jürgen Holbach hätte geschrieben, es wäre sein Abschiedsbrief. Zögernd und mit innerer Überwindung trat sie ins Zimmer, nahm den schweren Umschlag in die Hand. Sie erkannte die Schrift ihres Vaters.

Mit zitternden Fingern riß sie den Umschlag auf, holte den mit einer großen und großzügigen Schrift vollbeschriebenen Bogen heraus. Sie las, und ihre Augen füllten sich mit Tränen. Kein Wort des Vorwurfs schrieb ihr Vater. Aus jeder Zeile sprachen Liebe, Verstehen und die große Sorge, die er sich um Bettina gemacht hatte.

„Wir sind sehr glücklich, daß Du Dich endlich wieder gemeldet hast, liebes Kind. Natürlich hätten wir Dir sofort geantwortet, aber wir waren am Meer. Ich lege Dir ein Bildchen von Philine und meinem Sohn bei — ja, Bettina, ich habe einen Sohn, höre und staune! Daß ich mich inzwischen mit Philine wieder versöhnt habe, hattest Du sicher erwartet. Glaube nur nicht, daß wir Dir je böse waren, liebes Kind, dazu hatten wir ja wirklich kein Recht. Du hast ja selbst miterlebt, daß wir, obwohl doch viel älter und erfahrener als Du, uns vielleicht noch törichter verhalten haben. Philine hat viel Sehnsucht nach Dir und würde Dich gern wiedersehen, aber Du kannst Dir vorstellen, daß wegen des Kleinen — er zahnt gerade — an eine Reise in allzunaher Zukunft nicht zu denken ist. So werde ich denn allein nach Düsseldorf kommen und mir den jungen Mann, für den Du Dich entschieden hast, einmal näher ansehen. Aber denke nur nicht, daß ich Dir in Deine Dinge hineinreden will. Du bist groß genug, Dich selbst zu entscheiden. Vielleicht kann ich Euch beiden doch in irgendeiner Form helfen oder raten. Es würde mich jedenfalls sehr freuen ...“

Bettina ließ den Brief sinken, und ein heißer Schrekken durchfuhr sie. Stefan Steutenberg würde nach Düsseldorf kommen, er wünschte Jürgen Holbach kennenzulernen. Was mußte er von ihr denken, wenn er erfuhr, daß ihre Freundschaft mit Jürgen schon beendet war?

Bestimmt hatte Philine ihm von ihrer Liebe zu Norbert Kuban erzählt, von dieser Narrheit, in die sie sich verrannt hatte. Bestimmt hatte er über sie gelächelt, wenn er sie nicht verachtete. — Und jetzt auch das noch. Nein, das war mehr, als sie ertragen konnte.

Bettinas erster Impuls war Flucht. Sie riß ihren Koffer vom Schrank, begann zu packen. Dann plötzlich kam ihr zu Bewußtsein, was für einen Schritt zu tun sie im Begriff war.

Wieder fliehen — wieder ohne Ziel. Wieder alles verlassen — wieder von vorn anfangen. Gab es wirklich keine andere Möglichkeit, mit den Problemen ihres Lebens fertig zu werden?

Sie erinnerte sich an ein Wort Jürgen Holbachs: Flucht ist nie eine Lösung!

Er hatte recht damit, tausendmal recht. Sie mußte bleiben, mußte es durchstehen.

Aber bei dem Gedanken, ihrem Vater bekennen zu müssen, daß sie wieder einmal versagt, sich wieder einmal geirrt hatte, den einzigen Menschen, der sie wirklich liebte, durch ihre eigene Schuld verloren hatte — ihr Herz krampfte sich zusammen.

Es klingelte an der Wohnungstür. Bettina war entschlossen, nicht zu öffnen. Sie war sicher, daß der späte Besuch nur Frau Schmitz gelten konnte, die, wie sie schon heute morgen beim Frühstück gesagt hatte, abends im Kino war.

Es klingelte wieder; aber Bettina reagierte nicht, sie war viel zu sehr um eine Entscheidung bemüht, entschlossen, jede Störung von sich fernzuhalten.

Dann hörte sie, wie die Wohnungstür aufgeschlossen wurde, hörte Männerstimmen, und ehe sie noch begriff, was das bedeutete, wurde an ihre Zimmertür geklopft.

Herr Mittendorf, der andere Untermieter von Frau Schmitz, steckte seinen Kopf in ihr Zimmer, sagte lächelnd: „Besuch für Sie, Fräulein Bettina. Ich hoffe,

Sie werden mir nicht böse sein, daß ich ihn hereingelassen habe. Falls Sie es wünschen, bin ich natürlich gern bereit, den jungen Mann wieder die Treppe hinunterzuwerfen."

Dann wurde Herr Mittendorf beiseite geschoben, und Jürgen Holbach trat herein. Er schloß die Tür hinter sich. „Warum hast du nicht geöffnet, Bettina?" fragte er.

Sie war so verwirrt, daß ihr keine Antwort einfiel.

„Beim Kofferpacken bist du also?" sagte er und grinste unverhohlen. „So etwas Ähnliches habe ich mir gedacht."

„Jürgen", sagte Bettina, „bitte laß dir doch erklären . . ."

„Du wolltest wieder einmal fliehen, wie? Was Besseres ist dir nicht eingefallen?"

„Jürgen, nein, ich wollte wirklich nicht. Wohin sollte ich denn?"

„Hast du dir das diesmal wirklich vorher überlegt?"

„Ich war so verzweifelt, Jürgen."

„Das ist jeder von Zeit zu Zeit. Das gehört zum Menschsein, Bettina. Was glaubst du, wie es aussähe in der Welt, wenn jeder, wenn er verzweifelt ist, gleich Hals über Kopf davonrennen würde?"

Bettina holte tief Luft, zwang sich zur Ruhe. „Du hast vollkommen recht, Jürgen", sagte sie, „ich habe es inzwischen auch eingesehen. Anscheinend . . ." Es gelang ihr ein kleines Lächeln, „ . . . kann das Davonlaufen so eine Art Gewohnheit werden, weißt du."

„Weshalb wolltest du denn eigentlich fort?"

„Ich habe mich doch wieder mal so blöd benommen, Jürgen! Wenn ich nicht noch eben rechtzeitig in der Zeitung gelesen hätte, daß Norbert Kuban mit dem ganzen Filmstab in Düsseldorf landen würde, ich wäre tatsächlich hingefahren."

„Du bist also nicht?"

„Nein."

„Aber wenn er deinetwegen gekommen wäre?"

„Ich weiß es nicht, Jürgen. Bitte, quäl mich nicht!"

„Du liebst ihn also noch immer?"

„Nein. Ich glaube, ich habe ihn nie geliebt. Es war nur... Verliebtheit... Schwärmerei, Narrheit, das mußt du mir glauben, Jürgen. Ich wollte ja auch nicht wegen Norbert Kuban fort, nicht deshalb, sondern weil ich fürchtete, ich hätte dich verloren, Jürgen."

„Das kannst du glauben, bloß weil ich einmal nicht pünktlich sein konnte?"

„Ich habe gespürt, wie wenig ich deine Liebe verdiene, Jürgen", sagte sie leise.

Er kam auf sie zu, nahm sie in seine Arme. „Du bist schon ein verrücktes kleines Ding, Bettina", sagte er zärtlich. „Ob du jemals vernünftig werden wirst wie andere Leute? Nein, du brauchst jetzt nicht rot zu werden, Bettina. Du weißt doch, mir gefällst du so, wie du bist."

Sie versuchte, sich von seinem Griff zu befreien. „Jürgen", sagte sie unsicher, „ich muß dir etwas sagen. Bitte, sei mir nicht böse."

„Ich weiß genau, was du auf dem Herzen hast, Bettina!" sagte er und sah lächelnd auf sie hinunter. „Willst du's hören?"

„Das kannst du nicht wissen."

„Doch! Du machst dir Sorgen, ob du mich auch wirklich liebst, und ob du mich genug liebst, nicht wahr? Ist es da?"

„Ja, Jürgen", sagte sie erlöst. „Ja! Ich habe Angst, daß ich dich enttäusche."

„Auch das ist möglich", sagte er gelassen. „Das Leben hat eine Menge Überraschungen für uns auf Lager. Wir dürfen unser niemals allzu sicher sein. Aber was macht das? Wir müssen trotzdem den Mut zur Liebe haben ... wir müssen es immer wieder wagen."

„Auch wenn wir verletzt werden und verletzen?" fragte sie leise.

„Auch dann." Er zog sie fest an sich. „Du mußt nicht glauben, daß ich dich überreden will, Bettina, oder dich zu einer Entscheidung dränge. Wir sind beide noch jung. Wir haben viel, viel Zeit. Ich kann warten, aber eines weiß ich, ich werde nie aufhören, dich zu lieben, und eines Tages wirst du zu mir finden, das ist meine Hoffnung."

„Ich bin ja bei dir", sagte sie, „spürst du es denn nicht ... ich bin bei dir!"

Sie schmiegte sich in seine Arme, und zum erstenmal seit langer Zeit fühlte sie sich ganz geborgen.